새벽 2시, 폐소아를 만나다

새벽 2시, 페소아를 만나다

초판 1쇄 발행 | 2016년 9월 30일

지은이 | 김운하
펴낸이 | 이은성
펴낸곳 | 필로소픽
편집 | 황서린
디자인 | 방유선

주소 | 서울시 동작구 상도동 206 가동 1층
전화 | (02) 883-9774
팩스 | (02) 883-3496
이메일 | philosophik@hanmail.net
등록번호 | 제379-2006-000010호

ISBN 978-11-5783-055-8 03800

필로소픽은 푸른커뮤니케이션의 출판브랜드입니다.

이 도서의 국립중앙도서관 출판시도서목록(CIP)은 서지정보유통지원시스템 홈페이지
(http://seoji.nl.go.kr)와 국가자료공동목록시스템(http://www.nl.go.kr/kolisnet)에서
이용하실 수 있습니다.(CIP제어번호: CIP2016019546)

김운하 지음

새벽2시,
페소아를 만나다

잠 못 드는 밤의 독서

P 필로소픽

인간 영혼의 한평생은
고작 그림자 속 움직임에 불과하다.
우리는 의식의 여명 속에 살면서 우리가 누구인지,
혹은 누구라고 생각하는지 확실히 알지 못한다.

페르난두 페소아, 《불안의 책》

지난해 가을, 어느 작고 소박한 강연에서 있었던 일이다. 그 날 나는 '나의 책, 나의 서재'라는 주제로 강연을 했다. 강연과 질의 시간까지 모두 끝난 후 무대에서 내려와 사람들 사이에 뒤섞여 있는데 한 젊은 여성분이 다가와 작은 꽃다발을 건넸다. 책들을 잘 읽었다고, 고맙다는 말을 전하고 싶어서 찾아왔다고.

나는 감사한 마음으로 그 독자의 꽃다발을 받았다. 그런데 그녀가 갑자기 눈시울을 붉히더니 울먹이는 목소리로 내게 자신의 고민을 꺼내 이야기하기 시작했다. 사람들 사이에서 인사를 주고받느라 경황이 없던 나는 순간 당황했다. 처음 보는 낯선 독자가 눈물이 그렁그렁 맺힌 눈으로, 더구나 그런 장소에서 개인적인 고민을 꺼내는 것이 흔한 일이 아니었던 탓이다.

당황한 가운데서도 그녀의 얘기에 귀를 기울여보니, 그건 매우 개인적이면서도 또한 아주 보편적이고 근원적인 고민 이야기이기도 했다.

실은 나 역시 오랫동안 부여잡고 고민하며 방황하던 질문들이었다.

신의 존재와 인생의 의미, 나의 정체성과 자의식 등 누구나 살면서 한번쯤은 고민하게 되는 문제들.

그녀의 모습이 앳돼 보이길래 대학생인 줄 알았는데 유치원 교사라고 말했다.

다른 일정도 남아 있었지만 사람들이 계속 말을 걸어오는 바람에 나는 그녀와 더 이상 계속 대화를 나눌 수 없었다. 그녀와 나는 채 5분도 되지 않는 시간 동안 대화를 나누었다. 나는 그런 크고 근원적인 문제는 이런 자리에서 얘기하긴 힘들다, 그렇지만 그런 문제를 진지하게 고민하고 숙고하는 것은 매우 아름다운 일이다, 라는 식의 얘기를 했던 것 같다. 왜 아니겠는가? 자기 자신에 관해 진지하게 질문하며 깊이 고민한다는 것, 그보다 더 인간적으로 아름다운 풍경은 사실 매우 드물다.

그녀의 진지한 모습, 꽃다발, 눈물에 마음이 움직인 나는 나중에 다시 만나 대화를 해보면 좋겠다고 대답했다. 나는 냅킨에 적힌 그녀의 전화번호를 주머니에 넣고 그녀와 인사를 나눈 후에 강연장을 나왔다. 다음날 오전, 문득 어젯밤 일이 떠올라 재킷 주머니를 뒤졌다. 이런, 연락처를 적은 냅킨이 사라졌다. 재킷뿐 아니라 바지주머니, 들고 갔던 가방까지 다 뒤져보았지만, 그 갈색 냅킨은 끝내 나타나지 않았다.

이 일을 어떡하지? 너무나 경황이 없던 탓에 그녀의 이름마저 전혀 기억나지 않았다. 분명 연락을 주겠노라고 했는데, 행여나 내 연락을 기다릴 그녀를 생각하고 어젯밤 눈물이 그렁하게 맺혀 있던 그 얼굴을 떠올리니 마음이 괴로웠다. 마치 큰 죄를 지은 기분마저 들었다.

나중엔 그 강연 행사 주최 측에 연락해 참석자 명단과 연락처를 받기도 했지만, 그 명단을 보아도 그날 밤에 들었던 그 이름을 결코 떠올릴 수가 없었다. 그렇다고 일일이 낯선 번호로 연락을 하여 물어보기도 멋쩍은 일이었다.

미안하고 안타까운 마음만 가슴에 안은 채 그렇게 시간이 흘러가버렸다. 그리고 그녀가 그 날 내게 던졌던 질문들은 무겁게 내 마음 속에 남았다.

우리가 '나는 누구인가?'라는 질문을 던질 때

생각컨대 그녀는 전작 《카프카의 서재》를 읽고 자신의 고민과 내 고민이 맞닿아 있다는 생각을 했던 것 같다. 그래서 나와 직접 대화를 하다보면 어떤 의미 있는 답을 얻게 될지도 모른다는 기대를 했을지도 모른다. 실제로 《카프카의 서재》를 읽고 더 이상 자살에 대한 생각을 하지 않게 되었다며 고마움을 표한 독자도 있었고, 자기의 고민이 어떤 것인지를 명료하게 알게 되었다고 감사를 표한 독자들도 있었다.

그 책은 내 인생과 사고에 영향을 크게 미친 책들을 중심으로 인간과 삶 전반에 관한 철학적 사고를 전개한 것이었다. 그러나 전반적인 이야기들을 다루다보니 좀 더 세부적이고 구체적인 면에서는 아쉬운 것도 많았다.

그런데 강연에서 만난 한 명의 독자가 그 빠진 것을, 내가 더 채워 넣어야 할 것들을 다시금 환기시켜 준 셈이다.

이번 책의 주제는 '나' 그리고 '내가 삶과 세계와 맺는 관계'이다.

물론 이야기의 중심은 바로 '나' 혹은 나의 삶에 있다. 이는 결국 "나는 누구인가?" 라는 질문과 관련되어 있다.

그리고 이 질문에 대한 명료한 답을 찾고자 하는 노력은 존재의 사실들에 대한 인과적 설명의 체계들과 존재의 의미에 대한 해석의 체계들 모두를 동반하는 복잡하고 어려운 사고의 여정을 필요로 한다.

예를 들어 유신론과 무신론의 세계이해는 근본적인 차이가 있고, 그 차이는 궁극적으로 내가 누구인지, 어떻게 살아야 하는지에 대한 답을 구하는 데에도 결정적인 차이를 낳는다. 내게 울먹이며 질문을 던졌던 그녀는 바로 이 두 세계이해의 체계 사이에서 외롭고 힘들게 고민하고 있었던 것 같았다.

아쉽게도 이 책에선 신학적인 주제를 직접 다룰 순 없었다. '나'를 중심으로 이야기를 하는데도 다루어야 할 소주제들이 너무 많았던 탓에, 나에 관한 이야기를 다 하자면 따로 한 권 더 써야할 것 같다는 생각마저 들었다.

그리고 실증도 논증도 불가능한, 그러니까 이성과 논리로 해결 불가능한 영역에 관한 문제는 결국 믿음이라는 감정의 선택의 문제로 남는다. 감정의 선택을 믿는 것이 정당하고 옳은가에 대한 논의는 물론 남겠지만, 파스칼이 말했듯 심정의 이성, 즉 감정과 믿음은 대개 사람들 사이에서 이성적 논리보다 더 힘이 세다. 이성의 바탕 자체도 실은 확신이라는 감정이라는 것 또한 이젠 과학적으로 밝혀진 상태다. 나는 다만 내 주관적인 견해를 취할 수 있을 뿐이다. 그러나 《카프카의 서재》도 그렇고 이번 책에서도 어느 정도는 내 생각이 드러나 있으리라고 믿는다.

나는 이번 책에서도 《카프카의 서재》 때와 마찬가지로 거의 문학작품들을 활용하여 각 장의 주제를 재미있게 풀어보려 했다. 그런 의미에서 이 책은 순수하게 문학작품을 읽어내는 책이 아니다. 소설 작품들을 주로 활용한 이유는 소설이야말로 살아 숨 쉬는 구체적인 인간들을 모델로 삶의 총체성을 그려낼 수 있는 장르이기 때문이다. 또 철학적 논증은 명료함을 줄 순 있지만, 이야기에 담긴 재미와 감동, 공감이 부족하기 때문이다.

그러나 모든 예술이 그렇듯, 소설은 결코 철학적 명제의 대용품이 아니다. 나는 이 사실을 꼭 강조하고 싶다.

문학은 일차적으로 읽는 이의 순수한 미적인 감동과 기쁨을 위해 존재한다. 우리는 매력적인 캐릭터들을 진심으로 믿으며 그들과 함께 울고 웃는다. 또 언어 예술인 문학이 가져다주는 최대의 마법인 표현과 문체의 매력은 또 어떤가? 작품을 읽으며 우리는 얼마나 자주 밑줄을 좍좍 그으며 짜릿한 즐거움을 느끼는가? 또 매력적인 서사구조, 우리가 소설 플롯이라고 부르는 미학적 구조 자체를 다루는 작가들의 솜씨에서 엿볼 수 있는 미묘한 즐거움도 놓치기 어려우리라.

예술 작품의 철학적 의미는 극단적으로 말해 사후적인 효과로 얻어지는 것이며, 그것마저도 사실 각각의 독자가 창조하는 것이다.

나는 이 책이 여기에 실린 문학작품과 책들을 좀 더 재미있게 읽을 수 있는 방식으로 사용되길 바란다. 그리고 이 책을 읽는 행위 자체가 독서의 기쁨을 창조할 수 있다면, 그보다 더 기쁜 일은 없을 것이다.

앞서도 말했지만, 이 한 권으로 나에 관한 모든 주제들을 모두 풀어낼 순 없었다. 기회가 된다면 이 책에서 다 하지 못한 이야기들은 다른 책으로 풀어낼 수 있기를 바란다. 책을 쓰고 나면 항상 긴 아쉬움이 남는다. 부족한 초고를 열심히 읽고 비평해준 벗들에게 감사드린다.

김운하

목차

01

내 모호한 열정의
숭고한 대상,
나는 무엇을
원해야 하는가?
—

스콧 피츠제럴드, 《위대한 개츠비》

—
황금 모자를 써라,
그것으로 그녀를 움직일 수 있다면,
그녀를 위해 높이 뛰어라,
그럴 수만 있다면,
그녀가 이렇게 외칠 때까지.
"오, 내 사랑, 황금 모자를 쓴,
높이 뛰어오르는 내 사랑이여,
내가 당신을 차지하리라."
토머스 파크 딘빌리어스(스콧 피츠제럴드의 필명), 《위대한 개츠비》의 제사

열정의 개츠비,
그는 바로 우리다

　　　　모든 책은, 특히 소설은 세상의 모든 '나'를 비추는 거울이다. 이 첫 번째 주인공 개츠비뿐 아니라 이 책에 등장하는 모든 소설의 주인공들이 바로 그런 거울들이다.

　나는 이 글의 첫 문장을 쓰기 전에 그들의 모습을 하나하나 떠올려 보았다. 열정의 남자 개츠비를, 지독한 사랑의 열병으로 번민하는 키티를, 우아하지만 고독한 댈러웨이 부인을, 자의식 과잉에 시달리는 지하생활자를, 자기가 누구인지 알기 위해 잃어버린 과거 속에서 헤매는 기억상실자 기 롤랑을, 삶의 의미를 고민하며 방황하는 청춘 필립과 래리를.

　그리고 무엇보다 그들 누구와도 닮지 않았으면서도 동시에 너무 많이 닮은 나 자신의 삶을 떠올려 보았다. 이상하게도 깊이 생각할수록,

그들 모두가 바로 나 자신이라는 생각마저 드는 건 왜일까.

그들 자신의 분열상, 복잡하고 뒤틀린 자의식, 자기 자신이 누구인지 몰라 저지르게 되는 무수한 헛발질과 우스꽝스런 착오, 이 기묘하고 복잡한 생의 한가운데서 맞닥뜨리게 되는 덫과 함정, 상처와 고통이 모두 바로 나 자신의 것인 양 생각되는 것이다.

하긴 사람의 몸과 마음을 걸치고 있는 한, 그 누군들 그렇지 않겠는가. 인간인 한, 갖지 않을 수 없고 겪지 않을 수 없는 그 모든 것들을 생각하면.

이번에 다시 스콧 피츠제럴드의 소설 《위대한 개츠비》를 읽으면서 나 자신이 놀랐던 것은 어느 순간, 내가 주인공 개츠비를 진심으로 사랑하고 있다는 사실이었다. 그 어리석은 열정의 화신 개츠비를, 마치 내 분신인 양 이해하려 애쓴다는 사실이었다. 그래, 나는 "이 바보야!" 하면서도 그런 개츠비를 사랑하지 않을 수 없었다. 소설의 화자 닉이 그랬던 것처럼. 그건 어쩌면 눈멀고 귀먼 열정의 무구한 헛발질에 휘둘리고 좌절하곤 했던 내 모습을 그에게서 본 때문인지도 모르겠다.

더구나 그것이 사랑처럼 사람을 완벽하게 눈멀게 만드는 열정이라면, 그것이 비록 어리석은 사랑일지언정, 어찌 사람의 마음을 흔들지 않을 수 있겠는가. 사랑의 열정으로 단 한 번도 길을 잃어보지 않은 사람, 그 누가 있겠는가?

사랑의 열병으로 번민하는 우리 모두가 바로 개츠비다.

그러나 소설 《위대한 개츠비》는 주인공 개츠비 이상의 그 무엇이 있다. 거기엔 작가 스콧 피츠제럴드의 정교하고 아름다운 문장과 우아한 상징이 있고, 그런 것을 음미하는 즐거움이 있고, 지나치게 물질화된 세상에서 우리가 잃어가고 있는 무엇에 대한 깊은 통찰이 있다. 또 거기엔 우리를 닮은 또 다른 인물들인 닉과 데이지, 톰 뷰캐넌 등이 살고 있고 그들은 제각기 다른 모습과 다른 행위로 우리 자아의 어떤 모습을 투영한다.

다른 모든 소설을 읽는 것처럼 개츠비를 읽는다는 건, 바로 '나'를 만나고 읽는다는 것이다. 더구나 그 만남이 문학이라는 아름다운 정원에서 이루어지는 만남이라면, 더할 나위 없이 즐거운 만남이 아니겠는가.

개츠비와
트리말키오 사이에서

《위대한 개츠비》는 스콧 피츠제럴드가 1925년에 발표한 작품이다. 소설 줄거리를 요약하면 매우 간단하다. 빈농의 자식으로 태어난 개츠비는 어찌어찌하여 불법적인 비즈니스로 벼락부자가 된 후, 이미 다른 남자와 결혼하여 애 딸린 유부녀가 된 옛 애인을 되찾기 위해 무지막지한 돈질을 하다가 허무하게 죽게 되지만, 정작 옛 애인은 그런 개츠비를 외면한 채 남편과 외국으로 도망가버린다는 이야기다.

사실 이 소설을 읽은 많은 독자는 "도대체 왜 개츠비가 위대하다는 거지?" 하며 의심과 혼란에 빠지기도 한다. 범죄적인 사업으로 졸부가 된 남자가 돈의 힘으로 잃어버린 사랑을 되찾으려다 죽는 이야기일 뿐인데, 뭐가 위대하다는 걸까? 흔히 소설 제목이 그 소설의 주제와 깊은 연관을 갖는다는 걸 생각할 때, 얼핏 개츠비라는 이름 앞에 붙은 '위대한Great'이라는 형용사는 눈에 거슬릴 수도 있다. 오히려 반어적인 표현이 아닐까 하는 생각도 가능하다. 평론가 대부분도 그렇게 해석한다. 그 형용사는 아이러니한 표현일 뿐이라고.

물론 그렇게 생각하는 근거는 아주 많다. 소설의 저자인 스콧 피츠제럴드가 애초에 이 소설을 쓰면서 생각했던 제목, 그리고 출판사에 보낸 원고에 올라간 제목들을 보면 더더욱 그렇다. 소설이 출간되기 전에 그가 내세웠던 소설 제목은 개츠비가 아니라 '트리말키오'였다. '트리말키오' 혹은 '이스트웨그의 트리말키오'라는 제목. 실제 작품의 초기 판본에는 '트리말키오'라는 제목이 달렸고, 최근까지도 케임브리지 대학교 출판부에서는 이 제목을 썼다. 그는 '황금 모자를 쓴 개츠비'라는 제목도 고려했다고 한다.

그런데 이 책의 편집을 맡은 당시 유명한 편집자 맥스웰 퍼킨스가 '트리말키오'라는 제목에 난색을 표했다. 결국 실랑이를 벌인 끝에 편집자의 의견이 관철되어 오늘날 우리가 알고 있는 '위대한 개츠비'라는 제목이 탄생했다. 불행히도, 이 소설은 스콧 피츠제럴드의 소망처럼 날개 돋친 듯 팔리지 않았다. 그가 죽을 때까지 고작 2만 5천 부 정도밖에 팔리지 않았다. 그래서 스콧은 제목 탓을 하면서 '위대한 개츠비'라는 제목에 동의한 것을 두고두고 후회했다고 한다. 그러나 정작 작가가 죽고 난 후에 이 소설은 미국에서 재평가되었고, 지금은 미국 현대문학을 대표하는 걸작 대접을 받으며 무려 미국 고등학교의 필독서가 되어 있다. 빚과 알코올에 절어 살다 마흔넷이라는 젊은 나이에 죽고 만 스콧, 그가 20년만 더 살았어도. 글 쓰는 작가들이여, 그러니 절주하고 열심히 운동하며 오래 살고 볼 일이다.

작가는 왜 굳이 '트리말키오'라는 제목을 고집했을까? 그건 이 소설 주인공의 모델을 서기 1세기 로마 시대의 작가 페트로니우스가 쓴 《사티리콘》이라는 책 가운데 한 장인 '트리말키오의 향연'에 나온 인물 트리말키오에게서 빌려왔기 때문이다. 주제 의식 또한 페트로니우스처럼 트리말키오와 그 시대를 날카롭게 풍자하려는 의도였다.

페트로니우스가 《사티리콘》에서 그린 트리말키오란 인물은 어떤 인물인가? 트리말키오는 로마 시대의 해방 노예로서, 미심쩍은 사업을 벌여 벼락부자가 된 인물이다. 페트로니우스가 소설 속에 그를 끌어들인 이유는 벼락부자가 된 트리말키오의 허영기 가득한 잔치판을 통해 저속하고 천박한 트리말키오와 물질주의에 찌들어 타락한 로마 사회를 풍자하고 비꼬고 조롱하기 위해서였다. 트리말키오라는 이름 자체가 '위대한 왕Great King'이란 뜻을 갖고 있다. 한마디로 반어법적으로 트리말키오란 이름을 붙인 것이다. 여기서 우리는 스콧 피츠제럴드가 자기 소설의 제목으로 '트리말키오'를 고집했던 한 이유를 읽게된다. 그는 트리말키오 같은 개츠비를 통해 타락한 아메리칸 드림을 풍자하고, 미국 상류사회의 공허함과 퇴폐, 물질주의에 찌든 속물적인 삶의 비극적 행태들을 비판하고자 했던 것이다.

《위대한 개츠비》제7장 도입부에서 화자인 닉이 하는 발언을 통해서도 작가의 그런 의도가 조금 드러나 있다.

> 개츠비에 대한 관심이 최고조에 달한 어느 토요일 밤이었다. 저택은 더 이상 환하게 빛나지 않았고, 트리말키오로서의 생활도, 이미 어느 정도 그렇게 되어온 바 있지만, 결국 막을 내렸다.

냉정한 관찰자이자 소설의 화자인 닉 캐러웨이는 벼락부자인 개츠비의 행태에 트리말키오 같은 면이 있음을, "내가 내놓고 경멸하는 그 모든 것을 대표하는" 인물이기도 하다는 점을 숨기지 않는 것이다. 그런데도 닉은 개츠비의 또 다른 어떤 면에 대해서는 "다른 기준을 적용"한다. 그가 단순히 트리말키오처럼 경멸받아 마땅한 속물 졸부에 불과한 것은 아니라는 사실도 인정하고 있는 것이다.

개츠비가 갈망한
초록 불빛은 무엇이었을까?

그렇다면 이 소설의 주인공 개츠비의 진정한 매력은 무엇일까? 이걸 제대로 알기 위해선 《위대한 개츠비》의 내용을 한번 자세히 살펴볼 필요가 있다.

소설의 화자는 닉 캐러웨이라는 청년이다. 그는 미국 중서부 출신으로 좋은 집안을 타고났고 예일대를 나온 야심만만한 청년이다. 그는 당시 미국 사회의 세태가 그렇듯 성공과 행운을 좇아 뉴욕 월스트리트로 진출해 증권업에 몸담고 있다.

미리 말해두자면 개츠비가 격정적인 성격이라면 닉은 좀 냉철하고 회의적인 지성을 가진 남자다. 그는 우연히 신흥부자들이 몰려 사는 뉴욕 이스트웨그에 있는 개츠비의 대저택 옆에 자리한 자그마한 집에 세들어 살게 되면서 개츠비와 인연을 맺게 된다. 결말에 가서는 개츠비와 개츠비의 옛 연인 데이지, 그리고 데이지의 남편 톰 뷰캐넌 등 그들 사이에서 벌어진 희비극적인 치정사건들과 개츠비를 통해 들여다본 뉴욕 상류층의 위선과 가식, 속물주의에 깊은 환멸을 느끼고 개츠비가 죽은 후에는 다시 고향으로 낙향하고 만다. 즉 화자인 닉은 개츠비가 죽은 후 2년이 흐른 그 시점에서 회상조로 개츠비의 이야기를 글로 쓰고 있는 것이고, 그 이야기가 바로《위대한 개츠비》의 내용이 된다.

소설의 시간적 배경은 1922년 여름, 미국이 전례 없는 호황기를 누리며 흥청망청하던 시절이다. 닉은 어느 날 밤 집 마당에서 우연히 "두 손을 호주머니에 찔러 넣은 채, 은빛 후춧가루가 뿌려진 별밭을 응시"하는 개츠비를 보게 된다. 이 장면은 닉이 개츠비의 열정이 가 닿아 있는 곳, 개츠비라는 인물의 삶을 이끌고 있는 목표와 꿈, 그리하여 닉으로 하여금 개츠비에게 매료당하게 만드는 내밀한 상징을 드러내는데, 그 상징은 다름 아닌 바로 어두운 밤에 멀리서 빛나는 초록 불빛이다.

> 그는 두 팔을 어두운 바다를 향해 뻗었는데, 멀리 떨어져 있긴 했지만, 분명 부르르 몸을 떨고 있었다고 확신할 수 있다. 할 수 없이 나도 바다를 바라보았다. 부두의 맨 끝에서 조그맣게 반짝이는 초록 불빛을 제외하곤 특별한 것이 아무것도 없었다.

개츠비가 캄캄한 밤에 몸을 부르르 떨면서 두 팔을 뻗어 거기에 가 닿으려고 했던 그것, 멀리서 조그맣게 반짝이는 초록 불빛, 그 불빛이야말로 개츠비의 열정이 도달하고자 하는 목표이며, 자신의 모든 것, 재산과 목숨까지 바쳐서라도 가 닿고자 했던 꿈이다. 그리고 그 꿈은 다름 아닌 잃어버린 옛 연인 데이지와의 사랑을 되찾는 것, 그들이 사랑했던 5년 전으로 시간을 거꾸로 되돌리는 것이다. 과거에는 가난뱅이였지만 이제는 비록 불법적인 수단을 통해서일지언정 남부럽지 않은 부자가 된 개츠비가, 전 재산을 털어서라도 이루고자 하는 그 목표를, 그 초록 불빛이 상징하고 있는 것이다.

하지만 가까이 다가가 보면 그 초록 불빛은 그저 개츠비가 사는 저택 반대편, 이스트웨그 지역에 사는 데이지와 톰 부부의 저택 끄트머리 잔교에 켜 놓은 등에서 나는 불빛에 불과하다. 현실에서는 아무것도 아닌 초라한 녹색등에 불과하지만 개츠비의 환상 속에서는 무지개처럼 먼 곳에서 어른거리는, 치명적인 매혹으로 개츠비를 유혹하는 희망의 불빛인 것이다.

개츠비는 왜 그토록 초록 불빛의 희망에 집착하는가? 개츠비가 모든 것을 다 바쳐서라도 도달하고자 하는 그 희망은 무엇이고, 그 희망은 과연 한 생을 다 바쳐 도달하거나 이루어야 마땅한 가치가 있는 희망이고 목표일까? 문제는 바로 그것이다.

개츠비가 알았지만 외면한
열정의 진실

여기서 우리는 개츠비의 희망이자 열정의 목표인 초록 불빛, 그것의 인간적인 현현인 여주인공 데이지를 떠올리지 않을 수 없다. 개츠비가 데이지를 처음 만난 것은 5년 전, 중서부의 루이빌이란 도시에서다. 그때 개츠비는 중위 계급장을 단 스물일곱 살의 군인이었고, 데이지는 낭랑 십팔 세, 뽀송뽀송한 솜털의 철부지 소녀나 마찬가지였다. 게다가 그녀는 루이빌의 부잣집 딸이었다. 요즘 유행하는 속어로 표현하자면 '금수저'를 물고 태어난 복 받은 여자애였던 것이다. 게다가 미모까지 타고났으니 그녀는 마치 세상 불공평함의 산 증거 같은 존재다.

데이지는 자신이 얼마나 큰 행운과 복을 타고났는지 의식하지도 못한 채 사춘기의 핑크빛 청춘을 즐겼다. 심지어 화려한 파티와 춤을 좋아하는, 요즘 말로 하면 '파티걸'이기도 했다! 데이지는 당시 플래퍼

flappers라고 불리는 신여성이었다. 플래퍼는 찰랑거리는 치마의 움직임을 뜻하는데, 춤과 파티를 즐기는 신여성을 일컫는 단어였다. 한국에서도 1990년대 강남 오렌지족이라는 단어가 있었는데, 플래퍼들은 1920년대 미국 판 오렌지족이라고 보면 된다. 플래퍼들은 신여성을 상징하는 단발머리에 담배, 술과 함께하는 파티로 특징지어지는데, 데이지가 바로 플래퍼들의 전형적인 모습을 보여준다.

데이지 집에서는 늘 화려한 댄스파티가 열렸다. 꽃이 있으면 벌들도 꼬이게 마련, 거기엔 개츠비를 포함해 잔뜩 물오른 수많은 수벌 청년 장교들이 드나들면서 데이지 앞에서 구애의 댄스 배틀을 벌이곤 했다. 가난한 농부의 자식인 개츠비는 그토록 멋진 집도, 화려한 파티도, 천사처럼 아름다운 아가씨도 처음 보는 것이었다. 개츠비가 데이지에게 홀딱 빠져드는 건 마치 금속이 강력한 자석에 끌리는 것이 필연적인 것과 똑같은 이치인지도 모른다. 모든 남자들이 목을 매는 데이지, 이런 수벌들 간의 경쟁심 때문에 데이지는 개츠비에게 점점 더 환상 속의 그대가 되어 갔고, "고양된 감정이 그녀의 집에 그림자를 드리우고, 열렬한 마음은 메아리가 되어 울려 퍼지는 것을" 느낄 수밖에 없었던 것이다.

그럼에도 "아무 경력도 없는 무일푼의 청년"인 개츠비로서는 자신이 그런 집에 드나드는 것 자체가 말도 안 되는 일이라는 걸 알고 있었다. 그래서 자신이 데이지와 같은 신분이라고 믿게 만든 후에, 서둘러 탐욕스럽고 대담하게 데이지를 유혹하여 마침내 어느 날 밤, 마치 평민이 공주를 유혹하는 데 성공하듯 데이지의 침대 시트 위에 그녀의 벗은 몸을 눕히는 데 성공하기도 했다. (개츠비가 물려받은 재산은 없지만 외모 스펙만은 제법 괜찮았다는 사실을 유추할 수 있으리라. 장교복을 입은 미남 청년 개츠비!)

빈농의 자식인 개츠비는 환상적으로 사랑을 쟁취했다! 그러나 처음 의도는 넘사벽의 신분인 그녀를 가진 후에 깨끗이 잊고 떠나버리려고 했던 것인데, 사람 마음이 어디 생각대로 흘러가는가. 그런 생각을 할수록 그 달콤쌉싸름한 사랑의 향기가 더욱 도취적으로 느껴지고 그리하여 스스로도 놀랄 정도로 치명적인 사랑의 포로가 되고 말았다.

꿈처럼 황홀한 시간은 그리 오래가지 못했다. 개츠비는 군인이었고, 전쟁에 나가야만 했다. 전쟁이 끝나고서도 이런저런 우여곡절 끝에 쉽게 미국으로 돌아오지 못했다. 우리 문학 속의 정절녀 성춘향과는 달리 데이지는 개츠비와 떨어져 있던 그 2년 동안 순정한 마음으로 개츠비를 기다리진 못했다. 물론 개츠비를 사랑했지만, 불확실한 미래를 감당하며 인내할 성격은 되지 못했던 것이다. 소설에 따르면 "그녀는 어렸고, 그녀의 잘 꾸며진 세계는 난초 향과 즐겁고 유쾌한 속물근성의 냄새로 가득"했다. 무엇보다 그녀는 자기가 원하는 모든 것이 당장 눈앞에 짠하고 나타나야만 직성이 풀렸고, 사랑이든 돈이든 혹은 그 무엇이든 그것들이 모두 손만 뻗으면 닿는 곳에 있어서 그것들이 자기 인생을 결정해주기를 원했다. 그녀는 다시 사교계로 나갔다. "하루에 대여섯 명의 남자들과 대여섯 번의 데이트를 계속하는 생활"로 돌아갔다. 바로 그런 순간에, 변사또, 아니 '귀공자'가 나타나고 말았다. 당시 돈으로도 어마어마한 30만 불짜리 진주 목걸이를 선물로 들고 온 남자, 머리는 저사양 컴퓨터이지만 성품은 오만하기 짝이 없고 게다가 육중한 체격을 자랑하는 또 다른 '금수저' 청년, 톰 뷰캐넌 씨가 프러포즈를 해왔던 것이다.

평범한 삶과 불확실한 미래와 기약 없는 사랑이냐, 당장 눈앞에 보이는 번쩍거리는 초고가 명품 진주 목걸이와 대저택, 한마디로 부르주아의 화려한 생활이냐. 그러나 어떤 여심인들 이런 갈림길에서 마음 흔들리지 않고 마냥 성춘향처럼 고집을 필 수 있으랴. 상대는 찌질한 변사또가 아니라 명문대를 나온 정승집 아들이라는데. 그것도 하룻밤 수청이 아니라 혼사가 오가는데.

물론 데이지는 독자를 실망(?)시키지 않고 톰 뷰캐넌 씨를 택한다. 데이지의 그런 선택은 충분히 이해할 만하다. 고생이라곤 해본 적 없고, 모든 것이 자기 노력과 상관없이 쉽게 이루어지는 환경에서만 자랐으며, 더구나 허영과 화려한 생활에 너무나 익숙해져 버린 부잣집 딸로선 지극히 현실적인 선택이다. 춘향전이나 로미오와 줄리엣의 이야기처럼, 사랑에 목숨 거는 낭만적인 캐릭터가 절대 아닌 데이지, 개츠비가 목숨 걸고 사랑한 여인은 그렇게 지극히 현실지향적인 캐릭터였던 것이다.

데이지의 캐릭터를 결정적으로 보여주는 장면이 있다. 마침내 개츠비가 5년 만에 데이지와 다시 해후하게 되었을 때 일어난 사건이다. 개츠비는 자신의 집에 찾아온 데이지에게 자기의 부와 성공을 보여주기 위해 값비싼 영국제 셔츠로 가득 찬 옷장을 열고는 셔츠들을 하나하나 꺼내 보여주는데, 그 순간 갑자기 데이지가 울음을 터뜨린다. 5년 만의 해후가 너무 감격스러워서? 개츠비가 아직도 자기를 열렬히 사랑하고 있다는 데 감동받아서? 어리석은 결혼이 후회되고 지난 세월이 아까워서 회한이 물밀 듯이 가슴을 파고들어서? 아니다. 그녀가 눈물을 쏟은 이유는 다른 데 있었다.

> "너무, 너무 아름다운 셔츠들이야." 그녀가 흐느꼈다. 두터운 셔츠 더미에 파묻혀 그녀의 목소리가 띄엄띄엄 들려왔다. "너무 슬퍼. 한 번도 이렇게, 이렇게 아름다운 셔츠들은 본 적이 없거든."

오, 마이 갓! 개츠비가 그토록 열렬히 추구했던 그 초록 불빛의 진정한 실체가 이런 것이었다. 그녀는 사랑 때문에 눈물 흘리는 여자가 아니라, 값비싼 고급 셔츠에 감동받아 눈물 흘리는 그런 여자였던 것이다. 독자를 실망시키는 데이지의 모습은 또 있다. 남편 톰의 정부인 머틀이 톰이 몰던 개츠비의 차에 치여 죽게 되고, 분노한 머틀의 남편이 살인자가 개츠비인 줄 착각하고 개츠비를 총으로 쏴 죽이고 자기도 자살해버렸을 때, 그녀는 진실을 밝히기는커녕 개츠비의 장례식에 참석하거나 카드 한 장 보내지 않고 톰과 함께 유럽으로 달아난 것이다. 그 이전에 개츠비가 사랑 없는 결혼 생활을 청산하고 자기한테 오라고 했을 때도 개츠비가 쌓은 부의 꺼림칙한 면을 남편을 통해 들어 알고 있던 데이지는 교묘하게 그 상황을 모면하며 빠져나갈 궁리를 하기도 했고.

사랑의 환상 너머에 있는
거울의 진실

개츠비도 어느 순간, 현실을 인식한다. 데이지의
그 아름다운 목소리가 "돈으로 충만한 목소리"라는 것, "눈앞의 데이
지가 그가 꿈꾸어왔던 데이지에 턱없이 못 미치는" 데이지라는 것을.
그럼에도 불구하고 개츠비는 어렴풋이 자각하게 된 그 적나라한 현실
을 인정하고 싶지 않다. 눈앞에 보이는 데이지의 실상을 마음속에서
기꺼이 외면해버린다. 그는 현실을 보고 싶어하지도, 믿고 싶어하지도
않는다. 우리는 개츠비의 그런 마음을 충분히 이해할 수 있다. 데이지
는 영원히 초록 불빛의 그 데이지여야만 한다. 그런 의미에서 본다면,
소설 화자의 말처럼, 사태가 엉망이 되게 된 것은 데이지의 잘못만은
아니다. 소설의 화자 닉도 그 사실을 지적한다.

> 오래도록 품어왔던 너무나도 어마어마한, 환상의 생생함 때문이다.
> 그것은 그녀를 넘어서고, 모든 것을 넘어섰다. 그는 독보적인 열정
> 을 가지고 그 환상 속에 뛰어들어, 하루하루 그것을 부풀리고 자신
> 의 길에 날리는 온갖 밝은 깃털로 장식해 왔던 것이다. 아무리 큰 불
> 도, 그 어떤 생생함도, 한 남자가 자신의 고독한 영혼에 쌓아올린 것
> 에 견줄 수는 없다.

나는 이 문단을 읽을 때마다 마음 한편이 저릿하다. 가엾은 개츠

비, 못난 개츠비, 어리석은 개츠비! 이런 짠한 마음이 내 가슴을 울린다. 어떤 독자들은 그렇게 순정을 바쳐 사랑과 열정을 바칠 만한 가치가 없는 속된 여자에게 미쳐 재산과 목숨을 잃어버리는 개츠비가 그저 어리석게만 보일 수도 있을 것이다. 무엇보다, 마음이 아니라 돈으로 여자의 마음을 되돌릴 수도 있다고 믿는 그 마음의 저열함에 고개를 흔들지도 모른다.

그런데 여기서 우리는 또 다른 질문을 던져보아야 한다. 개츠비의 열정이 정말로 사랑한 것은 데이지가 아니라, 자기 자신도 의식하지 못한 다른 어떤 것이 아니었을까, 하는 것. 개츠비 자신은 열정의 숭고한 대상이 바로 사랑이라고 믿었지만, 실은 사랑 자체보다는 누군가를 열정적으로 사랑한다는 사실 자체를 통해 자기 자신의 텅 빈 존재감을 확인하려 했던 것은 아닐까? 데이지는 실은 욕망의 거울에 비친 개츠비 자신의 이상적인 자아이며, 개츠비는 바로 그 자아를 열렬히 사랑했던 것은 아닐까?

그래서 개츠비는 데이지의 속된 면을 보면서도, 그것이 바로 자기 자아의 또 다른 얼굴임을 알기에 의식적으로 외면해버린 것은 아닐까? 타자에 대한 숭고한 열정을 통해 자신의 자아를 숭고하게 만들기, 그것이 개츠비의 진짜 숨은 욕망이 아니었을까?

그런 의미에서 데이지에 집착하는 열정, 그녀를 넘어선 그 환상적인 열정 또한 이미 위험한 요소를 갖고 있었다. 개츠비는 데이지를 향한 그 열정이 무엇을 의미하는지 성찰하지 않는다. 그는 그저 맹목적이고, 그 맹목성을 사랑이라는 이름으로 무조건 정당화하고 합리화할 뿐인 것이다.

물론 가난에 대한 콤플렉스 때문에 눈물 젖은 소주잔을 들이켜본 남자라면, 그리고 내세울 거라곤 가진 것밖에 없는 남자라면 개츠비의 마음을 이해 못 할 것도 없다. 그리고 상대 여자가 그토록 부가 제공하는 화려함을 사랑하는 여자라면, 그녀를 얻기 위해 동원할 수 있는 수단이 무엇이 있겠는가? 자신의 열정과 사랑을 표현할 방법이라곤 그녀를 위해 차 사주고 집 사주고, 진주 목걸이를 사주고 등등…. 그러나 비극적이게도, 그런 물질적인 것들로는 순간적인 환심을 살 수 있을지언정, 한 여인의 진실한 사랑을 얻지는 못한다는 사실을 개츠비는 깊이 인식하지 못한다. 여기에 개츠비의 순진함과 비극이 있다.

그런 의미에서 개츠비는 어리석지만 순진한 사내다. 환상과 현실을 구별하지 못하는 못 말리는 감상주의자다. 그럼에도 그의 순진함, 사랑을 향한 눈먼 열정은 우리를 감동하게 하는 바가 있다.

어쩌면 사랑이나 열정의 본질이 그런 건지도 모르겠다. 죽음도 불사하는 앞뒤 가리지 않는 맹목성, 계산하지 않는 무조건성, 마치 브레이크가 고장 나 버린 열차처럼, 파국이 기다리고 있을지라도 끝까지 갈 수밖에 없는 저돌성. 비뚤어지고 어리석은 열정일지라도, 열정은 열정이다. 그리고 그 열정이 사랑이라는 이름으로 포장될 때, 사람들은 보통 이해할 수 없는 감동을 하기 마련이다. 사실 어찌 보면 이 세상 모든 남자와 여자들은 상대에게 개츠비와 같은 맹목적이고 순정한 열정을 은근히 기대하지 않는가? 자기가 잘났건 못났건 간에, 그럴 만한 가치가 있건 없건 간에 무조건 자기만을 열렬히 사랑하고 숭배할 것. 이런 게 인간의 은밀하게 이기적인 속마음 아닐까?

소설의 화자 닉이 미국 상류층의 속물성과 천박한 물질주의에 환멸감을 느끼고 혐오하면서도 개츠비의 그런 순수한 열정에는 어떤 내밀한 공감을 내비치는 이유도 거기에 있다.

> 그 과장된 감상성에도 불구하고, 나로 하여금 아주 오래전에 어디선가 들었던 무언가를 떠올리게 했다. 포착하기 어려운 리듬과 잃어버린 단어들의 편린을. 잠깐 동안 하나의 대사가 내 입을 통해 형태를 갖추려고 시도했고, 내 입은 놀란 숨소리 이상의 무언가를 내뱉기 위해 기를 쓰는 벙어리의 입처럼 벌어졌다. 그러나 결국 그것은 말이 되어 나오지 않았고, 거의 떠올릴 뻔 했던 기억 속의 그것은 영원히 소통불가능한 것으로 남았다.

개츠비의 과장된 감상성에도 불구하고 닉을 감동시킨 것은 바로 그것, 닉 자신은 이미 잃어버린, 또 닉뿐만 아니라 데이지나 톰 등 당시 미국 사회가 잃어버린 어떤 것, 바로 순수한 꿈과 희망 혹은 때 묻지 않은 이상이었던 것이다.

그것은 사회적으로는 바로 이미 철 지난 유행이 되어버린 정신적이고 도덕적인 아메리칸 드림의 이상이고, 개인적으로는 순수한 사랑과 열정이다. 그는 비록 버스가 지나간 후에 손을 흔드는 시대착오적인 인간이었지만, 오히려 바로 그래서 개츠비는 역설적으로 어떤 '위대한' 일면을 간직한 인간이라고 할 여지가 생기는 것이다. 세상이 너무 영악해지고 부패해버렸을 때, 어리석게도 홀로 순수함을 간직하다 파괴당할 때, 세상은 그의 어리석음을 비웃고 가엾게 여기겠지만, 그럼에도 누군가에게는 긴 마음의 여운을 남기는 것처럼.

그리고 개츠비가 고대 로마의 속물 트리말키오와 차별화되는 지점도 바로 거기에 있으며, 이 소설이 단순히 물질주의에 찌든 미국 사회를 풍자하고 조롱한 것에 그치지 않고 오늘날까지 독자들의 사랑을 받는 이유도 거기에 있다.

목숨 걸고
열정을 바칠 가치가 있는가?

낭만은 달콤한 꿈이고 현실은 지리멸렬하고 환멸스럽다. 오랜 세월이 흐른 후에 첫사랑의 달콤한 추억을 되찾기 위해 그 첫사랑을 수소문하여 다시 연애를 했다가, 결국 차라리 만나지 않았더라면 더 좋았을 걸, 하며 후회하듯이. 옛사랑의 달콤함은 기억 속에서 발효되어 환상적인 매혹을 풍기지만, 흘러간 세월과 변해버린 그 사람의 현실은 나의 평범한 현실과 조금도 다름없음을, 오히려 더 비루한 것임을, 체험으로 느껴본 사람들은 알리라.

그건 마치 연애는 낭만이고, 결혼은 현실인 것과 다를 바 없다. 가차 없는 현실은 매달 빠듯한 가계부와 카드회사 고지서, 치솟는 전세 값과 아이들 학원비, 옆에서 잠든 사람의 코 고는 소리와 방귀 냄새, 눈치 주는 처가댁, 시월드의 끝없는 잔소리와 간섭 같은 것들로 이루어져 있다.

개츠비는, 그 달콤한 낭만적 꿈의 매혹 속에서 살다가 갑자기 죽었으니 차라리 다행이라고 할 수는 없을까? 만일 개츠비의 꿈이 현실로 되었다면, 데이지가 톰과 이혼하고 개츠비와 결혼하게 되었다면, 개츠비는 데이지와 함께하는 현실적인 부부생활에서 진정으로 행복을 얻게 될까? 데이지는 톰과 사는 것보다 개츠비와 사는 데서 진정한 사랑과 행복을 찾게 될까? 개츠비가 쌓아올린 그 부가 불법적인 사업으로 이루어진 것이고, 그런 의미에서 마치 카드로 지은 집이나 다름없는데, 만일 그 카드로 만든 집이 무너져버릴 때도 그들의 사랑은 변함없이 견고하게 지켜질 수 있을까? 이 소설에 나온 데이지의 캐릭터로 볼 때, 그럴 가능성은 거의 없어 보이지 않는가?

그런 면에서 데이지는 지극히 리얼리스트적인 처신을 했다고도 볼 수 있다. 비록 톰이 괴물처럼 덩치만 크고 속은 텅 빈 인간인 데다 끊임없이 외도를 하는 남자이지만, 데이지로서는 톰 곁을 떠나기에는 잃을 것이 너무 많아 보였을 것이다. 환멸과 냉소, 권태로 가득한 결혼생활이지만 데이지에게는 어린 딸이 있고, 무엇보다 톰은 그녀가 매달리는 화려하고 향락적인 생활을 보장해주고 있었다. 데이지는 개츠비의 존재를 톰의 질투를 불러일으키고 다시 자기에게 집중하도록 하는 데 이용할 수 있었고, 실제로도 그렇게 되었다.

물론 독자들은 데이지가 개츠비와는 무관하게 그토록 재미없고 불만족스러운 결혼 생활 따위 청산하고 자유롭고 당당하게 독립적인 자신만의 삶을 개척해나갈 수도 있지 않느냐고 말할 수도 있을 것이다. 말이야 쉽지, 공부를 많이 한 것도 아니고 특별한 재능도 없이 온실 속의 화초처럼 자란 데이지가 그럴 배짱과 용기를 내어 불확실하고 거친 야생의 삶을 선택하는 게 결코 녹녹한 일은 아닐 것이다. 한마디로 운 좋게 재벌 3세와 결혼해서 풍족하게 살던 평범한 여성이 남편이 맘에 안 들고 사는 게 지루하다고 하루아침에 그 모든 걸 내팽개칠 수 있다고 믿는 그것이 오히려 지나치게 순진한지도 모르겠다. 만일 그렇다면, 그녀는 정말로 대단한 용기를 가진 독립적인 여성일 터이지만. (이글을 읽는 여성들 가운데, 데이지를 신랄하게 비판하면서 "나라면 절대 그렇게 살지 않을 거야!" 하고 정말로 솔직하게 그렇게 말할 수 있는 사람이 얼마나 될까?)

그래서 데이지는 어리숙한 허영덩어리처럼 보이지만, 그런 계산엔 훤한 여자라고도 볼 수 있다. 자기가 어떤 사람인지, 어떤 한계를 가진 존재인지 잘 아는 사람.

개츠비를 읽으며
다시 나를 생각한다

여기서 나는 다시 소설의 화자인 닉에 주목하고

자 한다. 닉 캐러웨이는 데이지 못지않게 좋은 집안 출신이고 좋은 대학을 나와서 성공과 행운을 거머쥐기 위해 뉴욕의 월스트리트로 진출한 청년이다. 데이지나 톰 뷰캐넌과 같은 '금수저' 클럽이다.

하지만 닉은 자신의 삶을 위해 그들과는 결정적으로 다른 선택을 했다. 그는 성공과 출세 대신 인생을, 자기 자신을 택한 것이다. 내가 닉에 주목하고, 이 소설을 읽으며 진정으로 위대한 인간은 개츠비 이상으로 바로 닉이라고 생각하는 까닭이다.

닉은 개츠비가 죽고 난 후, 뉴욕을 떠나 고향으로 낙향해 이 소설을 썼다. 그는 소설 앞부분에서 결국 개츠비가 옳았다고 하면서 이렇게 쓴다. "인간들의 설익은 슬픔과 조급한 기고만장에 대해 내가 잠시나마 관심을 잃게 되었던 것은 개츠비를 삼킨 것들, 그리고 개츠비의 꿈이 지나간 자리에 부유하는 더러운 먼지들 때문이었다."고. 그는 개츠비에게서 희망이라는 이름의 남다른 재능을 발견했고, 반면에 뉴욕에서 마주친 현실에서는 그와는 다른 "더러운 먼지들" 같은 속물주의에 찌든 물질적인 향락과 퇴폐상만을 보았을 뿐이다. 그리고 그 전형적인 모습을 바로 데이지의 남편이자 대학 동창인 톰 뷰캐넌에게서 보았다.

톰은 막대한 재산의 상속자이지만, 그 재산을 제외하고 나면 특별한 재능이나 매력을 발견할 수 없는 인물이다. 대학 때 유명한 미식축구 선수로 이름을 떨쳤고, 그래서 건장한 체격을 가졌지만, 오만하고 거친 행동과 말투, 진부한 편견에 가득 찬 머리, 자신의 부를 과시하기 위해 거창한 폼을 재는 헤픈 씀씀이가 전부인 그런 인물. 그는 데이지라는 미모의 여성을 집안에 들여앉혀 놓고 하는 일이라곤 흥청망청 돈을 쓰고, 승마나 폴로 경기나 즐기고, 툭하면 해외여행이나 가고, 신혼 초부터 여기저기 은밀하게 혹은 대놓고 정부를 만들어 일탈을 즐기는 일이 전부다. 그래서 그는 데이지로부터 "짐승 같은, 거대하고 괴물 같은 육체의 표본"이라는 비아냥거림이나 듣고 있다. 사실 데이지도 톰의 삶과 크게 다를 바가 없다. 데이지도 하는 일 없이 처녀 때와 다름없이 여기저기 파티나 쫓아다니는 게 전부다. 끊임없이 지루해하면서도. 아직 톰의 나이 서른, 데이지의 나이는 고작 스물세 살에 불과한 데도!

그들 부부의 삶은 돈은 많고 딱히 특별히 가치 있거나 의미 있는 일은 손톱만큼도 없는, 향락과 권태에 짓눌린 삶일 뿐이다. 쇼펜하우어가 말했다. 인간은 고통과 권태 사이를 끊임없이 왔다 갔다 하는 시계추라고. 톰과 데이지 부부는 정확하게 권태에서 벗어나는 것이 유일한 삶의 과제가 되어버린 경우다.

데이지는 이렇게 푸념한다.

"우리 이제 오후에 뭐하지?" 데이지가 소리쳤다. "그리고 내일은, 그리고 또 삼십 년 동안은?"

그래, 바로 그것이 문제다. 이상하게도 이 아름다운 소설에서, 멋진 문장이 도처에서 우리를 매혹시키는 이 소설에서 내 마음을 가장 크고 깊게 울렸던 문장은 데이지가 내뱉은 이 짧은 말이다. "우리 이제 오후에 뭐하지? 그리고 내일은, 그리고 또 삼십 년 동안은?"

이 문장은 마치 데이지가 직접 나를 향해 던지는 질문 같았다. 너는 어떤 인간이며, 어떤 인생을 살아갈 것이냐! 하고. 그리고 이 질문은 개츠비를 읽는 모든 독자들의 영혼을 사로잡고 흔드는 질문이기도 하다. 이 질문에 대한 답변은 물론 각자 다를 것이다.

소설 속에서 데이지는 이 질문에서 더 이상 나아가지 않는다. 권태와 지루함을 또 다른 향락으로 덮어버릴 뿐. 톰과 데이지 커플은, 마치 평생에 걸쳐 이루고자 하는 목표에 마침내 도달한 후에 더 이상 할 일이 없다는 사실에 망연자실해진 사람들 같다.

물론 많은 사람들이 행복에 도달하기 위해 부자가 되기를 꿈꾼다. 즉 행복의 수단으로 물질적 가치, 특히 부를 추구한다. 그러나 막상 그것을 이루었을 때는 이미 너무 늙어 버렸거나 그것을 이룬 후에 무엇을 추구해야 하는지 모른다. 뒤늦게 열정을 쏟으려 이것저것 손대보려 하지만 정작 자신이 무엇에 열정을 바쳐야 할지 알지 못한다. 평생 자신이 누구인지 진지하게 고민해본 적이 없기에 이제는 아예 '무엇을 원해야 할지'조차 더는 찾을 수 없게 된 것이다.

개츠비에게는 영원한 이상, 초록 불빛이 있었다. 비록 환상에 불과한 것일지언정, 그게 남아 있었다. 그러나 톰과 데이지에게는 넘치는 물질적 부를 소비하고 쾌락적이지만 덧없고 공허한 향락을 누리는 것 외에 아무것도 남아 있는 게 없었다.

소설의 화자인 닉은 바로 이것을 꿰뚫어본 것이었다. 청년인 닉 자신도 남들처럼 혹은 세상이 그렇듯 세속적인 성공과 부를 좇아 뉴욕의 증권가에 몸을 담았지만, 개츠비 사건을 겪으면서 그는 삶에 대한 새로운 인식을 얻었다. 그래서 그는 쓴다.

> 나는 그 시절의 것들을 고스란히 다시 되살려 모든 종류의 전문가 중에서도 가장 희귀한 존재, 이른바 '균형 잡힌 인간'이 되고자 했던 것이다.

균형 잡힌 인간이 된다는 것은 무슨 뜻일까? 그건 세속적인 것들을 외면하지 않으면서도 그것에 매몰되지 않는 것이다. 인간으로서 자기완성을 추구해나가는 데 반드시 필요한 물질보다 더 소중한 가치와 삶의 의미를 망각하지 않고 산다는 것이다. 인간의 삶을 산다는 것은 동물들처럼 그저 배부르고 등만 따뜻하면 되는 것이 아니다. 의식을 가진 존재인 인간은 누구나 자기실현 혹은 자기완성을 추구한다. 삶이 완성되어가는 것은 자기완성의 가치를 추구하는 과정 자체에 있다.

닉은 자기가 겪은 경험을 그저 스쳐 지나가는 경험으로 끝내지 않고 자기성찰의 기회로 삼았다. 그리고 글쓰기를 통해 그 경험의 의미를 끝까지 추적하고, 거기서 자신의 미래 삶의 방향을, 자기 삶의 의미와 추구할 만한 가치가 무엇인지를 반성한다. 너무 쉬운 것은 가치가 없다. 닉이 이루고자 하는 균형 잡힌 인간의 길 역시 녹녹한 길만은 아닐 것이다. 그러나 그는 과감히 과거를 정리하고 불확실한 미래를 향한 새로운 출발점에 선 것이다. 그것이 진정한 용기다.

개츠비가 매혹적인 인물이긴 하지만 내가 이 소설의 진짜 주인공은 바로 화자인 닉 캐러웨이라고 믿는 이유가 그것이다. 그가 개츠비의 삶을 통해 발견한 것은 한 인간의 포기하지 않는 꿈과 희망, 그리고 열정의 힘이다. 진정으로 한 생을 바쳐 추구할 만한 가치가 있는 것은 무엇인지에 대한 진지한 탐색이다. 그리고 그것은 '나는 누구인가?'라는, 자기 존재의 핵심에 대한 탐색이기도 하다. 한 생을 살아가면서 닉이 고민하고 성찰했던 이런 문제들을 깊이 숙고하지 않고 산다면, 그것은 각자의 삶에 대한 뼈아픈 모독일지도 모른다.

02

흔들리는 내 자아,
미성숙한 육체와
영혼 사이의 딜레마

—

서머싯 몸, 《인생의 베일》

신은
인류가 지상에 오래 살아남게 하기 위해서
인간에게 환상이라는 묘약을 심어주었다.
그것이 바로 사랑이다.

쇼펜하우어

가끔 이런 질문을 던지곤 한다. 사람은 왜 혼자만으로 충분하지 못할까? 왜 우리는 타인을, 사랑이라는 이름으로 불리는 누군가를 필요로 하는 걸까? 우정을 나눌 친구들만으로는 뭔가 부족하기에 끊임없이 사랑할 누군가를 갈망하는 것일까? 인생에서 사랑이 의미하는 바는 무엇일까?

　나는 내가 진행하고 있는 문학 수업의 텍스트로 서머싯 몸의 소설 《인생의 베일》을 강의하면서 다시 그런 질문을 떠올렸다. 왜냐하면 이 소설이 낭만적이고 황홀한 사랑이라는 환상의 베일 너머에 존재하는 삶의 혹독한 진실을, 육체와 영혼 간의 불협화음이라는 그 치명적인 갈등을 선명하게 보여주기 때문이다. 무엇보다 이 소설의 미덕은 한 독립적인 인격체로서 주체적인 삶을 살기 위해선 무엇이 필요한지 선명하게 드러낸다.

　특히 인생 경험이 짧아 사랑도, 삶도, 결혼 생활이 어떤 것인지 아직 잘 모르는 젊은 청춘들이 한번쯤은 꼭 읽어볼 만한 가치가 있는 작품이다. 성과 사랑, 결혼, 삶의 형식에 대해 깊이 사색하게 만드는 힘이 있기 때문이다. 또 자녀를 가진 부모들이라면 진정으로 자녀의 행복을 위한 길이 무엇인지 다시 생각하게 만들어줄 것이다.

퍼시 셸리의 불행한 삶과
환상의 베일 너머

이 소설은 우리에겐 《달과 6펜스》라는 작품으로 그 이름이 익숙한 소설가 서머싯 몸이 1925년에 발표한 작품이다. 소설의 원래 영어 제목은 '더 페인티드 베일The Painted Veil'이다. 이 소설은 2007년에 나오미 와츠와 에드워드 노튼이 주연을 맡은 〈더 페인티드 베일〉이란 영화로 만들어졌고 많은 관객들의 사랑을 받았다. 영화 줄거리는 소설과 많이 다르다. 영화는 불륜으로 갈등을 빚던 부부가 뒤늦게 사랑을 깨닫고 화해를 하지만, 바로 그 순간에 죽음이 사랑을 갈라놓는다는 비극적인 멜로드라마로 끝을 맺는다. 그러나 진실을 탐구하는 소설은 그런 감상적인 멜로드라마와는 많이 다르다,

소설 제목을 굳이 직역하면 '채색된 베일' 정도가 될 것이다. 제목은 바이런, 존 키츠와 함께 19세기 영국의 3대 낭만주의 시인으로 손꼽히는 위대한 시인 퍼시 셸리Percy Bysshe Shelley, 1792~1822가 1818년에 쓴 소네트 시 〈인생의 채색된 베일을 걷어내지 말라Lift not the painted veil〉에서 따왔다. 한국어 번역판에는 이 시의 원문이 번역되어 있지 않다.

시의 원문을 번역하면 이렇다.

　　베일을 걷어내지 말라, 사람들이 인생이라 부르는 그 채색된 베일을

　　비록 기만적인 형상들이 거기에 그려져 있다 할지라도.

　　그리고 한가롭게 펼쳐진 색깔들로 우리가 믿고자 하는 모든 것을

　　이 삶이 단지 흉내만 낸다 할지라도 ― 그 뒤에는

　　쌍둥이 운명의 여신, 공포와 희망이 잠복하듯 숨어 언제나 은밀하고

　　음울하게, 깊은 삶의 틈새에다 자신의 그림자를 엮어내고 있으니.

　　나는 그 베일을 걷어내 버린 어떤 사람을 알았다 ― 그는 구했다

　　고뇌 깊고 민감한 그의 마음은, 사랑할 대상들을 찾으려 했다

　　아! 하지만 그는 아무것도 찾을 수 없었다. 아무것도.

　　그 세계 속에는 그가 인정할 만한 그 어떤 것도 없었다.

　　수많은 무관심한 사람들 사이로 움직이며

　　환영 같은 그림자들 사이에서 빛나는 광휘를,

　　음울한 광경 속에서 밝게 드러나는 하나의 얼룩 같은 핵심을,

　　진리를 찾으려는 한 영혼도 찾았지만,

　　그러나 옛 전도자가 그러했듯 그 역시 아무것도 찾지 못했던 것이다.

　이 시는 내게 비통한 감정을 불러일으킨다. 시를 쓴 셸리의 굴곡진 슬픈 생과 내가 겪고 보았던 생의 온갖 희비극적 형상들이 떠오르는 탓이다.

　퍼시 셸리는 고작 스물여섯 살에 이 시를 썼다. 이 비관적이고 염세

적인 시는 사실 시인 자신의 참담한 인생 경험을 표현한 것이다. 시인은 아직 너무 젊은 청춘이었지만 마치 육십 평생을 다 살아 버린 사람처럼, 인생의 혹독함을 다 겪어 버렸다. 실제로 그는 고작 서른의 나이에 요절했다.

셸리의 인생은 마치 이 소설의 또 다른 버전처럼 읽히기도 한다. 정말 겹치는 부분도 많다. 그는 옥스퍼드에 다닐 때 '무신론의 필요'라는 팸플릿을 써서 배포했다가 학교에서 쫓겨났다. 다음엔 열여섯 살 밖에 안 된 해리엇 웨스트브룩이라는 소녀와 서툰 사랑에 빠졌다가 열아홉 살 때인 1811년에 첫 결혼식을 올린다. 결혼 3년 만인 1814년에 그의 정신적 스승이나 다름없던 철학자 윌리엄 고드윈의 딸 메리와 사랑에 빠지게 된다. 나중에 퍼시 셸리와 함께 최초의 SF소설이라고 불리는 《프랑켄슈타인》을 쓴 바로 그 메리 셸리다. 메리에게 사랑을 뺏긴 충격을 이기지 못한 어린 아내 해리엇은 절망에 빠져 하이드 파크의 못에 몸을 던져 자살하고 말았다.

결국 그는 1816년에 메리와 재혼하게 되지만, 세상의 비판 여론과 창작으로 인한 과로를 견디지 못해 도망치듯 영국을 떠나야만 했다. 당대 최고의 저명인사이자 위대한 시인인 바이런과 만나 깊은 교류를 나누기도 했지만, 그의 세 자식을 모두 잃는 불행을 겪었다. 불행한 운명은 끝까지 그를 놓아주지 않았다. 그가 서른 살 되던 1822년, 아내 메리와 넷째 아이만 남겨 놓은 채, 운명은 그가 탄 배를 풍랑으로 전복시켜 그를 영원히 죽음 속에 가두었다.

이 시를 쓰게 될 1816년, 셸리는 깊은 환멸과 허무에 빠져 있었다. 첫 아내의 자살과 메리가 낳은 자식들의 죽음, 가난, 그리고 세상의 비난으로 심신이 피폐해져 있었다. 생의 가차 없음과 예측 불가능한 타격, 세상사의 잔혹함을 온몸으로 겪었던 탓이다. 아직 더 많이 젊었던 시절, 삶이 드리워 놓은 기만적으로 찬란한 오색 베일 속에서 새로운 세계에 대한 희망과 포부, 이상과 비전으로 충만했던 그 시절, 그는 패기롭게 생과 부딪쳐 나갔지만 돌아온 것은 혹독하고 참담한 인간의 운명이었다. "환영 같은 그림자들 사이에서 빛나는 광휘를" 찾고자 했지만, 그가 걷어낸 베일 너머에서 기다리고 있는 것은 허무와 공허였던 것이다.

화려하게 드리워진 인생의 베일, 그 겉보기에 휘황한 베일 너머를 들여다볼 수 있도록 하기 위해 운명은 그에게 그토록 잔인한 경험들을 겪도록 한 것일까? 나는 여기서 쇼펜하우어의 한 문장을 아프게 인용하지 않을 수 없다.

우리는 인생의 초반이나 전반부에는 누구나 그렇듯 행복에 대한 큰 갈망과 희망, 그리고 포부에 가득 차 있다. 그러나 인생의 후반부에 접어들면 다소 사람마다 차이가 있겠지만, 우리가 그처럼 갈망하던 사랑이나 행복, 야망이 한갓 망상의 산물에 불과하다는 것을 깨닫는다.

쇼펜하우어는 생의 후반부에 이르러서도 이런 삶의 진실을 깨닫지 못한다면, 그 사람은 "아직 생의 전반부를 살고 있거나 아니면 멍청이다"라고 말한다. 쇼펜하우어에 따르면 삶에 대한 미숙한 환상의 베일을 걷어낸 후에 보게 되는 삶의 진실은 "즐거움을 누리기 위해 우리에게 보내진 선물이 아니다. 오히려 우리가 고역으로 갚아야 할 의무이며 과업이다. 그러므로 크고 작은 모든 일에는 일반적인 불행, 그칠 줄 모르는 노력, 경쟁, 계속되는 투쟁, 몸과 마음 다 바치는 긴장 속에서 어쩔 수 없이 수행하는 활동이 있을 뿐이다."

셸리는 고작 삼십 년 밖에 살지 못했지만, 그 역시 이 시를 쓸 즈음엔 쇼펜하우어가 본 것과 똑같은 것을 생의 베일 너머에서 본 것인지도 모른다. 그리고 이 소설《인생의 베일》의 여주인공, 귀엽고 천진한 키티가 결혼과 불륜의 사랑, 죽음의 그림자 아래서 보낸 세월을 통해 깨닫게 된 것도 어쩌면 인생이 드리우는 환상의 베일 너머에 존재하는 것들에 대한 서늘한 인식일 것이다.

순진한 키티, 낭만적 사랑의 환상에 점령당하다

운명의 드라마가 펼쳐지는 무대는 1920년대 영국과 홍콩이다. 놀랍게도 이 소설의 첫 장면은 불륜의 현장, 그것도 그 현장을 들키는 조마조마한 순간에서 시작한다. 대중적 감각이 뛰어났던 작가의 교묘한 장치다.

그녀가 깜짝 놀라 소리를 질렀다.

"왜 그러지?"

그가 물었다.

덧창이 닫힌 어두운 방 안이었지만 그는 그녀의 얼굴이 갑자기 공포로 사색이 되는 것을 보았다.

"방금 누가 문을 열려고 했어요."

"하녀나 하인 중 하나였겠지."

"하인들은 이 시간에 얼씬도 안 해요. 내가 점심 후에 꼭 낮잠 자는 걸 아니까."

"그럼 누구지?"

"월터……."

그녀가 속삭였다. 입술이 파르르 떨렸다.

   지금 침실에서 긴장된 대화를 나누고 있는 두 사람은 키티와 찰스다. 키티는 영국 정부의 세균학자로 홍콩에서 근무하는 월터 페인과 결혼해서 홍콩으로 건너와 신혼 2년째를 보내고 있는, 스물일곱의 여성이다. 반면 마흔 살의 경험 많은 찰스 타운센드는 당시 영국 식민지이던 홍콩의 총독부 차관보라는 높은 직책을 가진 남자다.

   그러니까 지금 남의 남자, 남의 여자가 남의 여자 집에서 질편한 육체의 향연을 나누던 순간, 갑자기 누군가 문을 열려고 시도했던 것이다! 그리고 또 다른 중국식 창문의 하얀 손잡이가 소리 없이 돌아가던 것도 보았다.

키티의 육감대로 역시 남편 월터 페인이었다. 월터는 하필 그 날, 키티가 찾던 책을 가져다주려고 예고도 없이 불쑥 집에 들렀던 것. 우연히 낮에 집에 들어왔는데 내 침대에 내 아내와 딴 남자가 옷을 홀딱 벗고 있다면, 당신이 그 남편이라면 어떻게 할 것인가? 만일 이것이 실제 상황이고 남편이 다혈질의 성질 급한 남자라면 자칫 칼부림이라도 할 상황이다. 집집마다 총기가 넘쳐나는 미국이라면 상상하기조차 끔찍하다.

하지만 남편 월터는 냉철한 남자다. 짐승처럼 고래고래 소리 지르면서 불륜 현장을 덮쳐 아수라장을 만들지 않는다. 심지어 그날 밤에 퇴근해서도 낮의 사건에 관해서는 단 한마디도 입에 올리지 않는다. 분위기만 왠지 싸할 뿐. 그러나 이런 남자, 뒤끝은 정말 작렬한다. 무섭다. 이 남자의 뒤끝이 어떻게 전개될지는 조금 더 기다려보자.

키티는 그가 모든 걸 알고 있다는 걸 직감한다. 월터가 결혼 후 처음으로 굿나잇 키스를 해주지 않았던 것. 그리고 사흘간의 냉랭한 침묵 끝에 월터는 폭탄 같은 제안을 내놓는다. 지금 전염병 콜레라가 창궐하여 도처에 시체가 나뒹굴고 있는 중국 내륙의 작은 시골 마을 메이탄푸로 같이 가자는 것이다. 거기서 콜레라 세균 샤워하고 죽으라고? 이쯤 되면 뭐, 너 죽고 나 죽자. 아님 너만 죽든지. 재수 없게도 내가 죽는 경우는? 그래도 할 수 없고. 어차피 이런 세상 더 살고 싶지도 않아. 이런 생각일 수도 있겠다.

사실 키티는 남편이 모든 진실을 알고는 있지만 체면을 지키기 위해서라도 모르는 척하기를 바랐다. 정부 찰스도 그렇게 말했다. 오히려 수치스러워서 절대 무슨 짓 하지 못할 거라고. 하지만 남편 월터는 비록 냉철하고 점잖은 신사였지만 녹녹한 남자는 결코 아니다. 그의 상처 받은 자존심, 질투와 분노를 아직 세상 물정도 남자에 관해서도 제대로 알지 못하는 키티는 결코 가늠하지 못한다.

월터가 그 제안을 하기 전에 키티는 혼자 생각했었다. 만일 월터가 사실을 모른다면 다행이고 알게 됐다면 차라리 잘된 일인지도 모른다고. 처음에 그녀는 찰스를 몰래 만나는 것이 성에 차지 않았지만 체념하고 받아들였다. 그러나 시간이 흐를수록 찰스를 향한 열정은 풍선처럼 점점 더 부풀어갔고, 그들을 방해하는 장애물들에 대한 인내심도 열정에 반비례해서 사라지고 있었다. 더욱이 찰스라는 남자는 신중할 수밖에 없는 자신의 처지와 그들을 옭아맨 속박이 저주스럽다고, 둘 다 자유로우면 얼마나 좋을까, 하는 꿈 같은 말들을 그녀의 귀에다 속삭이지 않았던가!

달콤한 사랑의 환상과 맹목적인 열정에 눈이 먼 키티는 순진하게도 찰스가 속삭인 모든 말들이 의심의 어지 없는 진실이라고 믿는다. 차라리 진실이 밝혀지면 이를 계기로 서로 이혼하고 마침내 그들이 꿈꾸는 사랑의 성취를 얻게 될 거라고 확신한다. 그런 확신 때문에 모든 진실을 알고 있는 월터가 같이 가지 않으면 간통으로 고소할 거라며 메이탄푸에 같이 가야만 한다고 했을 때도, 키티는 자신 있게 큰소리 친다. "그는 나랑 결혼하고 싶어 안달이라고요. 도로시 타운센드는 기꺼이 그와 이혼할 거고 우리는 자유가 되는 순간 결혼할 거예요."

월터는 그런 그녀를 비웃는다. "바보 멍청이"라고 말하면서. 월터는 키티가 빠져 있는 환상을 더욱 처절하게 깨버리기 위해 역제안을 한다. 찰스가 아내와 정식으로 법적인 이혼을 한 후에 일주일 안에 키티와 결혼하겠다고 서면 동의를 해주면 자기도 이혼해주겠다고. 아니면 자신과 같이 메이탄푸로 가야만 한다고.

그때 키티는 그에게서 돌아서면서 비장하게 선언한다.

"당신은 사랑이 뭔지 몰라. 찰스와 내가 서로를 얼마나 간절하게 사랑하는지 짐작조차 하지 못할걸. 중요한 건 바로 그것뿐이에요. 우리의 사랑을 위한 희생쯤은 식은 죽 먹기예요."

진짜 인생은
달달한 멜로드라마가 아니다

아아, 현대판 로미오와 줄리엣이 곧 등장하려는 듯. 그러나 과연? 사랑이 뭔지 모르는 게 키티일까 월터일까? 찰스는 키티가 철석같이 믿고 있듯이, 키티와의 사랑이 모든 걸 희생하고서라도 쟁취할 만한 가치가 있는 것이라고 생각할까? 자신의 명예와 일, 사회적 지위, 목표, 재산 이 모든 걸 포기할 만큼?

키티는 그날 당장 찰스가 근무하는 사무실을 찾아가 찰스를 놀라게 한다. 그리고 거기서 그녀가 맞닥뜨리는 것은 베일이 훌쩍 벗어진 낭만적인 사랑의 적나라한 진실이요, 찰스라는 남자의 본심이요, 그녀의 가슴을 찢어 놓는 환멸과 배신감뿐이다. 나에겐 진실한 사랑이었지만, 그대에게는 단지 스쳐 지나가는 바람이었던가! 물론.

둘 사이에는 뻔한 대화가 오간다.

"이 세상에 오직 나 말고는 원하는 게 없다는 말은 왜 했죠?"
"오, 이런, 사랑에 빠진 남자의 말을 곧이곧대로 믿기는 어려운 법이야."
"진심이 아니었나요?"
"그 당시엔 그랬지."

혹은

"오, 찰스, 내가 얼마나 당신을 사랑하는지 모르나요?"
"내 사랑, 나도 당신을 사랑하오. 다만 우리는 사막 한 가운데 사는 게 아니고 우리에게 주어진 상황 속에서 최선을 다해야 해요. 제발 이성적으로 생각해요."

그리고 결정적인 찰스의 말.

"남자는 평생을 같이 보내고 싶은 바람 없이도 한 여자를 아주 많이 사랑할 수 있어."
그리고 키티에게는 치욕적이지만, 스스로 사실임을 인정할 수밖에 없는 말까지 꺼내고 만다.

"당신이 나와 잠자리를 하고 싶다는 의사 표시가 명백하지 않았다
면 나도 당신과 잘 생각은 분명 하지 않았겠지."

키티는 이런 말을 들으면서도 죽어버리겠다, 메이탄푸로 가면 죽을
지도 모른다는 등 동정심 유발과 협박 전략까지 동원하지만 찰스는
꿈쩍도 하지 않는다. 찰스는 냉정을 잃지 않고 키티를 향해 냉소적인
한마디를 던진다.

"지금은 멜로드라마를 쓸 때가 아니야."

서머싯 몸의 이 소설 역시 싸구려 멜로드라마가 아니다. 진짜 소설
은 아름다우면 아름다운 대로, 추하면 추한 대로 진실을 탐구한다. 진
실의 인식과 탐구, 그것이 소설 미학의 진정한 매혹이자 문학의 힘이
다. 인생의 베일을 들추어내어 진실을 있는 그대로 보여주지 않고 환
상만을 가득 부풀려주는 것, 그런 걸 우리는 멜로드라마요, 청소년용
하이틴 로맨스 소설이라고 부른다.

홍콩 총독부 차관보라는 지위에 다음 총독 물망에도 오르고 있는
찰스에게 키티는 그저 성적인 유희 혹은 연애 대상일 뿐이었다. 비록
키티까지 그 상대인 줄은 몰랐지만 자기 남편이 끊임없이 연애하며
성적인 유희를 즐긴다는 걸 찰스의 아내 도로시 타운센드도 너무 잘
알고 있다. 물론 그녀는 가정을 깰 생각이 추호도 없다. 그러기엔 자식
들과 또 다른 가진 게 너무 많다. 오히려 그녀는 남편의 바람 대상이
되는 '그녀'들이 불쌍하다는 투로 말한다. 어찌나 불쌍한지 그녀들과

친구가 되고 싶다고 말할 정도다. 하물며 자기 남편에게 빠진 여자들이 어쩌면 그렇게 하나같이 싸구려 같은지 썩 자랑할 만한 일은 못 된다고 능청을 떨기도 한다.

이런 사실을, 자기 남편도 이미 꿰뚫고 있었던 사실을 순진한 키티 그녀만 몰랐던 것이다. 왜? 너무 젊은 그녀는 아직 풍부한 인생 경험도 연애 경험도 없었으니까! 남자와 사랑과 섹스의 진실에 대해 아무것도 몰랐으니까! 무엇보다 영혼의 사랑과 육체의 사랑, 몸 따로 마음 따로인 인간의 본성에 대해서 몰랐으니까!

결국 배신감과 모멸감, 암울한 절망에 휩싸인 채 집으로 돌아온 키티. 그렇다면 집에서 키티를 기다리고 있는 남편 월터는 집에서 뭘 하고 있었을까? 그는 벌써 같이 여행을 떠날 짐을 다 싸 놓고 기다리고 있었다! 내성적이고 수줍음을 타는 듯하지만 동시에 냉철하고 냉소적인 지성의 소유자인 월터라는 캐릭터를 잘 보여주는 대목이다. 그리고 그들은 다음 날, 중국 내륙의 오지 마을 메이탄푸를 향한 슬프고 긴 여정에 들어간다.

소설은 이제 홍콩을 떠나 메이탄푸로 무대를 옮긴다. 메이탄푸에서 월터는 그곳에서 창궐하고 있는 콜레라를 퇴치하기 위해 헌신적인 노력을 기울인다. 모든 마을 사람들, 관료들이 감복할 정도로. 심지어 그를 그토록 미워하고 증오하기까지 했던 키티조차도 마음속으로 감동할 정도로.

키티는 그곳에서 만난 행정 부관인 워딩턴이라는 인물에게서 찰스와 월터에 관해 많은 것을 듣게 된다. 워딩턴에 따르면 찰스는 "이 세상에 자신 이외는 어느 누구에게도 진심으로 손톱만큼도 신경을 쓰는 위인이 아니다." 반면에 키티의 남편 월터에 대해서는 칭찬을 아끼지 않는다.

키티가 메이탄푸에서 발견한 것도 당혹스럽지만, 월터가 가진 인간적인 매력과 어떤 위대함이었다. 그의 사려 깊음, 헌신성, 다정함, 냉철한 현실감각, 그 모든 것을 현지에서 지켜보면서 키티는 찰스를 월터와 비교하지 않을 수 없다. 그녀는 비로소 찰스 타운센드의 가치를 명확하게 매길 수 있다. "그는 평범한 남자였고 그의 자질은 저급했다." 키티는 월터를 경멸했던 자신이 경멸스러울 지경이었다. 그럼에도 참으로 기이한 것은 찰스를 향한 욕망의 찌꺼기는 남아 있는 반면, 월터에 대해서는 연민이 가슴 가득 흘러넘치게 되었음에도 불구하고 사랑은 여전히 솟아나지 않는다는 사실이다. 만일 키티가 좀 더 일찍 월터의 장점을 발견했더라면 그를 사랑할 수 있었을까? 그녀는 왜 자신을 그토록 사랑하는 월터를 사랑하지 않았을까?

> 왜냐하면 그는 그녀를 사랑했지만 그녀는 그를 사랑하지 않았기 때문이다. 사랑한다는 이유만으로 자신을 사랑하는 남자를 경멸하도록 만드는, 인간의 가슴에 존재하는 그것의 정체는 무엇이란 말인가?

문제는 거기에 있었다. 처음부터 키티는 월터를 사랑하지 않았지만 월터는 그녀를 사랑했다. 자신은 무관심한데 상대는 일방적으로 자신을 열렬히 사랑할 때, 그 상대가 경멸의 대상이 되는 이 기이한 인간의 심리.

사실 키티와 월터 사이는 이미 첫 단추부터 잘못 꿰어진 탓도 크다. 남자를 볼 줄 모르는 키티의 어리석음에 대해 비판하기 전에 먼저 키티가 왜 그렇게 될 수밖에 없었는지, 그 상황적인 맥락을 이해할 필요가 있다. 이 소설에서 중요한 대목 중 하나가 바로 이 부분이다.

육체와 영혼의 분열,
자아의 영원한 딜레마

모든 불행의 시작은 잘못된 결혼, 즉 사랑 없는 결혼에 있었다. 거기엔 키티의 어머니 가스틴 부인이 있다. 그녀는 "엄격하고 냉혹하며 이래라저래라 하길 좋아하고 야심 많고 인색한 데다 우매한 여자"다. 남편 버나드는 유능한 변호사지만 야심은 없다. 부인은 소심한 남편을 경멸했고, 성공에 대한 자신의 야심을 채우려 남편을 "가차 없이 들볶았고" 그를 "조종할 수 있도록 자신을 무장시켰다." 선하고 예민한 남편의 반감에도 불구하고 그녀는 그를 몰아붙여 남편 스스로 지쳐서 항복하도록 만들었다. 그녀는 분에 넘치는 화려하고 성대한 파티를 열었고, 심지어 억지로 남편을 하원의원 선거에 나가게 만들었지만 결국 낙선하고 말았다. 그래도 그녀의 야심은 줄어들 줄 몰랐다.

가스틴 부인은 그런 여자였다. 자신의 세속적 야심을 채우기 위해

온 가족을 몰아붙이는. 키티도 예외일 수 없다. 키티를 그럴싸한 집안에 시집보내기 위해 일찍부터 사교계로 내보냈다. 가스틴 부인은 키티의 미모에도 불구하고 키티 나이 스물다섯에 이르도록 자기가 만족할 만한 신랑감이 나타나지 않자 초조해진다. 이젠 마치 못 쓰는 물건을 치우듯이 "그녀를 치워 버릴 수만 있다면 그녀가 누구와 결혼하든 상관하지 않을 것임이 분명했다."

더욱이 키티보다 외모나 모든 면에서 뒤처지는 키티의 여동생, 이제 열여덟 꽃다운 나이가 된 도리스는 오히려 그럭저럭 괜찮은 집안과 결혼하게 되었다. 키티는 불안하고 초조해졌다. 바로 그때, 월터 페인이 나타난 것이다. 키티의 어머니 가스틴 부인이 얼씨구나 할 수밖에. 키티는 11월에 있을 동생 도리스의 결혼 이전에 먼저 결혼해야 한다는 강박에 시달렸다.

불행히도 월터는 전혀 키티가 좋아할 만한 타입의 남자가 아니었다. 그녀에게는 그가 거슬려 보였다. 월터는 숫기도 없는 데다 키도 작고 호리호리하게 마른 남자였다. 표정은 냉소적이었고 생기라고는 없어 보이는 차가운 눈빛에 유머 감각도 없었다. 무엇보다 그는 속을 알 수 없는 남자처럼 보였다. 한마디로 월터는 키티에게 수컷다운 성적 매력을 전혀 보여주지 못했던 것이다. 그런데도 키티는 그 남자의 청혼을 거절할 수 없었다. 그녀는 자기보다 한참 어린 여동생이 먼저 결혼하는 사태로부터 도피하고 싶었고, '떨이 신세'로 전락하고 싶지 않았다. 부인 또한 그 결혼을 밀어붙였다. 그렇게 해서 결혼은 성사되었다. 단지 어머니의 압제로부터, 여동생의 결혼으로부터 '도망치기'

위해 키티는 전혀 사랑도 매력도 한 점 느끼지 못하는 낯선 남자 월터와 서둘러 결혼했던 것이다. 이런 상황에서 결혼하게 된 여자가 어떻게 그 남자를 사랑할 수 있을까? 처음부터 맘에 들지도 않았고, 상황에 내몰려 결혼하게 된 남자를, 그녀는 경멸함으로써 자신의 상처받은 자존심을 달래며 스스로를 위로할 수밖에 없었지 않을까? 고작 3개월 만에, 키티는 그 결혼이 완전히 실패라는 걸 스스로 인정할 수밖에 없었다.

불행한 결혼 생활이 이어지던 어느 날, 키티 앞에 섹시한 남자가 나타났다. 찰스는, 소위 말하는 '알파수컷'이었다. 여성들이 매혹을 느낄 만한 모든 요소를 다 갖추고 있었다. 키가 겅중하게 클 뿐만 아니라 잘생긴 얼굴, 단단한 체격. 폴로, 승마 등 모든 스포츠에 능한 데다 피아노까지 멋지게 연주할 수 있는 남자였다. 더욱이 많은 연애 경험으로 쌓은 화려한 언변까지 갖추고 있었다. 거기에 총독부 차관보라는 사회적 지위는 그에게 더욱 휘황한 후광을 덧씌워주고 있었다.

비록 그가 유부남이었다 할지라도 그런 남자의 유혹에 마음 설레지 않을 젊은 여자가 과연 얼마나 될까! 그의 모든 장점이 단지 '피상적인' 것일 뿐이고, 그 이면에는 속물적인 출세욕과 이기심으로 가득 차 있다 할지라도, 처음부터 그 가면 너머의 진실을 볼 수 있는 여자가 과연 얼마나 될까! 더구나 스물여섯 살이 되도록 제대로 된 연애 경험도 없고, 남자라고는 자기가 싫어하는 남편밖에 모르는 키티 같은 여자라면, 찰스 같은 남자에게 첫눈에 성적인 매력을 느낄 수밖에 없는게 당연하다고 말하면 지나친 말일까?

키티는 메이탄푸에서 끊임없이 찰스에 대해 곱씹으면서 그를 증오하려 애쓴다. 하지만 마음속 깊은 곳에서는 그와 나누었던 달콤하고 뜨거운 육체적인 쾌락의 향기가 남아 있는 탓에 들끓는 애증의 갈등에 괴로워할 수밖에 없다. 마음은 그를 향한 분노와 증오심에 불타지만, 찰스의 애무를 기억하고 있는 육체는 그런 그녀의 마음을 계속 배반하는 것이다.

영혼과 육체의 분열, 키티는 찰스에게서도, 남편 월터에게서도 그 분열 때문에 고통받는다. 메이탄푸에서 키티는 월터의 인간적인 매력과 장점, 위대함을 비로소 발견하게 된다. 마음은 그를 향해 열리고 있는데 문제는 그녀의 여성성이 월터를 남자로 사랑하고 싶어하지 않는다는 데 있다. 이성 간의 사랑은 결국 성적인 욕망에 바탕을 두는 것인데, 그녀의 육체가 여전히 그를 사랑하지 못하는 것이다. 반면에 찰스에게는 정반대 상황이다. 마음은 그를 증오하고자 하지만, 육체는 그를 그리워하고 있다.

한마디로 키티의 몸과 마음이 따로 놀고 있는 것이다. 대상에 따라 그녀의 몸과 마음은 제각기 다른 관심을 표명하고 있는 것이다! 차라리 그녀도 찰스처럼 쿨하게 육체와 영혼을 완전히 분리해 찰스를 그저 가벼운 성적인 유희의 대상으로 삼을 수 있었더라면 그토록 고통받지 않았을 것이다. 그러나 그녀는 너무 젊었고, 너무 경험이 없었고, 자신의 감상적인 성격 탓에 몸과 마음을 분리하는 것이 불가능했다.

21세기 첨단 시대를 사는 현대의 도시 남녀들, 좋게 말하면 쿨하고 시니컬하게 말하면 영악한 현대인들은 사랑과 연애를 쉽게 구분한다. 진지하고 진실한 영혼의 사랑과 서로 책임질 필요가 없는 유희적인 육체적 사랑을 구분할 줄 안다. 심지어 상대에게 아무런 것도 묻지도 따지지도 않고 순수하게 하룻밤 찐한 섹스를 즐기고 쿨하게 헤어지는 '원 나잇 스탠드'가 뭔지도 이해한다. (대도시 나이트클럽에는 바로 '그걸' 즐기려는 유부남녀들도 숱하다는 풍문이…) 지금은 소위 '성해방' 시대가 아닌가?

낭만적 사랑의 시대는 지나갔다. 연애와 사랑이 절대 분리되지 않던 시대, 한번 사랑에 빠졌다 하면 목숨을 걸었던 낭만주의 시대, 그런 시대는 서구에서는 이미 19세기에 거의 끝났다. 플로베르가 쓴《보바리 부인》이나 톨스토이의《안나 카레니나》의 여주인공 안나 같은 낭만적 사랑 소설이 풍미하던 그 시절은.

낭만과 감성을 배제하고 들여다본 인간의 자아에 관해 가장 명백한 사실 중 하나는 유독 인간에게만 나타나는 '몸 따로 마음 따로', 즉 육체와 영혼의 분열이다. 이것은 인간의 가장 큰 딜레마이기도 하다. 예를 들어 마음은 사랑하는데 몸은 전혀 성적인 매력을 느끼지 못해 결국 마음마저 멀어져 버린다. 반대로 몸은 반응하는데 마음이 따라가지 않기도 한다. 누군가를 전혀 사랑하지 않고서도 그 누군가와 뜨거운 밤을 보낼 수 있는 것이다. 물론 마음이 가면 몸은 절로 따라간다. 때로는 처음엔 마음은 별로이고 몸만 갔다가 자주 몸이 소통하다보니 마음도 덩달아 좋아지기도 한다.

이런 식으로 몸과 마음이 우리 자아 속에서 따로 노는 것 같이 느끼는 것, 그리고 실제로 삶에서 그것이 드러나는 것, 나는 이것을 실존적 심신이원론이라고 부른다.

이 실존적 심신이원론은 철학적 심신이원론과는 전혀 다르다. 실존적 심신이원론은 철학적인 관점에서는 일원론을 견지한다. 즉 생물학적으로 몸과 마음은 하나라고 보는 것이다. 다시 말해 마음이란 뇌의 작용에 불과하며 특정 마음 상태에는 반드시 거기에 조응하는 몸-뇌의 전기생리적인 상태가 존재한다고 보는 관점이다. 뇌가 없다면 마음도 없다.

철학적인 이원론은 이와 전혀 다르다. 그것은 뇌와 마음의 작용 사이에는 아무런 인과관계가 없다고 본다. 영혼은 육체가 죽어도 불멸한다. 이것이 바로 철학적인 이원론이다. 대표적인 이원론자인 철학자 데카르트에 따르면 육체는 일종의 시계처럼 기계적인 자연법칙에 따라 움직이지만 영혼만은 기계적인 육체와 무관한 독립적인 실체이며 그것은 육체가 죽고 난 후에도 독자적으로 살아남는다고 본다. 사실 이런 이원론은 인간의 느낌과 일치한다. 철학적 이원론이 생긴 경험적 배경도 거기에 있다. 육체의 움직임과 마음의 움직임이 마치 느슨하게 연결된 서로 다른 두 개의 독립적인 톱니바퀴처럼 느껴질 때가 얼마나 많은가? 철학적인 이원론은 아직 생물학이나 뇌과학이 발달하기 이전, 아직 해골뚜껑을 열어 뇌를 직접 들여다보고, 자기공명상 장치로 실시간으로 뇌와 마음의 흐름을 찍어낼 수 있기 이전, 우리의 느낌과 상상 속에서 몸과 마음이 분리된 듯한 느낌을 철학적으로 개념

화한 것에 불과하다.

　어쨌거나 중요한 건 실제 생활에서 우리의 느낌과 생각, 그리고 '나'라는 실존의 행위 양식이다. 피와 눈물과 땀과 정액 덩어리인 우리의 실존은 삶 속에서 몸과 마음이 따로 분리되어 있다고 느낀다. 남자들이라면 너무나 쉽게 이 말을 이해할 것이다. 아침에 자고 일어났을 때, 나의 의지와 무관하게 '거시기'가 하늘 높이 텐트를 치고 있는 걸 볼 때, 한편으론 남성성에 대한 자부심을 느끼지만 다른 한편으론 민망함을 느끼면서 웃음을 짓곤 하지 않는가?

　일찍이 16세기에 미셸 드 몽테뉴께서 《수상록》에서 스스로 고백했다시피, 시도 때도 없이 불뚝거리지만 정작 필요할 땐 나 몰라라 하며 꼼짝도 하지 않는 거시기 때문에 얼마나 많은 남자들이 미칠 듯이 곤란한 상황에 처하곤 하는가? 얼굴도 나오지 않는 쌔끈한 엉덩이 사진만 보아도 동공이 확대되고 몸 깊숙한 어딘가가 제멋대로 움찔거리는 걸 느끼지 않는가?

　다시 말해, 인간 남자들은, 이 빌어먹을 짐승 같은 수컷들은 사랑과는 무관하게 성적으로 쉽게 흥분한다. 흥분할 뿐 아니라, 황홀한 성적인 쾌락을 만끽하기도 한다. '남자들은 섹스를 위해 사랑을 한다.'라는 농담이 있다. 솔직히 뼈가 아주 많은 농담이다. 그럼 '여자들은 사랑을 위해 섹스를 한다.'는 농담은? 그건 반만 농담이다. 여성에 관한 이 농담은 마치 여성들은 결코 몸 따로 마음 따로 가지 않고 오직 사랑할 때만 섹스한다는 말처럼 들린다. 실제 현실에서 그런 '경향'은 분명 존재하지만, 내 생각엔 그것은 생물학적 차이보다는 문화적 차이 때문이다. 수천 년간 지속되어온 가부장제 문화 속에서 남자들은 상대적으로 성적인 자유를 누려왔다. 반대로 여성들은 성적인 억압을 당하는 가운데 순결이니, 정절이니, 순정한 사랑이니 하는 말로 너무 많이 세뇌되어온 탓이다.

키티와 월터, 찰스 이 세 사람의 관계를 통해 우리가 발견하는 것도 바로 이것, 육체와 영혼의 분리와 갈등이다. 육체의 사랑과 영혼의 사랑 간의 분열상이다. 생식과 섹스를 분리시킨 이래, 인간이라는 종을 고뇌와 번민, 고통과 갈등으로 점철되게 만든 원인이 바로 그것이다.

그러나 인간은 생물학적 본성과 어긋나게도, 생물학적인 욕망을 억제하는 일부일처제라는 제도적 구속을 만들어 놓았다. 성적인 금기가 생겼고, 그로 인해 불륜과 치정살인, 강간 같은 성폭력, 질투로 인한 고뇌와 갈등 등 온갖 문제들이 양산됐다. 결국 인간이 일부일처제라는 결혼제도에 묶여 있는 한, 영혼과 육체의 이원론으로 인한 갈등은 절대 끝나지 않을 것이며, 그것은 숙명처럼 따라다닐 것이다.

인간은 사랑이라는 이름으로 상대에 대한 독점적인 소유권과 구속을 요구한다. 영혼뿐 아니라 육체까지도 한 대상에게 충성하고 헌신해야만 한다는 관습적이고 도덕적 강제가 있다. 결혼한 사람들에게는 이런 도덕적 강제가 더욱 강력하게 부과된다. 그러나 인간의 생물학적 본성과 어긋나는 현실을 완전히 외면할 수는 없는 터라, 이혼이라는 제도로 숨통을 터놓은 정도일 뿐이다. 성적 권리의식과 개인주의의 발달로 오늘날 이혼은 한국 사회에서도 일상다반사가 되고 있다. 그리하여 다 지금 사랑이라는 것, 그리고 결혼이라는 것이 각 개인에게 어떤 실존적인 의미가 있는지가 문제시되고 있는 것이다.

요즘은 연애와 결혼, 이혼, 자녀를 가질 것인지 어떨 것인지 하는 모든 것이 개인의 자율적인 선택권의 영역이 되었다. 그러나 키티가 살았던 20세기 초엽 영국 사회에서 여자가 결혼하지 않고 혼자 산다는 것은 상상하기 어려운 일이었다. 한국 사회만 하더라도 아직까지 나이 서른이 넘도록 독신이면 명절 때마다 오지랖 넓은 친인척들에게 언제 결혼할 거냐는 따위의 잔소리를 들어야 하는데, 그 시대엔 오죽하겠는가?

키티가 요즘 시대에 태어났다면 설사 가스틴 부인 같은 강압적인 부모의 압력이 있다 하더라도, 단호하게 자신의 삶을 개척해가면서 자신에게 사랑과 결혼이 갖는 의미를 성찰하고 독립적인 선택을 할 수 있었을지도 모른다. 혹은 설사 찰스와 그런 사건을 일으켰다고 해도, 오늘날의 월터 페인이라면 쿨하게 이혼해주었을지도 모른다. 결혼했다고 해도 마음이 떠났다면, 그리고 상대가 이혼을 원한다면 이혼을 해주는 것이 현대적인 쿨함이 아닌가. 결혼 문서가 노예계약 문서가 아닌 이상. 그리고 진실한 사랑이란, 자신의 이기심을 넘어 상대가 진정 원하는 선택을 존중해주는 것이라면. 그렇지 않다면, 그것은 사랑이 아니라 복수심 혹은 이기심을 앞세워 상대를 고통 속에 계속 몰아넣겠다는 심보에 불과할 수도 있다. 월터가 키티의 불륜을 알았던 시점에 질투와 복수심, 상처 받은 자존심 때문에 차라리 그녀를 메이탄푸에서 죽게 만들겠다는 생각을 했던 것처럼.

오늘날 우리가 이해하는 에로스적 사랑이란 결국 타인에 대한 감정적인 애착이나 집착 같은 것이다. 상대의 영혼과 육체를 나만 독점하겠다는 소유론적 욕망에 바탕을 두고 있다. 반면에 존재론적인 사랑이란, 상대를 있는 그대로 사랑하는 것, 소유하거나 지배하거나 나에게 동화하려 하지 않고 상대의 환원 불가능한 타자성을 인정하는 것이다. 나아가 상대의 발전과 성숙, 행복을 위해 배려하는 것이다. 물론 거기엔 어떤 한계가 있을 것이다. 상대의 영혼 혹은 육체가 다른 대상을 향하고 있을 때는 어떤 선택과 결단이 필요할 것이다. 결별하든가, 아니면 고통스럽지만 받아들이든가.

그러나 요즘 자주 언론에서 회자되는 데이트폭력 ─ "네가 감히 내게 어떻게 그럴 수 있어!" 하고 소리치면서 폭력을 휘두르는 ─ 은 그저 저질스럽고 추악한 폭력 자체일 뿐, 거기엔 사랑이 1밀리그램도 포함되어 있지 않다. 상대가 "우리 이제 그만" 하고 결별을 선언할 때, 아무리 고통스럽고 질투심과 분노가 치밀어도 그것을 현실로 인정하고 놓아주는 용기, 그런 용기까지 포함하는 사랑이야말로 참된 사랑 방식이라고 할 수 있지 않을까. 인간은 과연 소유론적이고 이기적인 사랑이 아닌 존재론적인 사랑이 불가능한 것일까? 그건 어디까지나 이상이요, 인간의 이기적 본성을 모르고 하는 허튼소리에 불과한 것일까?

한 인간은
어떻게 성숙하는가?

이 소설은 영혼과 육체의 이원론을 다루고 있기도 하지만, 여성의 정신적 성숙 과정을 다루고 있다. 그런데 궁극적으로는 이 소설은 한 여성의 정신적 성숙 과정을 다룬 성장소설이기도 하다. 억압적인 가족관계로 인한 잘못된 결혼, 자신도 통제하기 어려운 육체적인 열정이 빚어낸 불륜의 사랑, 자존심과 질투, 허영심, 그리고 무서운 질병과 남편의 죽음 등. 여주인공 키티는 그런 시행착오와 고통스런 경험을 통과하면서 비로소 진짜 어른이 되어간다. 즉 자신이 누구인지, 삶과 사랑이 무엇인지를 깨닫고 성숙해가는 것이다.

키티는 메이탄푸에서 서서히 변해갔다. 죽음의 위험에도 불구하고 헌신적으로 환자들을 돌보는 남편 월터를 통해, 또 그곳 메이탄푸에서 동료들이 질병과 빈곤, 향수병으로 하나둘씩 죽어가는 것을 지켜보면서도 가난하고 버려진 아이들을 위해 봉사하고 보살피는 수녀원 수녀들을 보면서 자신이 정말로 무가치한 존재라는 걸 깨닫는다. 그리하여 자신도 무언가 쓸모있는 일을 하고 싶어 키티는 수녀원에서 봉사 활동을 시작한다. 힘겨운 봉사 활동을 하면서 키티의 영혼은 변화한다. 월터의 숭고함에 눈을 떴다. 그녀는 그 사실이 자랑스럽기까지 했다. 월터의 숭고함과 또 그곳에서 벌어지고 있는 고통스런 죽음들에 비하면 자신은 너무나 무가치한 존재였다. 이런 이유로 키티 자신처럼 무가치한 존재가 벌인 불륜사건은 하찮은 사건처럼 생각되기 조차 했다. 그녀는 진심으로 자신의 잘못을 뉘우치며 월터와 화해하기를 갈망한다. 그러나 상처 받은 자존심과 고집스러운 허영 때문에 월터는 쉽사리 그녀를 용서하지 못하고 그로 인해 키티의 마음은 참담함과 고뇌를 벗어나지 못한다. 그녀는 그런 월터를 보면서 고통스럽게 자문한다.

> 고통으로 가득한 세상에 잠깐 머물렀다 가는 신세로도 모자라 자신을 고문하다니 인간은 얼마나 딱한 존재인가!

위에서 인용한 문장과 관련하여 이 소설에서 가장 인상적인 대목은 키티와 워딩턴이 어느 날 높은 산에 있는 절에 올라갔다가 키티가 아래를 보면서 하는 상념이 나오는 곳이다. 높은 산 위의 절에서 탁 트인 시야 아래로 펼쳐진 강물과 논밭의 풍경을 내려다보며 그녀가 하는 생각은 자기 자신에만 빠져 있을 때와는 다른 바깥의 관점, 즉 대자연이나 하늘, 먼 곳의 관점에서 인간사를 바라볼 때 우리가 흔히 느끼곤 하는 감정을 드러낸다. 자신에게 빠져 있을 땐 자기의 고통, 고뇌, 아픔, 상처, 이것이 마치 세상에서 가장 중요하고 가장 큰 문제 같지만, 자기중심주의를 벗어나 바깥에서 바라보면 자기 자신뿐 아니라 자신이 겪는 모든 번뇌가 얼마나 작고 사소하고 하찮은 것인지를 깨닫게 되는 것이다.

그들(키티와 워딩턴)은 작은 건물의 계단 위에 앉아서 넘실대는 강물과 병마에 시달리는 도시를 향해 구불구불 뻗어난 길을 바라보았다. 총안이 뚫린 성벽이 보였다. 아주 천천히 흘러가는 강물의 모습에서 사물의 무상함과 애수가 밀려왔다. 모든 것이 흘러갔지만 그것들이 지나간 흔적은 어디에 남아 있단 말인가? 키티는 모든 인류가 저 강물의 물방울들처럼 어디론가 흘러가는 것만 같았다. 서로에게 너무나 가까우면서도 여전히 머나먼 타인처럼, 이름 없는 강줄기를 이루어 그렇게, 계속 흘러 흘러, 바다로 가는구나. <u>모든 것이 덧없고 아무 것도 그다지 중요하지 않을 때 사소한 문제에 터무니없이 집착하고 그 자신과 다른 사람까지 불행하게 만드는 인간이 너무나 딱했다.</u>

위 문장은 실은 작가 서머싯 몸의 관점을 드러낸 문장이기도 하다. 아직까지 '자아'라는 좁은 관점에 사로잡혀 고뇌하는 키티에게 인생을 보는 더 높고 넓은 시선을 제공하는 장면이자, 동시에 상처 받은 자존심과 고집 때문에 아내를 용서하지 못하는 월터를 염두에 둔 문장이기도 하다. 그리고 물론, 사소한 것, 하찮은 것에 쉽게 목매는 우리 독자들을 겨냥한 문장이기도 하고.

우리는 결코 우주의 중심이 아니다. 우리는 다만 풀잎 끝에 매달린 한 방울 새벽이슬에 불과하다. 태양이 솟구쳐 오르면 순식간에 증발하여 사라질 운명에 불과한. 우리의 삶이란, 어쩌면 너무나 가볍고 가벼워서, 중요하거나 진지한 것이란 아무것도 없다는 생각마저 든다. 또한 생에는 예측 불가능한 위험과 함정들이 도처에 깔려 있어 어디서 어떤 위험이 들이닥칠지 모른다. 그런 의미에서 우리는 마치 바람이 휘몰아치는 계곡 사이에서 외줄타기 하는 곡예사와 같은 처지라고도 할 수 있다.

쉬엄쉬엄 가거나 아등바등 달려가거나, 혹은 열광하고 도취하며 취한 듯이 흔들리면서 가거나 간에, 삶의 끝에는 영원한 휴식이 우리를 기다리고 있을 뿐이다. 나 역시, 인생의 쓴맛단맛 많이도 맛보았고, 온갖 우여곡절도 다 겪어본 이제는 아마도 한두 가지 제한된 대상에 대한 '초연한 열정' 속에서 단순하고 고요하게, 소박하고 절제된 삶을 살고 싶은지도 모른다.

아이러니하게도 월터는 결국 죽고 만다. 그들은 진심으로 화해하고 용서하고 사랑할 수도 있었지만, 운명은 그들을 가혹한 길로 이끈다. 조금씩 서로를 더 잘 이해하고 월터의 마음속에서 그녀를 용서하려는 마음이 싹트던 시점에, 키티는 자신이 임신했다는 사실을 알게 되었다. 그때 월터는 조심스럽게 자신이 그 아이의 아버지냐고 물었다. 그 순간에 키티가 거짓말을 할 수만 있었더라면, 아니 월터도 그걸 바랐을 터지만, 키티는 자기도 이유를 모를 이상한 주저와 망설임 끝에 "모르겠어요"라고 대답하고 만다. 그저 눈물만 펑펑 쏟으면서.

그 한마디가 월터를 완전한 절망에 빠뜨리고 말았다. 그는 거기서 정신적으로 완전히 무너졌다. 그는 마치 죽기로 작정한 사람처럼, 자신을 대상으로 콜레라 백신 시험을 했고 결국 콜레라에 감염되고 말았다. 그녀는 희미한 의식밖에 남지 않은 죽어가는 월터의 침상 곁에서 처음으로 진실한 용서를 구했다. 그리고 처음으로, "내 사랑…"이라는 단어를 내뱉었고, 그 순간 월터의 야윈 뺨에 두 줄기 눈물이 흘러내렸다. 그리곤 "죽은 건 개였어"라는 기이한 한 마디만 남긴 채 영원히 숨을 거두고 만다.

월터는 그렇게 아이러니한 죽음을 맞고 키티만 홀로 남았다. 아니, 뱃속의 아기와 함께. 기이하게도 키티는 월터가 죽은 후에 깊은 슬픔을 느끼긴 했지만, 스스로도 수치스럽게 느낄 정도로 눈물이 나오지 않았다. 인간적인 슬픔 이상의 것을 느끼지 못했다. 안타깝게도, 월터를 진실로 사랑한 적이 없었던 것이다. 그럼에도 그녀가 깨달은 것은 "남에게 거짓말하는 것이 때론 필요하지만 스스로를 기만하는 행위는 언제나 비열한 짓이라는 점이었다." 또 정말로 역설적이게도 월터의 죽음은 한편으론 그녀로 하여금 고통스러운 애증 관계로부터 벗어나게 했고, 새로운 출발을 가능케 하는 자유를 가져다주었다. 이젠 씩씩한 용기가, 이제부턴 누구에게도 의존하지 않고 그 어떤 위험에도 불구하고 자기가 진정으로 원하는 독립적인 삶을 살고자 하는 용기가 솟아나고 있었다.

그렇다면 키티와 찰스는 이제 어떻게 되는가? 키티는 다시 홍콩으로 돌아갔다가 회피할 수 없는 사정으로 부득이하게 찰스의 집에 잠시 머문다. 다시 재회한 그들. 그녀는 이제 더 이상 그를 사랑하긴커녕 그를 비열한 개라고 생각하며 마음속 깊이 경멸하지만, 찰스는 그녀에게 다시 은근한 유혹의 말을 던지며 접근한다. 찰스는 달콤한 말로 용서를 구하고, 다시 사랑을 고백하며 그녀를 덮치고, 키티는 몸부림치면서 저항하지만 그럼에도 불구하고, 그녀의 마음과는 달리 그녀의 육체는, 그의 포옹 속에서 "온몸에 그것을 느끼고 싶은 열망이 솟아났다. 다시 한 번, 딱 한 번만. 그녀의 온몸에 전율이 흘렀다." 그녀의 입에서는 계속 안 된다고 외치지만, 그의 입술이 그녀의 입술을 덮치자 키티는 자신도 모르게 황홀감을 느끼며 온몸이 벌겋게 달아올랐다. 그 순간, "그녀는 단지 욕망이었다." 그리고 "그가 그녀를 옮기는 동안 그녀는 사랑에 흠뻑 취해 필사적으로 그에게 매달렸다." 다시 한 번, 그녀의 육체는 그녀의 영혼을 배반하고 있었던 것이다.

물론 그 한 번의 정사가 그녀를 다시 찰스에게로 되돌리진 못했다. 그건 그녀의 육체에 아직 잔향처럼 남아 있는 찰스의 육체에 대한 열망을 마지막으로 씻어 버리는 행위일 수도 있었다. 정사가 끝난 후 그녀는 공허한 마음에 스스로에게 "돼지" "창녀"라고 부르짖으며 괴로워했다. 찰스의 육체에 황홀해했던 자신이 죽도록 미웠다. 그녀는 자신이 변했다고 생각했고, 자신이 강하다고, 독립한 여성으로서 홍콩에 돌아왔다고 생각했다. "자신이 정욕과 상스러운 열정으로부터 자유롭다고, 깨끗하고 건강한 정신적 삶을 영위할 수 있으리라고 생각했다… 하지만 그녀는 노예에 불과했다. 나약하고, 나약한! 한심하고, 가망 없는." 그녀는 자신의 육체가, 영혼을 배반하고 자신만의 욕망에 눈먼 그 육체가 원망스럽고 저주스러웠다.

사태는, 이미 벌어져 버렸다. 되돌릴 수 없는 것은 되돌릴 수 없다. 깊은 수치감 속에서 결단을 내린다. 영원히 홍콩을 떠나기로. 과거의 자신과 영원히 결별하기로. 떠나기로. 과거의 키티는 죽고 다른 키티로 새롭게 태어나기로. 이대로 삶을 끝내기엔 그녀는 아직 너무 젊었다. 이 모든 고통스러운 경험을 다 겪은 그녀는, 아직, 서른도 되지 않았다.

키티의 진짜 홀로서기는 이제부터다.

그녀는 다시 영국으로, 어머니 가스틴 부인이 죽고 홀로 남은 아버지의 곁으로 돌아왔다. 그녀는 자기 배 속의 아이가 딸이기를 바란다며 아버지에게 이렇게 말한다.

> 아버지, 저는 바보였고 사악했고 가증스러웠어요. 그리고 끔찍한 형벌을 당했죠. 결단코 저는 그 모든 것으로부터 제 딸을 보호하겠어요. 나는 그 애가 거침없고 솔직하기를 바라요. 그 애가 스스로의 주인으로서 독립된 인격체이기를 바라고 자유로운 남자처럼 인생을 살면서 저보다 더 나은 삶을 살기를 바라요.

키티의 전반부 삶은 천진한 어리석음과 무시, 영혼과 육체의 분열과 갈등으로 인한 고통과 고뇌로 가득 차 있었다. 무엇보다 자기 자신이 누구인지, 자기 인생의 주인으로 산다는 것이 어떤 것인지도 모르는 채 어머니와 같은 외부의 영향에 이끌려 사는 의존적인 삶을 살았다. 그리고 혹독하게 미성숙함의 대가를 치렀다. 위의 인용문은 키티가 마침내 그것을 깨달았다는 사실을 보여준다. 미성숙한 존재에서 성숙한 존재로, 철없는 소녀에서 인생의 그 가늠할 수 없는 미스터리한 깊이와 넓이, 빛과 어둠, 구불구불하고 불가해한 운명의 아이러니를 깨달았다. 그런데도 키티는 쪼그라들거나, 좌절하여 감상적인 눈물만 흘리고 있지 않을 것이다, 더는.

모든 인간의 번뇌가 하찮게 쪼그라들었던 그때, 태양이 안개를 헤치며 떠올랐고 구불구불한 길이 논 평원 사이를 뚫고 작은 강을 가로질러서 시야가 닿는 곳까지 쭉 펼쳐진 장면이 그녀의 눈에 선했다. 굽이치는 자연을 뚫고 지나간 그 길은 그들이 가야할 길이었다. 그녀가 저지른 잘못과 어리석은 짓들과 그녀가 겪은 불행이 아마도 완전히 헛된 것은 아닐 것이다. 이제 희미하나마 가늠할 수 있는 그녀 앞에 놓인 그 길을 따라간다면,

03

자의식 과잉,
자존심이
강한 건
자랑이 아니야

—

도스토옙스키, 《지하생활자의 수기》

—

인간이란 것을 가장 적절히 정의한다면,
두 발로 걸어다니는 배은망덕한 동물이다.

도스토옙스키, 《지하생활자의 수기》

—

의식을 가지지 않는 것만이
인생을 살아갈 수 있는 요령이고, 삶의 원칙이다….
그것은 자아를, 개체로 분화된 불행을,
오직 차력사에게나 주어졌어야 옳음직한 대면하기 두렵고 힘든,
의식이 깨어있는 상태를 견뎌낼 수 있는
유일한 구제책이다

에밀 시오랑, 《내 생일날의 고독》

인간,
욕망이라는 이름의 전차

언젠가 나는 이런 생각을 해본 적이 있다: 인간에게서 탐욕과 허영심, 그리고 근거 없는 자존심을 싹 다 빼고 나면 과연 무엇이 남을까? 우리 인간은 어떤 존재가 될까? 인간 세상은 어떻게 될까? 나에게는 무엇이 남을까?

개인적으로는 이 세 가지야말로 사람 관계와 세상을 혼란과 파괴로 이끄는 가장 부정적인 악덕이라고 믿고 있다. 이런 생각을 하게 된 건 나 자신의 내면을 오랫동안 관찰하면서부터다. 나의 번민, 내적인 괴로움, 상처, 분노, 불만족, 이런 것들 대부분이 그 세 가지에서 비롯된다는 걸 깨달았기 때문이다. 나아가 타인들을 자세히 관찰하면서 똑같은 결론을 얻었다. 삶의 비극이나 고통들이 많은 부분 바로 거기에 연유하고 있었다. 첫 문장에서 던진 질문들은 사실 바로 나 자신에게 자주 던지는 질문들이다. 그동안 탐욕과 허영심, 쓸데없는 자존심을 내 속에서 얼마나 덜어냈는가? 물론 부끄럽게도 아직 한참 멀었다.

내가 이 장에서 도스토옙스키의 《지하생활자의 수기》를 이야기하려는 이유도 거기에 있다. 그 지하생활자가 다름 아닌 나 자신의 어리석은 자아를 비추는 부정적인 거울이며, 그 속에서 내가 발견한 것을 '자아' 문제로 고민하는 독자들과 함께 고민해보길 원하기 때문이다.

인간이라는 동물의 자아는 지독하게 '제국주의적'이다. 왜 그럴까? 바로 욕망 때문이다. 동물과 인간이 차별화되는 근본 지점인 바로 그 욕망. 인간은 동물과 달리 자신의 욕구를 '의식'하고, '상상력'을 통해 그 욕구를 현재 존재하지 않는 어떤 공상적인 형태로 발현시킬 수 있다. 의식되고 상상력으로 덧칠된 욕구, 그것이 바로 욕망이다. 욕망이 쉽게 제국주의적으로 변질되는 건 그것 때문이다.

인간의 욕망은 만족이라고는 절대 모르는 사악하고 게걸스러운 괴물을 닮았다. 아프리카 초원의 왕인 사자만 해도 배가 부르면 부끄러움도 모르고 배를 뒤집어 까고는 드르렁 쿨쿨 낮잠이나 잔다. 인간은 그렇지 않다. 식탐이란 말도 있듯이, 끝없이 "더, 더, 더!"를 외친다. 더 맛있는 것, 더 좋은 자리, 더 좋은 집, 더 좋은 차…. 자의식을 가진 인간은 타인들과 똑같아지길 원하지 않는다.

인간의 자아는 자신의 자아가 더 빛나길 갈망한다. 인간의 자아라는 생물학적 전구는 '자체발광'만으론 충분히 만족하지 못한다. 인생의 연극 무대 위에 나 혼자만 있는 게 아닌 탓이다. 온갖 형형색색으로 빛나는 꼬마전구들 사이에서 더 빛나 보이기 위해선 '차별화'가 필요하다. 차별화 욕망, 이것이야말로 인간 자아 문제의 심연이다.

남들이 평범한 꼬마전구라면 나는 적어도 LED급 전구라야 한다. 즉 요즘 유행하는 말로 남들과는 '클래스'가 달라 보여야 한다. 급이 다른 클래스가 되기 위해 자아는 무슨 짓이든지 할 태세를 갖춘다. 질적인 차별화든 양적인 차별화든 간에 무엇이든. 내면적인 것으로 차별화할 수 없으면 겉으로 드러나는 외적인 소유물로라도. 자신의 자아가 휘황찬란하게 빛난다는 것을 타인에게 인정받을 때까지. 그게 아니라면 자아도취적인 만족감이라도 확실하게 얻을 때까지라도. 원룸에 살면서도 BMW를 몰아야 하고, 루이비통 핸드백을 어깨에 걸쳐야만 스스로 보기에도 클래스가 달라 보이는 허약한 마음.

그래서 인간은 끝 모르고 "더, 더, 더!"를 추구한다. 누구나 선망하는 한정된 자원들인 권력과 지위, 부, 명예, 미남미녀를 소유하기 위해 제국주의적인 욕망이 충돌하고, 갈등을 빚고, 피 흘리며 격렬히 싸움박질한다. 표면적으로는 아무리 평등한 사회라도 속내를 들여다보면 결국 피라미드식 계급구조를 갖게 되는 이유도 거기에 있다. 끔찍하다.

인간의 본성인 욕망 자체가 나쁘고 위험한 것은 아니다. 욕망은 인간을 살아가게 하는 원동력, 삶의 근본 에너지다. 욕망은 자아라는 수레를 나아가게 하는 엔진이다. 욕망이 불온하고 위험한 것은 욕망의 본성 자체가 팽창주의를 지향하는 탓이다. 욕망은 자아를 싣고 우주 끝까지 달리길 원한다. 폭주는 나의 힘이다. 심지어 자신의 자아가 우주와 맞먹거나 우주보다 더 중요하다고, 내가 없으면 우주도 없다고 쉽게 착각할 정도로!

인간의 욕망이 진정 무서운 까닭은 욕망의 제국주의적인 본성이 탐욕과 허영심, 자존심과 너무 쉽게 잘 결합하기 때문이다. 그것이 집단의 차원에서 작동하기 시작하면 국가주의적 팽창주의, 제국주의, 그리고 전쟁과 학살, 온갖 잔혹한 차별적 폭력들, 그로 인한 참담한 고통과 눈물들이 지구의 표면을 뒤덮는다.

철학자 쇼펜하우어는 인간의 욕망이 그저 소박하고 단순한 '자아유지 장치'에 그치지 않고 맹목적인 제국주의적인 속성을 가진 것이라는 걸 꿰뚫어 보았기에, 삶과 인간 세상에 대해 지극히 염세적인 입장을 취할 수밖에 없었는지도 모른다. 쇼펜하우어는 《인생을 생각한다》라는 책에서 이렇게 쓰고 있다.

> 인생은 끊임없는 사냥이며, 우리는 거기서 포수가 되기도 하고 쫓기는 짐승이 되기도 하면서 서로 고기를 빼앗는다. 세계라는 이 고통스러운 박물지가 — 그것을 펼쳐보면 동기 없는 욕망과 끝없는 고뇌, 투쟁과 죽음이 들어 있다. — 세기에서 세기로 이어져 내려가며 지구가 금이 가서 가루가 될 때까지 계속되는 것이다.

쇼펜하우어 말대로 "지구가 금이 가서 가루가 될 때까지" 인류 역사의 고통스러운 박물지는 세기에서 세기로 계속 이어질 수밖에 없는 것일까? 쇼펜하우어뿐 아니라 2천 5백 년 전에 붓다가 설파한 대로 모든 인간이 욕망의 가차 없는 맹목성과 위험성, 그리고 그것의 덧없음을 깨닫고 욕망을 내려놓는 해탈의 길을 추구하지 않는 한, 사회제도를 어떻게 재구성하든 그것은 근본적인 처방이 아니라 그저 임시방편에 불과할까? 즉 사회혁명 못지않게 자아를 변화시키는 정신혁명이 동시에 진행되어야 할까?

그럴지도 모른다. 나는 거기에 동의하지만, 그 길 역시 솔직히 만만한 길은 아니다. 정신혁명 혹은 문화혁명이 각 개인의 자각에서 일어나는 자발적인 움직임이 아니라 위로부터 내려오는 집단적이고 정치적인 혁명으로 나타날 때 어떤 결과가 초래되는지는 중국의 문화혁명이 이미 충분히 보여주었던 것이다.

탐욕과 허영,
자존심이 상상력과 결합할 때

한 개인의 욕망 엔진을 가속화히는 데는 네 개의 바퀴가 필요하다. 바로 탐욕과 허영심, 자존심, 그리고 상상력이다. 이 네 가지가 동시에 결합하는 것이 무섭고 위험한 까닭은 자아를 폭주기관차처럼 '무한질주'하게 만들기 때문이다. 남자들이 속도제한이 없는 독일의 아우토반 고속도로를 최고 속도로 질주하는 람보르기니의 운전대를 잡고 있는 자신의 모습을 상상하듯이.

상상력이 창조적인 방향으로 수렴될 땐 위대한 사유와 예술을 탄생시킨다. 반면에 뒤틀리고 병적인 자존심이란 것과 결합할 땐 과대망상이나 피해망상증으로 변질되어 자아와 삶을 파괴할 수도 있다. 특히 거기에 개인적인 콤플렉스까지 겹쳐지면 최악이 된다.

인간의 자아팽창 욕망은 그저 생존과 번식 확률을 높이기 위해 뿔을 키우거나, 화려한 깃털을 발달시키거나 혹은 몸집을 키우지 않는다. 다른 동물과는 달리, 무한한 상상력이 뒷받침하고 있다. 그래서 충족되는 순간 사라지는 동물적 욕구와 상상력을 통해 무한히 뻗쳐 나가는 인간의 욕망이 다른 것이리라.

그런데 왜 하필 인간이란 동물에게 이런 자의식이 필요했을까? 지구상에 존재하는 99.9퍼센트의 생물들이 그런 것 따위 없이도 잘만 생존하고 있는데?

물론 인간에게 자기 자신을 자각하는 '의식' 혹은 '자의식'이란 게 존재하는 이유는 나름대로 진화적 적응 과정에서 필요했을 터이다. 기필코, 필연적으로 의식이 나타날 수밖에 없었다는 말은 아니다. 그런 생각은 마치 진화의 역사 전체가 의식을 가진 인간이란 동물의 출현을 위한 준비단계이고, 인간이 생명 진화의 목적인 양 생각하는 오만한 인간중심주의에 불과하다. 강자가 살아남는다는 약육강식은? 실상은 전혀 그렇지 않다. 그런 식으로 본다면 수억 년 동안 생존해온 바퀴벌레나 공룡의 후손인 악어가 더 위대하게? 맹목적인 생물의 역사에선 이기는 자가 살아남는 게 아니다. 어떻게든 살아남는 자가 승자다. 우연한 돌연변이가 죽지 않고 환경에 적응해서 살아남았고, 그게 우리 호모 사피엔스로 이어져 왔을 뿐인지도 모른다. 이 의식 덕분에 문명을 일구고 자연을 지배하게 되었고 어쩌고 하지만, 내 생각엔 그 때문에 우리 호모사피엔스가 더 행복해졌는지는 의문이다.

모든 문명은 각기 나름대로 인간적인 고통과 고뇌를 빚어낼 뿐이다. 우리가 사는 근대 자본주의 사회는 무수한 '자의식 과잉'으로 고통받는 개인들을 양산해냈다. 자신의 독립성과 개별성, 타인들과는 다른 자신을 끊임없이 의식하면서 '나는 누구인가?'를 질문하는 개인들.

개인주의 시대를 사는 개인들은 어쩔 수 없이 '유아론자'가 되는 경향이 있다. 내가 세상의 중심이고, 세상은 나라는 태양을 중심으로 돌아가는 우주이며, 내가 없는 세상은 무에 불과하다는 오만불손한 생각이 바로 유아론이다. 불행히도 유아론자가 되면 될수록, 마음의 고통은 커진다. 굳이 철학적 유아론자가 아니어도 마찬가지다. 의식이 선명하게 깨어난다는 것, 독립적이고 자율적인 한 개인이 된다는 것은 달리 말해 나를 세계로부터 분리해본다는 것이다.

그러한 날카로운 분리감정은 불가피하게 끊임없는 어떤 '긴장들'을 조장하게 된다. 이런 긴장을 한번 의식하기 시작하면 두 세계 사이에는 화해 불가능한 '불화'가 생기고, 이 불화는 때론 심각한 대결국면으로 치닫는다. 나의 자의식은 타인과 세계라는 나를 둘러싼 '객관적 현실'이 내 손가락에 걸린 줄에 걸려 조종당하는 인형들이긴커녕, 언제든 쉽게 나를 파괴할 수 있는 적대적이고 무자비한 악마적인 존재라는 걸 더 통렬하게 깨닫게 된다.

물론 마음에 들지 않는 불쾌하고 적대적인 세계와 어떻게든 화해해보려고 시도해볼 수도 있다. 17세기에 파스칼이 시도했던 화해의 방식이 얼마나 설득력이 있는진 모르겠다. 하지만 어떻게든 그는 화해를 하려고 발버둥 쳤고, 마침내 화해를 이루었다. 어떻게? 신앙으로.

세계와 불화하는
과잉 자의식의 저주

17세기에 《팡세》라는 책을 쓴 프랑스의 철학자 파스칼은 자의식 과잉이 초래하는 형벌을 가장 먼저 깨달은 사람일 것이다. 불행히도 극도로 예민한 감수성과 천재적인 두뇌를 가졌던 파스칼은 신이 사라져버린, 그래서 이제는 텅 빈 채로 무한하게 광활해진 우주를 직면하고는 온몸이 부르르 떨리는 전율에 사로잡혔다.

그 시대가 어떤 시대인가? 코페르니쿠스가 지동설을 발표하여 지구가 우주의 중심이 아니라 변방 끄트머리의 점 같은 작은 행성에 불과하다는 걸 처음으로 일깨워 유럽세계를 경악에 빠뜨렸던 시대였다. 우주는 굳이 신이라는 존재를 상정하지 않고도 마치 정교한 시계처럼 절로 돌아가는 자동 기계 같은 것이라는 사실을 깨닫고 경악하기 시작한 때였다.

오늘날엔 많은 사람들이 과학적 우주론을 받아들인다. 빅뱅에서 우주가 탄생했고, 무수한 은하들이 존재하고 있으며, 나아가 우주 자체가 지금 이 순간에도 아주 빠른 속도로 팽창하고 있다는 걸 그러려니 하며 받아들인다. 심지어 이 우주조차도 끝이 있고, 지구 역시 언젠간 활활 불타는 거대한 수소 폭탄 덩어리인 태양에 잡아먹혀 통닭구이가 될 신세라는 것도.

"그래서, 뭐 어쨌다고? 그냥 할 일이나 해."
"그러지 뭐."

이런 식으로. 하지만 창조설을 철석같이 믿으며 거기에 의지해 모든 삶을 꾸려가던 사람들의 사정은 좀 다르지 않겠는가? 사소한 충격 정도가 아니다. 말 그대로 하늘이 뒤집히는 사태다. 요즘으로 치면 팀 버튼 감독의 영화 〈화성침공〉에서처럼 해골 문어 같이 생긴 사악한 외계인이 출현하여 지구를 쑥대밭으로 만드는 꼴을 두 눈 뜨고 보는 충격 정도랄까?

"저 우주 전체가 무의미하다면, 그럼 나는 뭐지?" 예민한 자의식을 가진 파스칼은 그렇게 물었다. 캄캄한 밤하늘을 올려다보면서 자신이 누구인가를 묻는 한 인간. 어느 날 그는 고통스러운 심정으로 "저 광막한 우주의 영원한 침묵이 나를 소름 끼치게 한다"고 썼다.

파스칼에겐 우주 전체가 무의미하고, 한 개인인 자신 역시 그러하다는 사실 자체가 중요한 게 아니었다. 그런 사실을 의식하고 있다는 것이 더 고통스러웠다. 감성이 예민한 파스칼은 입맛도 살맛도 잃어버렸다. 머릿속에선 온갖 질문들이 부글부글 끓고 있었지만 속 시원한 답은 찾을 수 없었다. 미치지 않고 무의 검은 심연에 빠져 죽지 않기 위해선 썩은 지푸라기라도 잡고 싶은 심정이었다. 그는 결국 다시 '신'이라는 보이지 않는 밧줄을 잡을 수밖에 없었다.

신이라는 밧줄을 잡고서야 겨우 위안을 얻은 파스칼. 밧줄이라니? 실은 파스칼은 신을 끌어들임으로써 마음속에 신이라는 우주적 주인을 모시기로 한 것이다.

그는 이제 본격적으로 자신의 고뇌 자체를 합리화한다. 우주에서 만물, 인간, 의식, 삶에 이르기까지 모든 것을 아귀가 맞게끔 형이상학적으로 재배열해야만 한다. 정신줄 놓지 않고 제대로 살기 위해선. 그는 머리의 이성 대신 가슴의 이성, 즉 신은 존재하는 것 같다는 자신의 마음을 믿기로 했다. 두뇌의 이성은 신을 모르지만, 심정의 이성은 신을 안다는 논리로.

그럼에도 자꾸만 고개를 쳐들고 자기를 괴롭히는 이 자의식은 어떡할 것인가? 가슴의 논리에 쉽게 동조하지 않는 이 두뇌, 이 저주스러운 의식은 도대체 왜 있는 것일까? 파스칼은 자의식이 저주받은 형벌이란 걸 알았다. 이 저주받은 형벌을 어떻게 정당화할 것인가? 그것이 저주이며 불행이라는 사실을 알기 때문에, 즉 자신의 불행을 자각한다는 그 이유 하나로 인간은 위대하다고. 이렇게.

여하튼, 무의미로 가득 찬 세계에서 자의식 과잉으로 고통받던 파스칼의 영혼은 신에게 자신을 의탁함으로써 마침내 평화를 얻었다. 그는 신의 중개를 통해 세계와 화해한 것이다. (그가 천국에 갔는지 어떤지는 알려진 바가 없다.)

19세기 말엽, 러시아의 대문호 톨스토이도 바로 이 길을 따라갔다. 문학사상 가장 위대한 걸작에 속한다는 《안나 카레니나》를 끝낸 후, 오십 줄에 이른 톨스토이는 갑자기 실존적 고뇌에 빠졌다. 삶의 의미를 찾을 수 없어 자살 직전에까지 내 몰린 톨스토이가 출구를 찾은 곳은 순박한 시골 촌부들의 신앙심에서였다. 톨스토이는 그때부터 문학을 때려치우고 도덕설교자의 길로 나선다. 현대판 사도바울이 되기로 결심한 것이다. 톨스토이가 쓴 《인생론》과 《참회록》은 바로 그 이야기다. "고뇌하던 나는 마침내 신을 발견했고, 회개했고, 구원받았노라" 안타깝게도 방황하던 영혼 톨스토이는 어느 시골 역에서 쓸쓸히 죽음을 맞고 말았다. (그의 영혼도 천국에 가 있기를!)

세상과 불화하는 영혼의 고통을
예술로 승화한 카프카

그런데 파스칼과 톨스토이가 세계와 화해한 방식이 마음에 들지 않는다면 어떻게 할 것인가? 자의식이 신을 삼킬 만큼 거대하고, 세계와 화해하는 건 너무 어렵고, 신에게 투항하기엔 자존심이 상하고, 그렇다고 죽을 수도 없다면? 차라리 화끈하게 혁명가가 되는 건 어떨까? 도무지 손톱만큼도 내 맘에 들지 않는 이 부당하고 불의한 세상과 타협하지 않고 끝까지 싸우다 장렬하게 전사하는 것. 19세기부터 20세기까지 무수한 지식인들이 바로 이 길을 걸어갔다. 쿠바의 혁명가 체 게바라는 그런 열정의 화신이자 아이콘이 아닌가?

하지만 체 게바라처럼 목숨까지 걸어야 하는 장엄한 혁명가가 되기엔 스스로 생각해도 너무 소심하고, 그럴 만한 실천적인 용기가 부족하다면? 혹은 혁명까지 필요하다고 믿을 정도로 이 세상과 불화하는 것은 아니라면? 그럴 때 자기기만적으로 사는 것도 한 방법이리라. '그래. 세상이란 게 다 그렇지 뭐. 어쩌겠어' 하면서, 인간과 세상의 허위와 기만, 혼돈스러운 부조리와 모순에 눈을 감기로 하는 것이다. 한마디로 자기기만적 타협방식이라 할.

하지만 자신의 마음만은 속일 수 없는 노릇이고 자칫 자기를 드러낼 위험도 있으니, 결국 사회적 가면을 쓰는 수밖에 없다. 자기의 속내를 철저하게 감추면서 그때그때 필요한 가면을 덮어쓰고 사회 속에서 그럭저럭 살아가기. 거짓 웃음, 거짓 사교, 거짓된 선행을 하면서 타인들과 세상의 요구와 기대에 발맞추며 살아가는 것. 어쩌면 오늘날 현대를 사는 우리 대부분은 이런 식으로 세상과 적당히 타협하면서, 퇴근 후에 술자리에서나 세상을 안주 삼아 잘근잘근 씹어대는 거로 위안 삼으며 살아가고 있는지도 모른다. 때로는 분노를 못 참아 광화문으로 뛰쳐나가 촛불을 들고 시위하거나 그도 아니면 익명 뒤에 숨어서 인터넷에다 댓글 폭탄들을 마구 투하하기도 하면서.

안타깝게도 가면을 쓰고 사는 데도 한계가 있다. 끊임없이 가면극을 벌여야 하는 사태 자체가 엄청난 정신에너지를 요구받는 일이고, 그 자체가 자기를 학대하는 과도한 스트레스이기 때문에 결국 신경증이 된다. 심할 경우 우울증을 앓거나 암을 비롯한 온갖 육체적 병증으로 전이되기도 한다.

아니면 체코의 소설가 프란츠 카프카처럼 예술적인 저항을 하는 것도 한 방법이 될 수도 있겠다. 유대인이지만, 체코에서 살고, 독일어로 말을 하고 글을 써야 했던 카프카. 반유대주의와 민족주의, 1차 세계대전의 광풍 속에서, 더 나쁘게는 가부장적 전제군주 같았던 아버지와 끊임없이 갈등했던 카프카. 땅굴을 파고 들어가 두더지처럼 글만 쓰고 싶었지만, 생활을 위해 노동을 해야만 했던 카프카. 자신을 옥죄는 감옥 같은 현실에서 탈출하기 위해 남미 같은 다른 나라로 아예 이주를 꿈꾸기도 했던 카프카. 누구보다도 감수성이 섬세하고 예민했으며, 지적으로 풍부하고 예리한 감각을 가졌던 카프카. 오히려 그랬기 때문에 타협할 수 없는 부조리한 현실 속에서 그의 의식은 더욱 폭발할 지경으로 번민할 수밖에 없었다.

그의 대표작인 《변신》을 비롯하여 끊임없이 온갖 동물로 변신하는 이야기들을 지어냈던 것은 현실을 벗어나기 위한 처절한 몸부림이었다. 그의 모든 소설의 주제는 '탈출'이었다. 겹겹이 쌓여 있는, 출구 없는 미로에서 벗어나기. 그러나 그런 탈출이 쉽지 않다는 것, 거의 불가능하다는 사실도 그는 알았다. 《성》의 주인공 측량사 K는 끝내 성 '안'으로 들어가지 못하고, 《소송》의 주인공 K는 자신의 죄가 무엇인지도 모른 채 법정의 기소를 벗어나고자 몸부림치지만, 결국 "개처럼" 사형장으로 끌려가고 마는 것이다. 그러나 카프카는, 자신의 고뇌를 탁월한 예술로 승화시킴으로써 궁극적으로는 현실을 극복했다고 볼 수도 있지 않을까.

자의식 과잉의 저주를 카프카처럼 초현실적이고 알레고리 넘치는 환상 소설로 승화하는 것이 아니라, 처절하게 자신의 영혼을 까발리는 방식으로 상처 받은 내면을 응시하는 방식도 있겠다. 마치 정신분석의가 환자를 상담 치유하듯이 스스로 자신의 병들고 상처 입은 영혼을 상담하는 이야기, 그게 바로 도스토옙스키의 《지하생활자의 수기》라는 소설이다. 다만 여기엔 치유의 과정 없이 있는 그대로의 병증을 적나라하게 드러낼 뿐이다.

세상과 불화하는
어느 고독한 지하생활자의 수기

도스토옙스키가 《지하생활자의 수기》를 발표한 것은 1864년이다. 이 소설의 주인공은 근대 개인주의가 초래하게 될 개인들의 히스테리한 의식의 한 극단을 잘 보여준다. 도스토옙스키는 콤플렉스와 자의식 과잉, 자존심과 허영, 과대망상과 피해망상이 복잡하게 뒤얽힌, 한마디로 뒤틀린 자아를 가진 인간을 마치 진짜 자신의 내면을 보여주듯 우리에게 보여준다. 이 주인공에겐 이름조차 드러나지 않는다. 어쩌면 도스토옙스키가 인류 전체를 향해 "아닌 척하지만, 사실 너의 내면도 결코 다르지 않아!"라는 말을 하고 싶었던 까닭인지도 모른다.

주인공 '나'는 전직 관리이자 집에 틀어박혀 혼자만의 몽상과 사색에 빠져 사는 마흔 살 된 남자다. 이 남자의 원래 직업은 박봉에다 자존감조차 느끼기 어려운 말단 공무원 — 요즘 한국 같으면 공무원이란 직업 자체가 절대적인 선망 대상이겠지만 — 이었다. 지금은 1년 전쯤 먼 친척으로부터 뜻하지 않은 유산을 물려받은 탓에 '이게 웬 횡재냐!' 하고는 냅다 공무원을 때려치우고 집안에 틀어박힌 남자다. 그러니까 이 수기 소설은 전업 백수가 되어 시간이 널널해진 주인공이 세상을 향해 휘둘러대는 분노에 찬 주먹질 같은 자전수기인 셈이다.

이 소설은 2부로 구성되어 있다. 제1부는 주인공이 살고 있는 19세기라는 시대에 대한 분노와 반발, 비판이 주를 이루고 있고 제2부는 과거 자신이 겪었던 쓸쓸한 사건들에 대한 회고담이다. 이 소설을 쓴 진짜 작가인 도스토옙스키는 제1부의 장황한 연설을 통해 근대의 과학주의와 합리주의를 맹렬하게 비난하면서 인간의 자유의지와 과학으로 결코 완전히 포착할 수 없는 인간 내면의 심연을 옹호하고 싶었던 것 같다. 그의 논리가 철학적으로 타당한지는 여기선 논의할 순 없고, 다만 도스토옙스키는 이 소설을 통해 인간 영혼의 비합리성과 복잡성에 대한 심오한 탐색자로서 자신의 지향을 확고하게 발견했다는 사실만 언급하자. 내가 여기서 다루려는 것은 작품비평이 아니라, 도스토옙스키가 창조한 이 특이한 자의식 과잉의 인간 자체니까.

첫 문장부터 우리의 주인공은 솔직하게 자신의 뒤틀린 내면을 고백한다. "나는 병적인 인간이다 (…) 나는 심술궂은 인간이다. 나는 남의 호감을 사지 못하는 인간이다." 자신이 그런 인간이 된 이유를 간장이 나쁜 탓으로 돌리지만, 스스로도 그게 진실이 아님을 안다. 첫 문장에서도 암시되고 있지만, 그는 자기 자신을 사랑하지 않는다. 그는 "벌레가 되고 싶다고 생각한 적이 한두 번이 아니"고, "그만한 가치조차 없는 인간"이라고 말한다. 그리고 자신이 불행하다고 말한다. 왜냐하면 그는 "인간의 일상생활을 위해서는 지극히 평범한 의식만으로도 충분하다"고 생각하지만 자신은 "지나치게 의식"하는 "병 중에서도 진짜 병"을 앓고 있는 자의식 과잉의 인간임을 자각하기 때문이다. 자신은 불행한 세기에 태어났고, 지구상에서 가장 추상적이고 인위적인 도시에서 산다는 이중의 불행을 갖고 있다고 믿는다.

> 나를 괴롭히던 것이 또 하나 있다. 다름 아니라, 누구 하나 나를 닮은 자도 없거니와 나 역시 아무와도 닮지 않았다는 사실이다. '나는 외톨이인데, 저자들은 모두가 한통속이다.' 하는 생각에 나는 사로잡혀 버렸었다.

이렇게 스스로 고백하듯 우리의 주인공은 불행한 외톨이다. 이 세상은 위선과 거짓으로 부패하여 썩었고, 인간들은 하나같이 멍청하기 짝이 없는 속물들이고, 이런 세상에서 교양과 자의식이 강한 인간이 행복하게 살기란 거의 불가능하다고 믿고 있다. 따라서 그는 아무것도 사랑하지 못한다. 이 세상도, 자신이 사는 도시도, 자신이 섞여 살아가야 하는 타인들도, 심지어는 세상에서 외톨이인 자기 자신조차도.

그가 더욱 불행한 까닭은 자존심이 너무 강해 가면을 쓰고 거짓 타협으로 살아가는 것조차 불가능하기 때문이다. 왜냐하면 자신의 높은 지성과 교양, 그리고 자의식에 비하면 세상 사람들은 그저 평범하고 멍청한 바보이거나 탐욕에 찌든 속물들밖에 없다. 그래서 마치 원숭이 무리 사이에서 홀로 고뇌하는 고결한 인간이나 다름없는 자기가 몸을 낮추어 그들과 하하 호호하며 산다는 건 상상할 수조차 없는 일이 아니겠는가?

문제는 관념적으로 갖고 있는 이런 높은 자부심, 긍지에 찬 과대망상적인 자아와 현실 속의 자아 간의 불일치에서 오는 불협화음이다. 비유하자면 나는 정신적으로 고결한 귀족인데, 현실 속의 타인은 나를 그저 천민 따위로 취급하는 데서 오는 참을 수 없을 정도로 고통스러운 괴리감이다. 현실에서 그의 사회적 지위는 가난한 말단 관리에 불과한 것이다. 게다가 상사나 동료들로부터 아무런 호감이나 우정, 존경도 받지 못하는. 이 고통스러운 괴리감이 자기비하적인 피해망상과 타인에 대한 분노와 예민한 공격성으로 표출된다. 그리하여 "악취가 풍기는 더러운 지하실에서 모욕과 냉소에 짓밟힌 우리 생쥐는, 냉랭하고 독기 찬 영원히 사라지지 않는 증오에 잠긴다."

이런 뒤틀린 내면, 과대망상과 피해망상이 뒤얽혀 빚어진 분노와 냉소, 증오가 상처 받은 자존심을 더욱 부추겨 그는 점점 더 짓궂고 공격적인 성품으로 바뀐다. 한 일례로 젊었던 시절, 그는 어느 싸구려 식당 당구대 앞에서 우연히 마주친 장교가 자기 어깨를 잡고 옆으로 휙 밀친 사건이 있었다. 그는 자신이 파리 새끼 취급을 받았다는 생각에 심하게 마음의 상처를 입고는, 매일 그 장교에게 복수할 생각만 한다. 원한과 증오에 사로잡혀 그 장교에게 결투를 암시하는 장문의 편지를 쓰기도 하고, 길에서 마주칠 때마다 뚫어지게 쳐다보며 장교와 정면으로 붙어볼 공상도 해보지만, 한편으론 겁쟁이이기도 한 까닭에 정작 실행에 옮기진 못한다. 그는 단 한 번, 오직 단 한 번만이라도 장교와 정면으로 대등하게 당당하게 어깨를 마주칠 용기를 내기 위해 초라한 자신의 행색부터 바꾸려고 돈을 꾸고 물건을 저당 잡히면서까지 외투며 셔츠를 바꾸기도 한다. 하지만 그런 소심한 복수를 실행에 옮기기까지 그는 얼마나 많은 밤을 고통과 번민으로 지새우는지!

더욱 나쁜 것은, 그가 "굴욕 속의 쾌감"이라는 걸 느끼며 거기에 어떤 정당성까지 부여한다는 점이다. 굴욕 속의 쾌감이란, "치통에도 쾌락이 있다"는 자신의 말처럼, 굴욕적인 고통에서 어떤 짜릿한 흥분을 맛보는 것이다.

> 나는 선함이라든가, 그 '아름답고 고귀한 것'이라든가 하는 것을 분명히 의식하면 할수록, 더욱 깊숙이 자기 내부의 진흙탕 속에 빠져들어 옴짝달싹도 못하게 되어 버린다. 무엇보다 난처한 것은, 그것이 모두 우연이 아니고 필연적으로 그렇게 될 수밖에 없는 것 같이 여겨지고, 결코 병이나 변태로는 생각되지 않으므로, 결국 이 변태와 싸우려는 생각은 아주 없어져 버린 것이다. 그래서 나중에는 이것이 나의 정상적인 상태인가 보다, 라고 거의 믿기에 이르렀다. (…) 그리고 마침내는 무언가 비정상적인, 비열한, 비밀스러운 쾌락 같은 것을 느끼게 되었다.

그가 말한 비열하고 비밀스러운 쾌락이 바로 굴욕 속의 쾌락이다. 사소하게는 공연히 타인들에게 심술궂게 대하기, 술이나 창녀촌을 찾는 것과 같은 음탕에 빠져들기도 있고, 아무도 원하지 않는 옛 학교 동창 모임에 억지로 끼어들어 행패 부리기 따위도 있고, 또 자기보다 신분이 높은 자들 사이에서 자초하는 것도 있다.

> 나는 장군이나 근위기병 장교, 경기병 장교, 혹은 귀부인들에게 쉴 새 없이 길을 비켜주면서 마치 미꾸라지처럼 볼썽사납게 통행인들 사이를 헤엄쳐 다녔다. 그럴 때의 나 자신의 초라한 옷차림과 비칠 비칠 걸어가는 궁상맞은 걸음걸이를 생각만 해도 나는 심장이 경련을 일으킨 듯 아파오고 등골에 불덩이가 닿는 듯한 고통을 느끼곤 했다. 그것은 참을 수 없는 굴욕의 괴로움이었다.

그것은 자신이 "파리 새끼 같은 존재에 지나지 않는다. 아무런 가치도 없는 더러운 파리에 지나지 않는다, 하는 자의식에서 생기는 괴로움"이다. 그런데도 그는 그런 고통스러운 굴욕 속에서 기이한 쾌감을 느낀다. 마조히즘적인, 변태적인 쾌감이다. 그러나 이런 굴욕적인 쾌락은 자기 자신만을 향하지 않는다. 자신보다 신분이 높은 자들에겐 마조히즘으로 나타나지만, 자신보다 약한 이들에게는 사디스트적인 굴욕 주기의 형태로 분출한다. 그것이 제2부의 후반부에 그려지는 순진하고 어리석은 창녀 리자를 모욕하는 짓이다.

그는 학교 동창이자 자신은 그저 출세에 눈이 먼 속물에 불과하다고 여기는 한 부유한 귀족 장교의 환송식에 억지로 참석해서는 짓궂고 해괴한 짓으로 모임을 파투낸다. 자기만 쏙 빼놓고 그들이 사라지

자 그들을 좇아 찾아간 창녀촌에서 리자를 만난다. 그는 첫 만남에서 리자 앞에서 창녀로 사는 것이 얼마나 타락한 삶인지, 말도 안 되는 온갖 도덕적 교설로 가련한 여자의 눈에서 눈물을 쏟게 만든다. 그러면서도 교묘하게 자신에게 호감을 느끼게 하고는, 며칠 후 자신을 찾아온 그녀에게 쌀쌀하고 모욕적인 말과 행동을 늘어놓다 급기야 돈을 쥐어주는 모욕을 줌으로써 여자가 끔찍한 굴욕감을 맛보게 한다.

도대체 강자에게 스스로 비굴한 굴욕을 자초하고, 약자에겐 잔혹한 굴욕을 퍼부어대는 우리 주인공의 굴욕의 가치는 무엇일까? 그는 왜 굴욕 속의 쾌락을 주장하는 것일까? 그는 창녀 리자가 모욕감에 떨면서 달아나 버리자 혼잣말로 이렇게 외친다.

그녀가 영원히 모욕을 느끼며 떠나갔다면 오히려 그것이 잘된 일인지 모른다. 모욕이란 건, 이를테면 일종의 정화작용이니까. 모욕이란 무엇보다도 신랄하고 통렬한 의식이니까! (…) 이 모욕은 …… 증오의 힘으로 그녀를 높은 데로 이끌고 정화할 것이다 …… 그렇다! 어쩌면 죄의 힘으로.

모욕과 죄를 통한 정화와 구원. 도스토옙스키의 후기 작품들에 낯익은 주제가 여기서 등장한다. 과연 굴욕과 죄책감 속에서 어떤 쾌락과 정화작용이 실제로 작동하는지는 나로선 잘 이해가 되지 않는다. 내가 보기엔, 그저 히스테리 환자의 자기합리화에 불과한 것처럼 보일 뿐.

자존감 없는 자존심과
자의식 과잉의 불행

지금까지 이야기한 소설 주인공의 행태를 보면, 독자들은 아마도 이맛살을 찌푸리며 '이 사람, 정신과 상담을 받아야 마땅한 히스테리 환자잖아?' 하고 생각할지도 모르겠다. 하긴 도스토옙스키 소설의 등장인물 가운데 정신과 상담이 필요한 인물은 한두 명이 아니다. 이 사실은 블라디미르 나보코프의 러시아 문학 강의를 묶은 《나보코프의 러시아 문학 강의》라는 책에서도 이렇게 지적하고 있다.

> 도스토옙스키 주인공 중에는 사이코패스가 많다. 스타브로긴은 '도덕적 정신 이상', 로고진은 '호색증', 라스콜리니코프는 '명백한 광기', 이반 카라마조프는 반쯤 미친 사람이다. 이들은 모두 인격해리 증상을 보인다. 완전히 미친 인물을 포함해 다른 예도 많이 찾아 볼 수 있다.

나보코프는 도스토옙스키가 창조한 주요 인물들이 대부분 "비정상적인 인물들"이며, 더욱 나쁘게는 시종일관 인격 변화조차 없는 천편일률적인 캐릭터에다 그저 복잡하게 꼬인 플롯으로 독자들을 현혹하는 선정적인 소설일 뿐이라고 주장한다. 그는 도스토옙스키를 톨스토이에 비해 문학적으로 한참 떨어지는 "삼류 작가" 취급하는데, 내 생각엔 좀 지나쳐 보인다.

도스토옙스키의 인물들은 많이 과장되어 있고, 광기 어린 정신병적인 캐릭터들이 많다. 그러나 바로 그 사실 때문에 도스토옙스키는 인간 내면의 비합리적 본성과 광기를 프로이트보다 더 심오하게 포착해냈다고 볼 수도 있지 않을까?

《지하생활자의 수기》에 나오는 주인공 '나'도 마찬가지다. 그가 과대망상과 피해망상증이 복잡하게 얽힌 자의식 과잉의 병든 영혼인 것은 맞다. 나보코프의 분류에 따르면, 그 역시 '인격 해리 증상'을 갖고 있는 것처럼 보이는 것이다. 그러나 도스토옙스키는 마치 정신분석학자가 그러하듯, 그 주인공이 왜 그런 병들고 뒤틀린 영혼이 될 수밖에 없게 되었는지 친절하게 제시해주고 있다. 모든 병적인 증상에는 원인이 있다. 그것이 유전에 따른 선천적인 것이건, 환경과 양육에 따른 후천적인 요인이건 간에, 원인 없는 결과는 없는 것이다.

아마도 나처럼 이 소설을 읽는 대부분 독자들은 이 소설의 주인공 캐릭터에 전혀 호감을 느낄 수 없을 것이다. 주변에 이런 사람이 있으면, 소설에 나오는 다른 인물들처럼 외면하거나 도망치고 싶을 것이다. 그러나 그의 영혼은 스스로 인정했듯이 병이 든 것이며, 그 병은 그저 그렇게 타고난 것만은 아니라는 사실, 즉 환경과 양육 과정에서 입은 내면의 '상처들'이 그런 영혼을 빚어냈다는 사실을 결코 간과할 수 없다.

주인공 '나'는 고아다. 어린 나이에 부모를 잃고 먼 친척 손에 자라다 일찍부터 기숙학교에 내던져진 가난한 고아. 가난하고 꾀죄죄한 행색 탓에 학교에서 '왕따'를 당하며 씻을 수 없는 마음의 상처를 받는 고아. 고아인 데다 가난하고, 심지어 외모조차 타인들에게 그리 호감을 주지 못하는 데서 오는 콤플렉스에 학우들의 따돌림 대상이 되고 놀림감이 되는 사태까지 겹쳐진다고 생각해보라. 그런 상황에서 피해의식과 세상에 대한 적대감과 분노를 마음속에 쌓지 않을 수 있는 사람이 얼마나 될까? 자존심에 상처를 입지 않을 사람이 누가 있겠는가?

주인공 '나'가 상처 입은 자존심을 어루만지기 위해 할 수 있는 것이라곤 열심히 공부에 매진하는 것밖에 없다. '딴 건 몰라도 내가 너희들보다 더 똑똑해!' 이런 심리, 충분히 이해할 수 있지 않은가? 그는 남들보다 더 똑똑해지는 것으로 자신을 보호하는 수밖에 없다. 적대적인 세상에 대한 유일한 방어막이 정신적인 우월감이었던 것이다. 그리고 실제로 그는 철학과 문학예술을 논하고 수기를 쓸 정도로 지적인 인간이 되었다. 학우들은 더는 그를 깔보고 무시하지 못하고 대신에 그저 외면하는 거로 대응하는 수밖에 없고.

문제는 남들보다 더 똑똑해져서 높아진 자의식과 자존심을 어디까지나 '방어기제'일 뿐이라는 것이다. 자존심 세지고 자의식이 과잉될 정도로 높아졌지만, 그런 것이 자신을 온전히 긍정하고 세상을 포용하는 자존감으로 확장되지 못했다는 것, 그것이 문제다. 오히려 그의 자의식 과잉은 그를 더욱 고통스러운 번민으로 내몰았을 뿐이다.

결국 그는 자기 자신과 올바른 관계를 구축하는 데 실패한 것이다. 한 인간이 맺는 모든 관계들 가운데서 가장 중요한 관계는 바로 자기 자신과 맺는 '자기관계'다. 바로 여기서, 우리의 똑똑한 주인공께서는 실패하고 말았다.

자기 관계에서 가장 중요한 사항은 자존심과 자존감을 명확히 구분하고, 자존감을 높이기 위한 방책들을 추구하는 것이다. 왜 자존심이 아니고 자존감이라고 말하는가? 자존심과 자존감은 엄연히 다른 정신 상태이기 때문이다. 자존심은 자기부정에서 태어나는 병든 자기애이며, 자존감은 건강한 자기긍정에서 탄생하는 바람직한 자기애의 형태다.

우리가 자아라고 부르는 것은 사실 투명한 실체가 아니다. 그것은 일종의 우리의 상상력이 빚어낸 자아 이미지이며, 끊임없이 유동하는 하나의 복잡하고 불연속적인 흐름에 불과하다. 한마디로 자아란, 객관화된 자아 이미지에 다름 아닌 것이다. 개인이 이 세계 속에서 자아를 일관되고 안정적으로 유지하기 위해 상정하거나 만들어내는 감정적인 이미지 혹은 상인 것이다.

자아존중감self-esteem 혹은 자존감을 심리학에서는 '한 개인이 자기 자신의 가치에 대해 가지는 긍정적인 느낌'이라고 규정한다. 나는 사랑받을 만한 가치와 자질이 있고, 타인들의 기대에 부응하는 능력을 발휘할 자신감과 능력이 있다는 확신이 그 핵심을 이룬다. '나는 지금으로도 충분히 괜찮고 멋져!' 하는 긍정적인 믿음. 그리고 이런 믿음은 타인에게서 오는 긍정적인 호감과 인정을 통해 한층 더 강화된다. 이런 자존감이 충분할 땐 세상이나 타인을 관대하고 여유롭게 대할 수 있게 된다. 반면에 자존심은 실은 콤플렉스와 허영심이 뒤섞인 부정적이고 수동적인 감정이다.

　다시 말해 자존심은 자기를 충분히 긍정할 수 없을 때, 자신감이 부족할 때, 자신만이 알고 있는 열등감과 허영심이 뒤섞여 나타나는 수동적 방어기제일 뿐이다. 자존심이 강한 사람일수록 타인의 사소한 비판이나 평판에 지나칠 정도로 더 민감하며 쉽게 상처를 받는다. 그래서 다친 자존심을 방어하기 위해《지하생활자의 수기》주인공처럼 오히려 공격적으로 나온다. 결국, 자존심이 강하다는 말은, 그만큼 내면이 약하고 불안하며 타인들의 감정이나 평가에 쉽게 흔들린다는 말이다. 자신이 약하기에 타인을 더 믿지 못하고 의심하며, 행여 자신이 상처를 입을까 자신이 먼저 상처를 주고, 세상이나 타인들에 대해서도 끊임없이 불평불만을 늘어놓는다. 늘 타인의 시선과 평가에 촉각을 곤두세우며 살다보니 의식이 늘 예민한 상태로 스스로도 몹시 피곤하고, 쉽사리 흔들리다 보니 감정기복도 너무 심하게 된다. 우리의 주인공처럼, 과대망상과 자기비하적인 피해망상 사이를 끊임없이 왕복하게 되는 것이다.

　자존감으로 변화하지 않는 그저 높은 자존심은 그래서 위험하다.

　우리의 주인공은 매우 똑똑한 탓에, 자신의 영혼이 어딘가 병들었다는 사실 또한 자각하고 있다. 그러나 그는 자기 내면에 갇혀 있다. 자존심과 자의식이라는 견고하고 높은 성채를 쌓아 놓고 끊임없이 세상과 전쟁을 벌일 뿐이다. 심지어는 자신과도.

　아! 이런 영혼에 누군가가 진심으로 그를 사랑으로 감싸줄 수 있고, 그의 아픈 상처들을 보듬어줄 수 있다면 그도 달라질 수 있을 텐데!

그러나 우리의 주인공은 타인을, 이 세상을 결코 믿지 못한다. 그가 호감을 가졌던 리자가 다가와도, 사랑받아본 적도, 사랑해본 적도 없는 탓에 두려움에 떨며 오히려 공격적인 태도를 보여 쫓아내고 마는 것이다! 아니면 그가 현대사회를 살아서 자기 일에서 성취를 이루어 그것을 통해 자신을 긍정하고 자존감을 획득할 수 있었더라면!

참으로 가련하고 약한 영혼이다. 그는 결코 선천적으로 사악한 영혼이 아니다. 애정결핍과 사회적 인정결핍으로 인해 영혼이 병든 것뿐이다. 그의 유전이 아니라 후천적인 양육 환경이 그를 뒤틀리고 불행한 의식으로 만든 것뿐이다. 이 소설에서는 영혼이 병든 주인공이 사소한 악행을 저지르는 것으로 끝나지만, 현대사회라면 아주 무서운 사회적 범죄의 원인이 될 수도 있다. 사회적 증오 범죄 같은 경우들이 그렇다. 세상에 대한 원한과 증오가 쌓이고 쌓여 무차별적인 폭력 범죄로 나타날 수도 있다.

현대 심리학에 따르면, 사이코패스로 타고난다 하더라도, 양육 환경이나 후천적인 사회적 관계가 충분히 긍정적이면 평범하고 긍정적인 시민으로 성숙할 수 있다고 한다.

결국 문제는 사랑이다. 상처 입은 영혼의 상처를 있는 그대로 바라보고, 그것을 부드러운 손길로 어루만져줄 수 있는 따뜻한 사랑. 인내심 있는 사랑. 그러나 그런 타인을 기대하기란 또 얼마나 어려운가? 저마다 자신의 고민과 번민에 빠져 사는 이 분주하고 경쟁적인 세상에서 타인의 사랑을 기대하기 전에, 먼저 자기 자신을 진심으로 긍정하고 사랑할 일이다. 이를 위해서는 먼저 자신을 '객관적인 시선'으로 바라볼 수 있는 '타자적 시선'이 필요하다.

자아란 구심력이 매우 강하다. 인간은 누구나 다 자기중심주의의 함정에 빠지기 쉽다. 자신을 타인의 시선에서 객관적으로 바라보기란, 정말로 쉽지 않다. 인간이 쉽사리 유아론에 빠지는 것도 그런 까닭이다. 끊임없이 타자의 관점에서 자기를 성찰하는 일이 필요한 이유도 거기에 있다. 나를 '나'라는 1인칭이 아니라, '그 혹은 그녀'라는 3인칭의 관점에서, 마치 《지하생활자의 수기》를 읽는 독자의 입장에 선 것 같은 관점에서 자신을 들여다봐야 한다. 그러면 내 속의 어둠침침한 곳에 웅크리고 있는 '지하생활자'가 보일지도 모를 일이고, 자존감이 지나쳐 탐욕과 허영심에 절어 있는 과대망상적인 또 다른 자의식 과잉의 '지하생활자'가 보일지도 모를 일이다.

도스토옙스키의 《지하생활자의 수기》는 혹은 도스토옙스키의 모든 소설 속에 등장하는 비합리적이고 괴이한 캐릭터들은 우리 내면의 어두운 면을 혹은 우리가 감추고 싶어하는 어떤 면을 비추어주는 거울과도 같다. 그래서 우리가 달라질 수 있게 도와주는 정신분석의 같은 역할을 해줄 수도 있는 인물들임엔 틀림없다. 여기에, 도스토옙스키 소설의 미학적 가치와 더불어 우리의 영혼을 위한 어떤 윤리적 가치를 찾을 수 있을 것이다.

04

나의 기억은
불완전하고,
추억은
완성되지 않는다

—

파트릭 모디아노, 《어두운 상점들의 거리》
마르셀 프루스트, 《잃어버린 시간을 찾아서》

—

내 엄격한 운명의 불충한 신하여,
내게 아무것도 바라지 말라,
나를 위한 일이 아니니.

코르네유, 《르 시드^{Le Cid}》

나는 단단하게 침묵하는 바위이고, 시시각각 변
하는 그림자다. 무심한 듯 서 있는 한 그루 떡갈나무이고, 봄날 낮잠
속으로 찾아드는 흐린 한 조각 꿈이다. 부서지기 쉬운 육신이며, 또한
기억과 의미, 논리와 착각으로 고뇌하는 흔들리는 영혼이다.

　나는 물리적 실체이자 동시에 떠도는 마음의 환영幻影이다.

　2015년 5월 12일 화요일 오후, 태풍이 한바탕 휩쓸고 지나간 후 아
쉬운 바람만이 강을 따라 휘도는 경남 진주의 촉석부 난간에 서서 아
뜩한 몽상에 젖어들고 있었다.

　진주성, 남강, 촉석루, 그리고 논개가 왜장의 몸을 부둥켜안고 몸을
던졌다는 바위, 의암義巖. 그 장소는 물리적 관점에서는 그저 오랜 세
월 동안 거기에 존재하는 강과 바위들, 나무들, 그리고 인공적인 건물
들로 이루어진 것일 뿐이다.

　그러나 우리는 그 장소와 역사를, 어떤 의미와 무관하게 인식할 수
없다. 그 장소의 현실은 물리적 현실의 장소가 아니라, 역사적이고 심

리학적인 현실로서만 지각될 수 있다. 그 장소는 한 가녀린 여인이 한 남자를 죽음으로 끌어들인 살해의 장소로 기억되지 않았다. 의로운 죽음이라는 가치와 의미가 새겨진 장소, 그런 의미 연관 탓에 바위조차도 그저 바위가 아니라 의로운 바위가 되었어야만 하는 그런 장소였다.

그 장소에서, 나는 기이한 당혹감과 불안에 시달리고 있었다.

여러 겹으로 된 내 기억 속의 현실, 그리고 그 심리학적인 현실과 조화를 이루지 못한 채 그저 무뚝뚝하게, 완강하게 나를 떠밀어내듯 침묵하는 저 도저한 물질적 실체들 사이에서, 마치 길을 잃은 사람처럼 허둥대고 있었던 탓이다.

실은 강연을 위해 진주로 내려가는 기차를 타고 가는 순간에조차 나는 이미 그 장소에 머물고 있었다. 선반 위엔 한 권의 책과 강연을 위해 준비한 노트가 올려져 있었지만 내 시선은 줄곧 차창 밖 풍경을 향해 있었고, 시선은 바깥 풍경을 향하고 있었어도 내 마음은 이미 촉석루에 올라가 있었다.

만일 내가 그 도시를 평생 처음 방문하는 것이었다면 그저 담담했을 것이다. 낯선 장소, 낯선 도시에 대한 조금은 설레는 기대감과 호기심만이 나를 부드럽게 이끌었으리라.

그 도시를 방문하는 것은 두 번째였고, 십수 년 만에 다시 찾는 것이었다. 사소한 추억의 조각들은 있었지만 그리 특별한 건 없었다. 특별히 향수를 불러일으킬 만한 사건조차 없었다. 오래전의 첫 번째 방문이 어떤 목적이었는지, 거기서 구체적으로 어떤 일들이 있었는지조차 일관성 있게 기억나지 않았다.

그저 공적인 행사가 끝난 후, 그 도시에 주재하는 방송국의 어느 매력적인 여기자가 나를 그곳으로 안내했고 즐거운 시간을 보냈다는 흐릿한 기억만이 떠오를 뿐. 지금 생각해보면 나는 그 여기자에게 매혹을 느꼈던 것 같다. 굳이 나를 데리고 여기저기를 보여준 걸 보면 그녀 역시 내게 관심이 있었던 걸까? 그러나 인연은 더 이상 이어지지 않았고, 거기서 끝이었다. (우리는 그날 무슨 이야기를 주고받았을까? 그녀는 아직도 그 방송국에서 일하고 있을까? 불행히도 나는 이름도, 얼굴도, 대화 내용도 전혀 기억하지 못한다.)

그보다는 대학 시절 함께 동아리를 했던 그 도시 출신의 친구가 불러일으킨 대학 시절의 아득한 기억들이 더 크게 내 마음을 흔들었다고 해야 할 것이다.

1년 넘는 시간 동안 자취방을 함께 썼던 공대생 친구.

순박하고 정의감에 불탄 열혈 운동권 친구.

그러나 바람이 한 나뭇가지에 붙어 있던 잎들을 사방으로 흩날려버리듯, 세월이 서로를 전혀 다른 삶의 궤도와 망각 속으로 내던진 친구.

그런 식으로 세월이 흩어버린 안타까운 인연들은 얼마나 많은지!

그 도시는 그런 식으로 내게 두 가지 기억 속 현실이 연결되어 있는 장소였다. 나는 이번 방문에서 구멍이 숭숭 뚫린 기억의 조각들을, 혹은 망각되어버린 과거의 조각들을 불현듯 다시 만나게 될지도 모른다는 사소한 희망 같은 걸 품고 있었다.

하지만 막상 그 장소에 이르러 여기저기를 둘러보았을 때, 그리고 촉석루에 올라 주변 풍경을 꼼꼼하게 살펴보았을 때, 그저 어리둥절한 당혹감에 사로잡힐 뿐이었다. '아, 그래 그때 그랬었지!'라고 할 만한 것을 아무것도 발견할 수 없었다. 기시감을 주는 사물과 장소는 아무것도 없었다.

오히려 나는 그 장소에서 실제로 발생했다고 철석같이 믿고 있는 과거의 사건들이 실제 사건이 아니라, 조작된 어떤 것일 수도 있다는 의심마저 들었다. 혹은 그 사건은 이제는 너무나 오래되어 형체를 알아볼 수조차 없게 된 옛날 사진처럼, 시간의 풍화에 시달린 나머지 지극히 사소한 파편 몇 조각만 꿈의 한 조각처럼 남아 있는 것인지도 모른다.

나는 결국 내가 작가이자 주인공인 한 사소한 소설의 어느 한 페이지가 완전히 찢겨나갔다는 사실을 인정하지 않을 수 없었다.

나는 바람 부는 촉석루 난간에 서서 그 도시가 고향인 대학 시절 친구를 통해 그 시절을 더듬어보았다. 대학 졸업 후부터 사실상 연락이 끊어진 그 친구에 대한 기억조차 다만 몇 개의 에피소드, 몇 개의 흐린 장면들로만 떠오를 뿐, 나의 현재와 연관지을 수 있는 것은 아무것도 없었다. 대학 시절의 동아리 활동은 내 정신과 삶에 커다란 영향을 미쳤지만, 그 친구와 관련된 기억 역시 너무 많은 검은 구멍들로만 채워져 있어 그와 함께했던 모든 시간들의 페이지조차 찢겨나간 듯했다.

내 삶의 이야기에는 얼마나 많은 페이지들이 사라진 것일까? 물리적 실재인 나는 지금도 존재하고 있지만, 내가 겪었던 사건들의 기억이 부재한다면 나는 무엇일까?

어두운 기억의 거리를 방황하는 나는 누구인가?

　　　　　　　　나는 파트릭 모디아노의 소설들을 떠올리지 않을 수 없었다. 파트릭 모디아노의 소설 《어두운 상점들의 거리》는 특정 시간의 기억을 완전히 잃어버린 한 남자가 사라진 기억을 찾는 방황의 이야기다.

어느 흥신소의 퇴역 탐정인 작중 화자, 오십대 초반의 기 롤랑은 자신의 진짜 이름도, 과거도 몽땅 잃어버린 남자다. 그는 십여 년 전인 1955년 무렵 기억을 상실했고, 이후 다행히도 탐정 위트의 배려로 그의 사무소에서 일해 왔다. 위트가 퇴역하고 혼자 남은 그는 본격적으로 자신의 잃어버린 과거를 추적하기 시작한다.

기억은 우리의 정체성을 떠받치는 근본적인 장치다. 과거의 기억을 몽땅 잃어버린 사람은 정체성의 혼란을 겪으며 단 하나의 질문에 사로잡힌 채 방황하게 된다.

'나는 누구인가?'

우리의 자아가 일관성을 갖고 있다고 믿는 까닭은 과거의 정보와 자신이 내린 이런저런 선택과 경험을 기억을 통해 그 모든 것이 나와 관련된 것이며, 탄생부터 현재까지 연대기적으로 사건들을 매끄럽게 연결하고 통합할 수 있기 때문이다. 그런 통합을 통해서만 우리 각자는 자신이 다른 누구도 아닌 바로 '나'이며, 그 '나'는 과거라는 대지 속에 뿌리내린 나무가 현재라는 가지와 이파리를 펼치며 자라난 이미지를 상상하듯 자신이 단일한 주체라는 믿음을 갖게 되는 것이다.

그러나 과거를 잃어버린 기 롤랑은 말 그대로 '뿌리 뽑힌 자'이다. 그는 허공에 뜬 채 바람에 떠다니는 정체를 알 수 없는 무엇, 그래서 자기 존재에 어떤 의미도, 존재감도 가질 수 없는 사람인 것이다.

기 롤랑에게는 탐정 사무소에서 일한 지난 십 년 동안의 기억밖에 없다. 그 이전 40여 년간의 기억이 삭제되어 있다. 이후 그는 줄곧 현재만 살아온 셈이다. 현재라는 차원만으로도 충분한 다른 동물들과는 달리, 인간은 자기 존재의 근원과 의미에 대한 자각 없이는 살아가기 어렵다. 현재의 경험들이 아무리 만족스럽다 하더라도, 과거와 현재, 그리고 미래라는 세 가지 차원을 종합해 존재감과 의미를 확인하지 않고서는 공허와 무상성이 주는 고통을 견뎌내기 어렵다.

기 롤랑은 이제 타인이 아닌 자신을 좇아야 하는 기이한 탐정이 되어야만 한다. 그리고 이 소설을 읽는 우리 독자들도 기 롤랑과 함께 그의 구멍 난 과거를 메우고, 사람들과 장소들, 연대들을 재구성해 롤랑이라는 인물의 역사를 추론하는 탐정이 되어야 한다.

기 롤랑은 한 장의 흐릿한 옛 사진과 신문에 난 부고 기사를 단서로 온갖 종류의 사람들을 만나고, 그들의 모호한 기억과 증언들을 수집하면서 자신의 과거를, 확실한 과거를 발견하려 한다. 그는 맨 먼저 폴

소나쉬체라는 인물을 만나 스티오파라는 인물에 관한 이야기를 듣고, 스티오파를 찾아간다. 스티오파에게서 중요한 단서가 될 사진 몇 장을 얻고, 거기서 얻은 정보로 그는 자신이 프레디 하워드 드 뤼즈라는 인물인 줄 착각하기도 하면서, 사라진 과거의 미궁 속을 헤맨다.

시행착오, 착각, 구멍 난 정보들 사이를 방황하면서도 기 롤랑은 마침내 자신에 관한 많은 정보를 수집하게 된다. 그의 이름이 지미 페드로 스테른이라는 것, 1912년에 태어났고 1939년에 드니즈라는 이름을 가진 여인과 결혼을 했으며, 자신이 유태인 혈통인 까닭에 나치의 박해를 피해 1942년 프랑스와 스위스 국경의 도시 므제브에 숨어 있다 스위스로 탈출하려 했다는 사실까지 알게 된다. 그리고 불행히도, 므제브에서 만나 자기를 도와주는 척했던 사기꾼 일당의 농간으로 아내와 헤어진 채 산악지대에서 거의 죽을 뻔했다는 것까지도.

그러나 이런 대충의 뼈대 같은 몇몇 사건들의 얼개만 파악될 뿐, 그가 진실로 알고 싶어하는 세부적인 사항들은 결코 메워지지 않는다. 관련된 인물들이 죽었거나 사라졌거나 혹은 찾을 수가 없는 것이다. 그는 스위스 국경지대에서 헤어진 아내 드니즈가 이후 어떻게 되었는지, 그와 함께 했던 절친한 친구 프레디 하워즈가 죽었는지 살았는지, 1942년 국경지대 사건에서 그가 어떻게 살아났고 이후 십 년간 무엇을 하며 살았는지, 그는 결코 밝혀낼 수 없다.

그뿐만 아니라 독자들 입장에서는 기 롤랑이 청년 시절 드니즈를 만나기 이전까지 어디서 어떤 생활을 했는지, 그의 가족들의 생사나 삶은 어땠는지 아무것도 알 수 없다. 그래서 이 소설은 읽으면 읽을수록 기 롤랑이란 인물에 대해 점점 더 많은 것을 알게 되기는커녕, 오히려 더 많은 망각과 균열과 구멍들, 절대 완전하게 연결될 수 없는 과거의 파편만을 손에 한 가득 들고 있는 것 같은 당혹감에 사로잡히게 된다.

과거는 결코 일관성 있고 조리 있게 연결되지 않는다. 소설의 마지막 장에서 기 롤랑은 마치 실패한 경주를 처음부터 다시 시작하듯, 과거 그가 살았던 거리, 소설의 제목이기도 한 어두운 상점들의 거리로 돌아가리라 결심하고 거기서 이야기는 끝나버린다.

그리고 그 어두운 상점들의 거리는 프랑스 파리에 있는 동명의 거리가 아니라, 바로 이탈리아 로마에 있는, 오래전부터 유대인들의 상업 지구였던 '어두운 상점들의 거리Via botteghe oscure'다. 로마에 있는 이 거리가 유대인 거리라는 사실이 소설에선 전혀 드러나지 않는다. 그래서 한국에서는 이태리에 있는 이 거리의 역사를 찾아볼 정도로 꼼꼼하고 성의가 있는 독자들만이 이 거리가 암시하는 바를 눈치챌 수 있다. 이 소설이 결국 나치 점령기 프랑스 유태인들의 고통과 전후에 미완으로 끝난 애도의 역사에 대한 은밀한 고발이라는 사실을.

로마에 있는 어두운 상점들의 거리로 되돌아간 기 롤랑은 거기서 무언가 새로운 과거의 정보를 얻게 될까? 아마도 그 또한 또 하나의 실패로 끝나게 될 것이다. 잃어버린 과거를 완전하게 복원하려는 그의 노력은 마치 유물 몇 점으로 오래된 과거의 이야기를 복원해보려는 노력만큼이나 불가능한 것이다.

우리는 어떤 추억을 완성하기 위해
살아가는 것일까?

　　　　　　　기 롤랑에게 과거는 마치 안개 가득한 숲 속을 헤매듯 불투명하다. 혹은 수많은 페이지들이 찢겨나간 소설책처럼 연속성을 상실한 채 파편적이다. 그것은 또 왜곡되거나 조작되어 있기도 하다. 마치 망각이 보편적인 인간 실존의 비극적 조건인 양.

　그리고 무엇보다 기 롤랑이 괴로운 것은 이제 자기가 누구인지, 어떤 사람인지 기억해주는 사람들이 거의 남아 있지 않고, 기억한다고 하더라도 고작 아주 작은 사건의 파편들만 기억할 뿐이며, 그마저도 곧 영원히 망각의 검은 블랙홀 속으로 빨려들고 말 것이라는 것이다.

　그렇다면 기 롤랑, 그의 삶 전체는 무엇이 되는 것일까?

　파트릭 모디아노는 이 소설에서 이름 없는 어떤 '해변의 사나이' 이야기를 들려준다. 탐정 사무소를 운영하던 위트의 입을 빌어. 해변에서 사진을 찍는 수많은 사람들의 사진 속에 수영복을 입은 모습으로 자주 등장하지만 누구도 그가 누구인지를 모른다. 아무도 관심조차 없다. 그러다 언젠가는 사진 속에서조차 영원히 사라진다. 그래서 기 롤랑은 그 해변의 사나이가 바로 자기 자신이라고 생각한다.

> 나는 그 '해변의 사나이'가 바로 나라고 생각했다. 하기야 그 말을 위트에게 했다 해도 그는 놀라지 않았을 것이다. 따지고 보면 우리 모두 '해변의 사나이'들이며 '모래는 — 그의 말을 그대로 인용하자

면 ─ 우리의 발자국을 기껏해야 몇 초 동안밖에 간직하지 않는다.

기 롤랑은 다시 말한다.

기이한 사람들, 지나가면서 기껏해야 쉬 지워져 버리는 연기밖에 남
기지 못하는 그 사람들. 위트와 나는 종종 흔적마저 사라져 버린 그
런 사람들의 이야기를 서로 나누곤 했다. 그들은 어느 날 무로부터
문득 나타났다가 반짝 빛을 발한 다음 다시 무로 돌아가 버린다. 아
름다움의 여왕들, 멋쟁이 바람둥이들, 나비들, 그들 대부분은 심지
어 살아 있는 동안에도 결코 단단해지지 못할 수증기만큼의 밀도조
차 지니지 못했다.

그러나 사실 어떤 역사적인 생이든, 그 생을 영원의 관점에서 내려
다본다면 그저 "어느 날 무로부터 문득 나타났다가 반짝 빛을 발한 다
음 다시 무로 돌아가" 버리는 허망한 것인지도 모른다. 마치 반딧불이
의 삶처럼.

단 한 번뿐인 생. 우리 모두가 공유하는 단 한 번뿐인 생들은 그렇게
잠시 왔다가, 봄날에 잠깐 피었다가 스러지는 봄꽃들처럼 그렇게 사
라져간다.

이런 허망함을 알기에, 이런 허망함의 무의미함에 질식당하지 않기
위해, 우리 인간은 그토록 집요하게 기억에, 자식이든 사회이든 간에,
누군가의 기억에 영원히 불멸의 이름으로 각인되기 위해 그토록 집요

하게 몸부림치는 것은 아닌가?

　이 세상 그 누구도 나를 기억해주지 않는다면, 내 생은 도대체 무엇이란 말인가? 그러나 나 자신이 기억하는 내 생의 기억조차도 불확실하고 파편적인 것이라면, 내 생의 이야기의 의미는 무엇일까?

　파트릭 모디아노의 또 다른 소설《추억을 완성하기 위하여》(원제 호적부) 역시, 파편화된 기억과 정체성의 문제를 다룬다. 이 소설에서 주인공 화자는 딸의 출산을 맞아 딸을 호적에 올리기 위해 가는 길에 우연히 아버지의 친구였던 남자를 만난다. 이것을 계기로 자신의 과거를 추억하며 탐색하기 시작한다.

　소설 전체는 수십 개의 장들로 구성되어 있지만, 극적인 사건도, 일관성 있는 줄거리도 나타나지 않는다. 이야기는 끝없이 유예되는데, 앞부분에서 독자의 기대와 호기심을 불러일으키는 사건들이 그저 불쑥 나타났다 불쑥 사라지듯이 단편적인 에피소드들에 그치고 마는 것이다. 주인공이 겪었던 그 모든 과거의 사건들이 지금 현재와 어떤 내적인 의미론적인 연관을 가지고 있는지조차 전혀 드러나지 않는다. 말 그대로 파편적인 기억들, 사건들의 나열에 불과하다.

　즉 이 소설은 매끄럽게 플롯이 짜여 있고, 기승전결의 매혹적인 이야기 구조를 가진 보통의 소설과는 구조 자체가 전혀 다른 것이다. 각장의 에피소드들은 분리된 각각의 단편들이며, 따라서 소설 전체가 장편이 아니라 단편소설 모음집이라고 불러도 될 정도다.

　파트릭 모디아노는 이런 불연속적이고 파편화된 단편 모음 같은 소설 구조야말로 실제 우리 삶의 모습이라고 말하고 싶었던 것일까?

이 소설 전체의 구조와 의미를 드러내는 환유적인 장치로 12장에 나오는 에피소드를 들 수 있으리라. 여기서 주인공은 우연히 알게 된 드니즈라는 한 여성과 동거하면서 그녀의 아버지인 하리 드레셀이라는 이름을 가진 한 죽은 무명배우에 대한 전기를 쓰게 된다. 그는 하리 드레셀에 관련된 신문자료, 증인들, 사진들 등 관련된 모든 사실들을 수집하고 그것들 사이의 연결 관계를 잇고자 하지만 그것은 거의 불가능한 과제임이 곧 드러난다. 그것은 마치 "4분의 3이 부서진 조각상을 놓고서 머리 부분 전체를 통째로 재구성해내는 고고학자처럼 그 나머지를 꿰어" 맞추는 일인 것이다. 부족한 나머지를 채우는 것은 무엇인가? 바로 상상력이자, 현재 시점에서 과거의 한 사람을 보는 시선, 가치평가하고 의미를 부여하는 시선일 터.

딸 드니즈는 자기 아버지를 완전한 망각에서 꺼내어 기념하고 추억하고자 하지만, 그렇게 해서 추억된 아버지 하리 드레셀의 초상과 전기는 그 인물의 물리적 실재와 결코 일치할 수 없다. 상상된 초상, 허구적인 전기일 뿐. 그러나 그 환상적인 인물은 그녀의 심리적 현실 속에서는 진리요, 실재로 현현할 것이다.

파트릭 모디아노의 소설 《추억을 완성하기 위하여》의 테마를 끝까지 밀고 나가면 이런 결론을 얻게 될 것이다.

우리가 '나'라고 믿는 정체성과 그 정체성을 구성하는 일관성 있는 플롯을 가진 이야기는 허구다.

즉, 우리가 생각하는 '나'라는 존재는 이런저런 사건들과 사실들의 총체가 아니라 현재의 시점에서 끊임없이 다시 쓰이는 허구의 소설이다. 반면, 진짜 삶의 진실은 불연속적이고 파편적인 물리적 사건들과 사실들의 총체일 뿐이다.

파트릭 모디아노의 소설들은 이 간극, 진실과 허구 사이의 검은 심연에 대한 모색이자, 확고한 정체성의 가능성에 대한 덧없지만 불가피한 추구를 벗어날 수 없는 인간 실존의 비극성에 대한 멜랑콜리한 이미지들이다.

마르셀 프루스트의
향기로운 시간의 수정

그렇다면, 이 기억과 추억의 진실은, 기억에 대한 이 비극적 진실은 마르셀 프루스트가 《잃어버린 시간을 찾아서》에서 시도했던 기억의 연금술과는 또 얼마나 멀고 가까운가?

마르셀 프루스트는 파트릭 모디아노가 기각해버린 기억의 의미와 진실성을 복원하려는 하나의 거대한 시도이다. 프루스트는 삶의 우연성과 기억의 파편성과 허무에 대항하여 기억의 지속성과 영속성, 망각에 대한 기억의 불멸하는 승리를 요구한다. 소설의 주인공 마르셀

이 부드럽게 적셔진 한 조각 마들렌 과자를 차에 담가 먹는 순간, 그는 황홀한 감정에 사로잡힌다. 그는 모든 독자들을 매료시킨 다음과 같은 문장들을 기록한다.

> 그 무엇에도 의존하지 않는 완전히 독자적인 전대미문의 행복감, 그 근거가 무엇인지 나 자신도 알 수 없는 그런 행복감이 내 온몸에 흘러 퍼졌다. 단번에 나는 삶의 굴곡에 무관심해졌고, 삶의 재앙도 그저 대수롭지 않은 불운이었으며, 삶의 짧음도 단순히 우리 감각의 기만에 불과한 것으로 여겨졌다. 그리하여 내 안에서 무언가가, 보통은 사랑만이 이룰 수 있는 무언가가 일어났고, 이와 동시에 나는 어떤 진미의 물질로 채워진 듯이 느꼈다. 아니, 이 물질이 내 속에 있다기보다는 나 자신이 그 물질이었다. 나는 더 이상 내가 평범하다거나, 공연한 존재라거나, 죽어 없어질 몸이라고 느끼지 않게 되었다.

마들렌 과자 한 조각은 마르셀의 잃어버린 시간, 깊고 어두운 무의식 속에 갇혀 있던 시간을 순간적으로 해방시켰다. 과자 한 조각이 빚어내는 맛과 향기가 기억과 통합되어 시간의 수정이 만들어진다. 프루스트는 향기로운 시간의 수정을 말한다. "고요한, 맑은 울림과 향기를 지닌, 투명한 시간들의 수정."

파편적으로만 보였던 과거, 공연한 존재이거나, 죽어 없어질 몸이라고 생각되던 실존이 "향기로운 시간의 수정"인 기억의 연금술을 통해 현재와 지속성과 의미론적으로 연결되면서 삶 전체의 의미가 솟아난다. 삶은 더 이상 파편적이지도, 덧없지도 않고, 허무하지도 않다.

철학자 한병철은 《시간의 향기》라는 책에서 프루스트에 관해 이렇게 쓴다.

> 프루스트의 서사적 시간 정략은 사건들을 에워싸서 하나의 의미 있는 전체로 묶거나 시대 구분을 통해 사건들의 질서를 수립함으로써 시간의 분해 경향에 대항한다. 사건들은 다시 연결된다. 사건들을 엮어주는 하나의 관계망은 삶이 순전한 우연성의 굴레에서 해방된 듯한 인상을 불러일으킨다. 이를 통해서 삶은 의미심장한 것이 된다.

한병철은 프루스트의 그런 서사 전략이 시간이 의미 있는 지속성을 상실한 채 점 — 시간들, 즉 서로 무관한 현재들의 나열이거나 집합체로 전락하고 있는 시간의 위기에 처한 근대에 대한 항거이며, 탁월한 반박이라고 주장한다. 이는 시간의 파편화, 기억의 파편화, 그로 인한 삶의 파편화가 근대라는 파괴적인 시대가 초래한 역사적인 현상이며, 프루스트적 회상 방식으로 그러한 위기에 대처할 수 있음을 강조하는 듯하다. 프루스트적인 기억의 연금술, 이 연금술은 다른 말로 한다면 일종의 사색의 연금술이라고 할 만도 한데, 왜냐하면 자본주의적인 삶은 과잉 속도와 분주함 속에서 삶 자체가 불구가 되고 있기 때문이다.

하지만 나는 프루스트적 기억의 연금술 자체를 일종의 허구적인 의미화 전략일 뿐이라는 생각을 한다. 프루스트가 기억을 통해 만들어내는 과거라는 '시간의 수정'은 그 자체가 이미 허구적인 이야기하기에 포함되기 때문이다. 그것은 육체를 가진 한 인간이 겪었던 물리적 사건들에 대한 객관적 진실이 빚어내는 수정이 아니다. 기억이라는 허구가 불연속적인 것에서 연속성을, 서로 무관할 수도 있는 파편적인 것들에서 유의미한 상관관계를, 가치중립적인 사건들에서 가치를 부여하는 작용이 바로 기억 작용이기 때문이다.

파트릭 모디아노가 소설적인 탐구를 통해 드러내고자 하는 것들이 바로 이런 것들이며, 그러므로 프루스트와 모디아노는 기억에 대해 각기 다른 관점에 서 있는 셈이다.

그러나 동시에, 프루스트가 이야기하고 있듯 기억의 연금술, 즉 이야기하기가 없다면, 고요한 고독 속에서 찾아드는 사색과 사유의 시간이 아니라면, 우리 삶은 그저 무의미한 현재적 사건들의 나열, 형형색색의 구슬들이 가득 담긴 자루에 불과할 것이다. 자루를 쏟으면 구슬들은 와그르르 쏟아져 흩어져버린다. 그 구슬들을 하나하나 꿰어 의미 있는 연결을 만들어내는 것, 그것이 바로 기억의 예술이며, 삶의 의미를 추구하는 인간이 비로소 인간다움으로 나아가게 되는 지점일 것이다.

진실을 말한다면, 추억은 결코 완성되지 않는다. 만일 추억이 과거의 사실들을 있는 그대로 완전하게 복원하는 것이라면. 파트릭 모디아노는 기억의 연금술이 불완전하고, 그조차도 기억만큼이나 파편적이라는 사실을 집요하게 환기한다. 그는 기억의 복원 불가능성을, 추억을 완성하는 것의 불가능성을 긍정한다. 그러나 그는 바로 그러한 불가능성 속에서 삶의 또 다른 가능성을 발견하려 한다. 프루스트와는 다른 방식이지만, 그는 어쩌면 기억의 독재나 왜곡, 허구에 맞서 삶의 진실을 옹호하며, 인생의 불완전함과 허망함, 덧없음조차도 삶의 불가피한 일부분으로 끌어안는 용기를 보여주고자 하는 것이다.

시간과 기억의 비극적 아이러니를 있는 그대로 직시하고 긍정하려면 용기가 필요하다. 더욱이, 물리적 실재의 사건들을 과도한 기억의 오용이나 남용으로 왜곡하거나 변질시키지 않으려는 용기도.

해가 지고 어둑할 즈음 나는 진주를 떠나는 고속버스에 몸을 실었다. 창밖으로 도시의 풍경이 획획 지나가고 있었다. 나는 차창에 머리를 기댄 채 다시 한 번 내 생의 찢겨나간 페이지들과 기억의 불연속성과 내 자아의 허구성을 떠올렸다. 그리고 이 하루의 경험이 먼 미래의 어느 시점에서는 또 어떻게 같거나 다르게 혹은 선명하거나 흐릿하게 기억될지를 상상해보았다. 모든 게 불확실했다.

그러나 단 가지는 확실한 게 있었다.

오늘, 이 기억과 마주친 이 경험이 빚어낸 기억에 대한 나의 사색이야말로 가장 값진 것이었다고. 분주함 속에서 넋을 놓고 지내던 일상의 나날들 속에서 정말 오랜만에 나는 진실로 인간적이었다고.

05

내 영혼을
잠식하는
불안의 정체는
무엇일까?

—

페르난두 페소아, 《불안의 서》

—
나는 살아 있는 무대이며,
다양한 배우들이
다른 역할을 연기하면서
그 위를 지나간다.

페르난두 페소아, 《불안의 서》

포르투갈 리스본에 가면
이 사람을 꼭 만나야 한다

　　　　　　　요즘 세계 어느 나라를 가든 한국 여행객들을 만
날 수 있다. 포르투갈도 마찬가지다. 여행객들은 대부분 아름다운 수
도 리스본에 들르는데, 리스본 시내 시아두chiado거리는 여행객들이
반드시 들르게 되는 거리다. 리스본 여행을 다녀온 사람들이 블로그
나 카페에 올린 사진들을 보면 시아두 거리의 유명한 카페 아 브라질
레이라A Brasileira 앞에 있는 청동상 자리에서 찍은 사진들이 빠지지 않
고 올라온다. 그 청동상 모델이 바로 지금 소개할 포르투갈이 자랑하
는 작가 페르난두 페소아Fernando Pessoa, 1888~1935다.

　페르난두 페소아는 포르투갈에서 한국으로 치면 근대 작가 이상 정
도 되는 위치에 있는 작가다. 아마 전 세계적으로 가장 널리 알려진
포르투갈 작가이기도 할 것이다. 바로 그가 유작으로 남긴 작품《불안

의 서*Livro do Desassossego*》 때문이다.

미국의 저명한 문학평론가 헤럴드 헤럴드 블룸은 페소아를 파블로 네루다와 함께 20세기를 대표하는 시인으로 꼽았고,《불안의 서》는 미국의 노벨연구소가 선정한 세계 100대 걸작 문학작품에 당당히 그 이름을 올렸다.

그렇지만 지금까지 페르난두 페소아라는 이름은 한국에서는 거의 알려지지 않은 이름이었다. 번역된 작품이라곤《양치는 목동》이라는 제목으로 나온 단 한 권의 시집 뿐, 그나마도 지금은 절판되어 구할 수도 없다. 사정이 이렇다 보니 리스본으로 그렇게들 많이 여행을 가서 페소아의 청동상 옆에서 사진을 찍곤 하지만, 안타깝게도 그저 이 사람 유명한 시인이라더라, 하는 이상의 아무런 정보도, 페소아와 관련된 단 한 개의 색다른 아름다운 추억도 건져오지 못했던 것이다. 이 얼마나 안타까운 일인가?

2012년 5월, 드디어 그 유명한《불안의 책》이 한국에서 처음으로 번역되어 나왔다. 너무 반갑고 기쁜 일이었다. 그러나 기쁨은 잠시, 펭귄판 영어 번역본과 비교해보니 턱없이 양이 부족한 발췌번역본이다. 말로 다 표현할 수 없을 정도로 씁쓸하고 화가 나는 일이기도 하다. 하지만 어쩌랴, 그것도 한국의 출판 현실인 것을. 그래도 이 발췌본만으로도 페소아의 매력은 충분히 느껴볼 수가 있었다. 다행히도 2014년 봄에 배수아 씨가 번역한 완역본이《불안의 서》라는 이름으로 다시 출판되었다. (그리고 문학 독자들 사이에서 페소아의 책은 은근히 인기를 끌었다.

놀랍게도!)

한국어로 번역된 《불안의 서》를 읽고 리스본 여행을 가면 리스본이라는 도시가 무엇보다 페르난두 페소아의 도시로 보일 것이다. 마치 체코의 프라하가 프란츠 카프카의 도시처럼 보이는 것처럼. 나도 이 책을 읽고 나서 리스본으로 여행을 가고 싶은 충동에 시달렸다. 파스칼 메르시어의 소설 《리스본행 야간열차》를 읽고 나서는 더더욱. (지난 2011년 전주 국제영화제에서 이 책을 원작으로 한 영화 〈불안의 영화〉가 개봉된 적이 있다. 나는 지인의 도움으로 영화를 구해서 보았는데, 비록 포르투갈어를 한마디도 알아들을 순 없었지만 그런데도 왠지 알아들을 것만 같은 기이한 느낌을 받았다.)

영혼의 불안한 흔들림과 꿈꾸는 존재들

페르난두 페소아가 너무 낯선 독자들을 위해 그의 전기를 조금 언급하는 것이 좋을 것 같다. 시인이었던 페소아는 1888년에 나서 1935년, 마흔일곱이라는 이른 나이에 간질환으로 사망했다. 평생 술을 너무 많이 마신 탓에 간경변증이 생긴 것이었다. 고독과 가난이, 문학적 고뇌가 그로 하여금 끊임없이 술을 마시도록 했던 건지도 모른다. 페소아는 살아생전엔 포르투갈에서도 별로 주목받지 못했다. 그래서 그의 전기적인 사항들에 대해 많이 알려진 것은 없는 편이다.

사법부 공무원이자 음악평론가였던 아버지는 그가 다섯 살 때 결핵으로 사망하고 만다. 당시 어머니는 동생을 임신하고 있었는데, 그 동생도 태어나지 못한 채 죽는다. 어린 시절에 겪는 죽음들은 아무래도 마음에 깊은 흔적을 남기게 마련이다. 1895년 어머니가 남아프리카에서 근무하는 포르투갈 영사와 재혼하게 되어 가족들은 모두 남아프리카로 이주한다. 페소아는 낯선 땅에서 새아버지와 이복형제들과 함께 지내면서 자주 외로움을 느끼고 생각에 잠기거나 책 읽기에 빠져들곤 했다. 가족들은 중간에 잠시 리스본으로 돌아오기도 하지만, 다시 남아프리카 더반으로 돌아갔다. 그러나 페소아는 리스본에 그대로 남아 일생을 리스본에서 보내게 된다.

1908년 그는 리스본 대학교 문학부 최고 과정에 입학하지만 1학년도 마치지 못하고 학교를 그만둔다. 그때부터 그는 포르투갈 문단의 주요 작가들과 만나기 시작했고, 본격적으로 창작에 몰입하게 된다. 생계를 위해 상업통신문을 번역하는 일을 시작했는데 그 일은 그가 생을 마감할 때까지 계속 이어졌다.

특이한 건 이 유명한 책 《불안의 서》가 그가 생전에 발표한 책이 아니란 사실이다. 처음엔 그가 외롭고 쓸쓸한 죽음을 맞은 후에 발견된 유고 원고였다. 원고 뭉치인 아홉 개의 봉투에 든 유고 형태로 발견되었다. 책의 앞부분은 그가 창조한 페르나르두 소아레스라는 인물이 쓴 수기인 것처럼 되어 있지만, 실은 그의 일기와 내면 독백을 모은 자서전이다. 대략 20여 년간 쓴 일기이고, 그의 사후에도 오랫동안 출간되지 않고 있다가 1982년에야 비로소 학자들의 연구와 편집 과정을 거쳐 책으로 처음 출판되었다. 이후에 전 세계 다양한 언어로 번역되었고, 지금까지도 수많은 독자에게 사랑받고 있다.

반갑게도 나는 한국어로 번역된 파스칼 메르시어의 소설《리스본행 야간열차》를 읽기 시작하다가 그 소설의 대문에 인용된 몽테뉴의 문장과 함께 페르난두 페소아의 문장이 인용되어 있는 것을 발견했다.

> 우리 존재라는 넓은 식민지 안에는, 다른 방식으로 생각하고 느끼는
> 다양한 사람들이 있다.

몽테뉴의 문장도 그렇지만, 페소아의 문장이 말하는 것도 인간 자아의 분열상이다. 자아 속에는 무수한 수의 다른 자아들이 살고 있다. 우리는 삶을 통해 그 다른 자아들을 발견해야 한다. 그 모두가 '나'라는 존재를 이루고 있기 때문이다.

사실 파스칼 메르시어의 소설을 읽을 때 페르난두 페소아가 남긴 유고를 편집한 책《불안의 서》의 문장들이 자주 프라두의 문장들과 겹쳐지며 떠오르곤 했었다. 정말 그랬다. 나는 그레고리우스가 페소아와 그의 산문《불안의 서》에 매혹당한 이 소설의 작가 파스칼 메르시어 자신이며, 매혹의 전율 속에서 페르난두 페소아를 아마데우 프라두라는의 이미지로 재탄생시키려는 욕망에 사로잡혔던 것이 아닐까

하는 생각을 했었다.

그만큼 페르난두 페소아의 문장들은 숨이 막히도록 시적이고 아름답다.

하긴 문학과 문학의 언어를 이해하는 사람이라면, 그 누군들 페소아의 문장에 매료당하지 않을 수 있을까? 인간의 내면과 영혼의 섬세한 흔들림, 영혼의 고독과 불안, 삶의 신산스러움을 경험으로 이해하고 있는 이들 가운데 그 누가 페소아의 문장에 영혼의 떨림을 느끼지 않을 수 있을까? 나 자신부터도 페르난두 페소아를 더 잘 이해하기 위해서라면, 만일 여러 조건들만 허락한다면 그레고리우스처럼 만사 제쳐두고 리스본행 비행기 티켓을 끊고 싶을 정도이다.

나는 마치 시처럼 페소아의 문장을 읽으며 자꾸만 아마데우 프라두의 내면 일기와 겹쳐지는 인상을 받았다. 두 영혼이 내 속에서 뒤섞이고 합쳐졌다.

불안은
영혼을 잠식하고

내 영혼의 깊은 어둠 속에서 보이지 않는 알 수 없는 힘들이 갈등하고 있었다. 이때 나의 존재는 전쟁터였으며, 나는 알 수 없는 충돌 때문에 몸을 떨었다. 잠을 깨는 순간 내 인생 전체에 대한 물리적인 구역질이 올라왔다. 살아야 한다는 공포감이 나와 함께 침대에서 벌떡 일어났다. 모든 것이 공허한 듯하여 나는 어떤 문제도 해결할 수 없으리라는 사실을 냉정하게 실감했다. 거대한 불안이 나의 사소한 몸짓까지도 얼어붙게 했다. 나는 광기가 아니라 바로 이 사소한 몸짓 때문에 미칠까 봐 두려웠다. 나의 육신은 억눌린 외침이었다. 나의 심장이 뛰는 소리가 흐느껴 우는 것처럼 들렸다.

나는 검은 소용돌이이고, 공허함 주위를 맴도는 거대한 현기증이고, 텅 빈 무無안의, 그리고 물속의, 아니 물이라기보다는 내가 세상에서 보고 느꼈던 이미지가 표류하는 소용돌이의 구멍 주위를 맴도는 끝없는 대양의 움직임이다.

우리 각자의 영혼 내부에서 일어나는 불안한 흔들림들, 소요, 현기증을 이보다 더 잘 표현할 수 있을까? 페소아의 글을 읽을 때마다, 그 섬세하고 내밀한 언어의 떨림 속에서 다름 아닌 내 영혼의 불안을 만나곤 한다.

그런데 이 막연한 떨림, 소요, 두려움의 실체는 무엇인가? 우리는 무엇을 불안해하는가? 무엇 때문에 불안을 느끼는가? 아니, 도대체 무엇이 불안인가?

페르난두 페소아가 이 책 속에서 드러내고 있는 불안의 실체는 무엇일까?

생각해보면 근래 들어 사는 게 불안하다는 말을 자주 듣는다. 정치, 경제, 사회 상황 모두가 불안을 자아내며 우리의 영혼을 잠식한다고 한다. 21세기 한국인들이 불안한 까닭은 주로 미래에 대한 두려움 때문인 것 같다. 청년들에겐 미래의 취업 문제가, 중장년들에겐 실직과 노후에 대한 두려움이, 노년층들에겐 현재의 가난이 미래에 초래할 위험들에 대한 두려움이.

그러나 엄밀하게는 문제가 되는 대상이 명료한 심리적 두려움인 걱정 혹은 공포를 가리키는 포비아Phobia와 불안은 많이 다른 개념이다. 불안이란 구체적인 대상을 가진 근심걱정이나 공포와는 달리 그 원인과 대상이 모호하고 추상적인 것이다.

한자어로 불안不安이라고 번역된 포르투갈어의 불안Desassossego이라는 말은 라틴어의 'angustiae'와 독일어 'enge'에서 유래된 말이다. 두 단어 모두 원래는 '좁다' 혹은 '좁은 장소'를 뜻했다. 갑자기 가던 길이 좁아지면 막연한 심리적 두려움이 발생한다. 이처럼 '불안'은 위험에 대한 반응이며 장차 일어날 것 같은 위험이나 고통에 대한 막연한 예감, 그리고 그에 수반하는 생리적 반응을 총칭하는 것이다.

즉 근심과 걱정, 공포는 그 대상 자체가 명료하지만 불안은 그 대상이 모호하고 막연하고 추상적이다. 그러나 그렇기 때문에 우리의 마음은 불안 속에서 더 깊이 흔들린다.

나는 현대인의 근원적인 불안은 지극히 역사적인 배경을 갖고 있고, 특히 시간과 관련된 형이상학적 불안이라고 생각한다.

현대인의 불안이 현대적인 이유는, 자신의 삶 전체를 스스로 기획하고 실행하고 책임져야 하는 무한 선택의 짐을 진 근대 개인주의의 탄생을 전제로 하고 있기 때문이다. 모든 것이 고정되어 있던 전근대적인 신분제도에서 해방된 개인은 이제 행복과 불행, 삶의 목표와 방향, 심지어 삶과 죽음의 의미까지 일체를 스스로 결정하고 선택해야만 하는 운명에 처한 것이다.

프랑스의 장 폴 사르트르가 말한 "저주받은 자유", 즉 무한한 자유와 무한한 책임을 동시에 두 어깨 위에 걸머진 대가가 바로 근대인의 형이상학적 불안의 원인인 것이다.

무엇보다 이 불안은 과거나 현재보다는 미래의 시간에 관련되어 있기에 더욱 추상적이다. 시간 속에 던져진 인간 실존에게서 나타나는 고유한 심리적 성질이다. 미래는 실체가 불명확한 유령 같은 존재다. 직선의 미로와도 같은 시간의 흐름 속에서 아직 당도하지 않은 시간인 미래는 이미 흘러가 버렸기 때문에 포기할 수밖에 없는 과거와는 달리 다양한 심리적 상태를 야기한다.

미래는 욕망의 시간이다. 욕망되는 시간, 우리의 욕망이 뻗쳐 있고 욕망의 불가능한 대상들이 도사리고 있는 시간이다. 미래는 무한하지만, 동시에 죽음이라는 결말을 인식하고 있기에, 그 종말에 대한 불안은 인간 존재의 근원적인 불안을 형성한다. 무한과 유한의 대립 속의 근본 불안.

미래라는 시간이 현대처럼 날카로워지는 이유는 우리 모두 '개인'으로서 각자 홀로 살고 죽기 때문이다. 우리는 각자 '홀로' 이 거대한 미래와 조우한다. 이것이 불안이라는 것이 지극히 근대적인 산물이며, 근대 세계의 개인주의와 맞물려 있는 이유이다.

특히 지금 21세기 현대세계는 실로 '역동적인 소용돌이'가 휘몰아치는 도가니다. 현대인은 미래라는 시간, 현대라는 이 공간의 거대함에 홀로 압도당해 짓눌리고 있다. 삶의 시공간 모든 것이 변화무쌍하고, 예측 불가능하고 가변적이어서 홀로 적응하고 대적해나가기엔 버거울 수밖에 없다.

지구적 차원의 거대한 천재지변, 세계 전쟁, 지금 우리가 겪고 있는 것과 같은 갑작스러운 세계 경제 침체나 불경기, 파산, 실직 같은 정치 사회적 격변들, 하다못해 교통사고나 언제 내 앞에 나타날지도 모를 강도나 살인범 같은 무시무시한 사건들 등등.

'지구촌' 시대의 개인적 삶이란, 온 지구의 근심과 불안을 제각기 홀로 다 떠안고 있는 것이나 다름없는 그야말로 거대한 삶이다. 그래서 이 거대한 세계 자체가, 시간뿐 아니라 공간 자체가 우리처럼 나약한 개인들에겐 하나의 커다란 불안과 위험요인이 된다.

예측 불가능한 위험들에 둘러싸여 살아가야 하는 삶. 이런 세계는 그 자체가 스트레스다. 이것이 근대 이래 인간을 불안 속에 던져 놓는 삶의 조건이며, 철학자들로 하여금 불안에 주목하게 만들고, 정신분석학과 정신과에 환자들이 북적거리게 되는 원인이다.

이런 세계 속에서 불안을 치유하거나, 혹은 불안하지 않게 살아갈 수 있는 방법은 무엇일까? 온갖 구체적인 걱정거리에 이처럼 모호한 불안마저 떠안고 살아가야 하는 것은 과연 어쩔 수 없는 우리 현대인의 운명일까?

이런 모든 불안이 어느 잠 못 드는 불면의 밤에 찾아들 때면 페르난두 페소아의 문장처럼 삶에 대한 공포감과 함께 거대한 불안이 사소한 몸짓마저도 얼어붙게 하지 않겠는가? 내 심장이 뛰는 소리가 흐느껴 우는 것처럼 들리지 않겠는가?

그럴 때 무엇이 우리의 이 막연한 두려움과 불안을 치유해줄 수 있을 것인가? 내 영혼을 잠식하는 이 불안에 대항해 무엇을 해야 하고 무엇을 할 수 있을 것인가?

가장 거대한 규모의 시간과 공간 자체가 형이상학적 불안의 근원이라면, 차라리 세상 전체를 망각해버리고 쾌락적인 오락에 몰두하는 게 좋을까? 그러나 감각적인 쾌락적 체험이 불안의 진정한 해결책이 될 수 있을까?

아니면 정반대로 오히려 고요한 침묵과 명상 속으로 이 세계를 끌어들여, 세계 경험을 조각재료로 삼아 내 삶의 경험에 깊이와 넓이, 지평을 더해주는 능동적인 계기로 삼는 게 더 좋을까? 마치 피할 수 없다면 차라리 즐기자는 경구처럼.

혹은 페르난두 페소아처럼, 그 불안 자체를 언어의 끌로 갈고 깎아 크리스털 보석처럼 결정체로 만들어보는 것은 어떨까? 그도 아니라면, 차라리 말 없는 침묵의 언어로, 침묵 자체를 불안의 언어로 구축한다면?

때로는 수다스러운 말보다 침묵이, 내용을 더 정확하고 강렬하게 전달한다는 면에서 더 탁월한 형식의 언어가 될 수 있다. 작은 표정이나 사소한 몸짓, 혹은 행동이 침묵을 능가하는 것 또한 마찬가지다. 언어는 형식적인 면에서는 다른 언어들보다 더 체계적이고 명백한 것이지만, 나의 의식과 관계된 내용 면에서 그것은 다른 언어들에 비해 오히려 빈곤하기 짝이 없다.

이 모든 언어는 우리의 심리적 과정에 대한 일종의 '추상화 그림' 같은 것이어서 우리가 실제로 느끼는 감정 자체와 명확하게 일치하는지는 의문이다.

예를 들어, 나는 내 속에서 요동치고 있는 어떤 '불안'을 감지한다. 그러나 나의 의식은 그 불안의 실체가 무엇인지 알지 못한다. 어떤 형식의 언어로든 다른 사람에게 전달하고 싶지만, 그 형식은 마치 잘못 배달된 택배상자 같은 것이 되기도 하는 것이다. 여기에 우리 영혼의 당혹스러운 면이 있다.

감정과 의식의 관계는 마치 담배와 담배연기의 관계와도 같고, 언어는 먼지 낀 거울에 비친 담배연기 같은 것인지도 모른다.

이는 침묵과 언어가 비껴가고 어긋나는 형식이며, 이것을 깨닫는 순간, 섬세한 영혼의 의식은 그러한 부조화의 간극 속에서 비틀거리며 그 심연과도 같은 간극 속으로 곤두박질치게 된다. 페르난두 페소아는 그런 순간에 자신의 영혼 자체로부터도 사라지기를, 영혼의 부재로서 존재하는 영혼이길 바랐던 것 같다.

나는 달아나고 싶다. 내가 아는 것으로부터, 내 것으로부터, 내가 사랑하는 것으로부터 달아나고 싶다. 나는 홀연히 떠나고 싶다. 불가능한 인도나 모든 것이 기다리는 남쪽의 섬나라가 아니라, 어딘가 알려지지 않은 곳, 작은 마을이나 외딴 장소, 지금 여기와는 아주 다른 곳으로. 나는 이곳의 얼굴들을, 이곳의 일상과 나날을 더 이상 보고 싶지 않다. 나는 낯선 이방인이 되어 내 피와 살 속에 뒤섞인 위선을 벗어나 쉬고 싶다. 휴식이 아니라 생명으로서 잠이 나에게 다가오는 것을 느끼고 싶다. 바닷가의 작은 오두막, 아니 험난한 산비탈 벼랑의 동굴이라 할지라도 내 이런 소망을 채우기에는 충분하다. 그러나 안타깝게도 내 의지는 그렇지 못하다.

그러나 도피하는 자는 누구인가? 불가능한 도피 속에서 자기를 부정하면서 그런 부정하는 운동을 통해 다시 자기를 확인할 수밖에 없는 자는?

죽어가는 보랏빛 속 하루가 흐르며 저물어 간다. 그 누구도 내가 누구인지 말해주지 않으리라. 내가 누구였는지 아는 사람도 없으리라. 나는 알려지지 않은 어느 미지의 산 미지의 계곡으로 내려왔다. 내 발자국은 저녁이 느리게 도래할 무렵 숲 속 개활지로 나 있었다. 내가 사랑한 모든 이가 그늘 속에 남겨진 나를 잊었다. 마지막 배에 관해서 아무도 알지 못했다. 그 누구도 쓰지 않았을 편지에 대해서, 우체국의 그 누구도 알지 못했다.

우리는 무한한 변신능력을 가진
트랜스포머다

　　　　　　　　자신의 영혼을 괴롭히는 불안에 대항하기 위해서였을까, 페소아는 평생 수십 개의 이명異名으로 작품을 쓴 것으로 유명하다. 소아레스라는 이름도 그 중의 하나일 뿐이다. 이명은 가명과는 다른 것이다. 가명은 정체성이 하나일 뿐이지만, 이명은 각기 다른 독자적인 정체성을 갖고 있다. 페소아가 그토록 자주 이명을 사용한 이유는, 그 자신 끊임없이 새로운 존재로 변화하는 내적인 실험을 추구했던 까닭일 것이다.

> 나는 내 안에서 다양한 개성을 만들었다. 나는 지속적으로 개성을 창조한다. 매번 꿈을 꾸기만 하면 나의 꿈은 꿈을 꾸기 시작하는 또 다른 사람으로 구체화되지만, 나는 존재하지 않는다. 창조하기 위해서, 나는 스스로 파괴되었다. 나는 내 안에서 그렇게 외부적으로 표현되었고, 외부에서가 아니라면 나는 내 안에서 존재하지 못한다. 나는 살아 있는 무대이며, 다양한 배우들이 다른 역할을 연기하면서 그 위를 지나간다.

　페소아의 책은 한 불안한 영혼의 집요한 내면의 탐색이자, 동시에 무한한 '변신의 가능성'에 대한 꿈을 그리고 있는 책이다. 꿈과 상상의 모험을 통해 창조되는 또 다른 존재들, 또 다른 삶들. 또 다른 개성의 발견과 창조.

그렇다. 고정 불변하는 자아 같은 건 없다. 자아는 내 속의 다양한 내가 춤추고 연기하는 무대에 불과하다. 그런 의미에서 우리는 끊임없이 변신하는 변신기계다. 트랜스포머와도 같다. 우리는 자아의 본질이 무엇이냐고 묻는 대신, 내 속의 다양한 잠재적 자아들이 무엇을 할 수 있는지 물어야 한다. 그리고 그런 변신 가능성은 실제적인 행위를 통해서만 드러날 것이다.

우리는 그런 변신을 '생의 놀이'로서 즐길 수 있어야 한다.

수십 개의 이명을 사용했던 페소아, 그리고 참된 경험의 의미

페소아의 책에서 내 관심을 끈 또 다른 문제가 있다. 페소아는 '경험'이라는 것에 관해 독특한 생각들을 보여주고 있었다. 그의 책에는 영혼과 경험이라는 단어가 자주 등장한다. 그런 이유로 나는 경험의 정체성과 의미에 관해 곰곰이 생각해보지 않을 수 없었다.

이 책의 주인공인 페소아의 또 다른 분신 소아레스는 결코 리스본을 떠나지 않는다. 그는 '상상'만으로 여행과 모험을 떠나는 것이 실제 여행과 모험보다 오히려 더 우월한 면이 있다고 주장한다. 앞에서 이야기했던 타자가 되는 모험, 현재와 다른 존재가 되는 모험은 꼭 폴 고갱처럼 모든 걸 다 던지고 과거를 철회하는 식으로 이루어져야만 하는 것은 아니다. 페소아의 책은 바로 그것을 충격적으로 주장하고 있다. 집요한 관찰, 사고, 그리고 상상력이면 충분하다는 것, 이것이 페소아가 《불안의 서》를 통해 말하는 기이하고 독창적인 면 가운데 하나다.

나는 이미 전작 《카프카의 서재》에서 기억과 경험의 기묘한(?) 관계에 대해 분석한 바 있다. 매 현재 순간 우리가 경험하는 것의 의미는 현재엔 결코 알 수 없고, 오로지 기억하는 자아의 작용을 통해서만 그 경험이 갖는 의미가 이해된다고. 즉 경험의 의미는 미래에 있고, 따라서 시간의 흐름에 따라 경험의 의미는 계속 변하는 것이라고. 그런 의미에서 본다면, 현재 순간 우리가 오감으로 느끼는 감각적 경험은 말 그대로 좋거나 싫거나 하는 쾌불쾌의 감각 경험일 뿐이라고.

마찬가지로 페소아도 경험 자체는 아무것도 말해주는 것이 없다고 말한다.

> 역사가 아무것도 가르치는 것이 없듯이, 인생 경험도 아무것도 가르치지 않는다. 진정한 경험은 현실과의 접촉을 줄이는 데에 있는 반면, 동시에 그 접촉에 대한 분석을 강화하는 것에 있다. 그러면 감성의 폭이 넓어지고, 깊이가 깊어지는데, 왜냐하면 우리 안에 모든 것이 있기 때문이다.

144

또 그는 다른 곳에서 이렇게 쓰고 있다.

보통 사람들이 감수성을 통해서 생각을 하는 반면, 나는 지성을 통해서 느낀다. 다른 것에 비해서 늘 모순적으로 나를 따르는 심오한 감각은 바로 그런 사실에 연유한다. 보통 사람들에게 느끼는 것은 살아가기를 의미하고, 생각하는 것은 살아갈 수 있음을 의미한다. 내게 생각하기는 살아가기이고, 느끼기는 생각에 영양소를 공급하는 것에 불과하다.

한번 생각해보자. 실제 여행보다 기대와 동경 속에서 이루어지는 상상 여행이 더 우월할 수 있을까? 경험되는 현실세계보다 상상 속에 존재하는 가상세계가 더 우월하다는 생각은 어떤가? 실제 삶에서 부딪치는 경험보다 지성적인 사고로 분석하거나 상상력을 무한대로 펼치는 것이 삶에 더 큰 의미와 가치를 지니는 것일까?

페소아는 경험적 자아와 기억하는 자아 외에 사고하는 자아와 상상하는 자아를 덧붙이고 있는 듯하다. 그에 따르면 단순한 감각적 경험, 즉 '현실과의 접촉' 자체는 아무것도 말해주는 게 없다. 진짜 경험은 오직 현실과 접촉한 감각적 경험에 대해 '분석을 강화하는' 것이다. 분석한다는 것은 사고한다는 것이고, 이는 경험을 단순히 머릿속에 떠올리는 사실적인 기억과는 차원이 다르다. 그것은 경험의 의미에 대해 끊임없이 숙고하고 성찰한다는 것이다. 그리고 상상하기….

페소아는 어떤 경험도 그것이 기억으로, 기억에서 사고와 상상으로 나아갈 때만이 진정한 경험이며, 의미 있는 어떤 것이 된다고 말하는 것 같다. 그는 "현실과의 접촉을 줄이는 대신 분석을 강화"하려 한 것, 즉 소아레스가 리스본이라는 도시를 전혀 떠나지도 않고, 특별한 사건도 없이 마치 방안에만 틀어박혀 사는 사람과 다를 바 없는 고독한 생활을 하면서 생각하고 상상하는 생활을 하는 까닭도 거기에 있는지도 모른다. 마치 육체 없이 영혼만 존재하는 사람처럼.

만일 육체는 감각의 소관이고, 영혼의 주요 활동이 기억하고 사고하고, 상상하는 것이라고 구별할 수 있다면, 페르난두 페소아나 그의 분신인 소아레스는 압도적으로 영혼의 활동에만 몰두한 사람이라고 볼 수도 있을 것이다.

어떻게 참된 경험을 할 수 있을까?

나는 경험이라는 단어와 관련하여 독일의 문예 비평가 발터 벤야민을 떠올릴 수밖에 없다.

그는 현대사회에서는 종합적 기억의 매개를 통과하여 지혜와 성찰로 승화되는 경험erfahrung이 위축되고, 스펙터클 같은 순간적인 충격과 감각에만 의존하는 몸의 감각적 경험인 체험erlebnis만 횡행하게 된다고 분석한 바 있다.

페소아 식으로 말하자면 현대인들은 영상 미디어의 과잉 자극에서 찾아오는 단순한 신경흥분일 뿐인 말초적인 감각, 당장에는 생생하고 전율적이지만 금세 안개처럼 사라져버리고 마는 그런 지각에 매몰되기 쉽다는 것이다.

인간의 경험이 그저 순간순간 바람처럼 스쳐 지나가는 몸의 지각들로만 한정된다면, 과연 영혼이라고 이름 붙일 수 있는 그 무엇이 존재한다고 할 수 있을까? 우리 영혼과 삶의 진실, 존재의 의미는 어떤 경험들과 어떤 내면의 탐색을 통해 발견되어야 하는가?

이런 물음이야말로 파스칼 메르시어가, 페르난두 페소아가 우리에게 던지는 아픈 질문들이다. 영혼을 가지기는 결코 쉽지 않다. 깊은 영혼을 가진 이를 만나는 일이란, 더더욱 어렵고 드문 일이다.

발터 벤야민은 1913년에 쓴 《경험Erfahrung》이란 제목의 에세이에서 현대사회의 속물성과 비판적 성찰이 없는 일상적이고 관습적인 경험에 매몰되어 마치 그것이 생의 가능한 전부인 양 구는 속물적인 인간들을 통렬하게 비판한 적이 있다. 발터 벤야민의 영혼이 되살아나 지금 한국 사회의 모습을 본다면 뭐라고 말할까? 페르난두 페소아나 아마데우 프라두는?

아니, 그보다 나는 언제쯤이면 리스본으로 페소아를 만나러 갈 수 있을까.

06

어느 날 문득,
사는 게
덧없다고 느껴질 땐
무얼 하면 좋을까?
—

외젠느 이오네스코, 《외로운 남자》

서머싯 몸, 《면도날》

—

면도칼의 날카로운 칼날을 넘어서기는 어렵나니,
그러므로 현자가 이르되,
구원으로 가는 길 역시 어려우니라.

《카타 우파니샤드》

고양이로 살아가는 건
어떤 느낌일까?

　　　　　　나는 지금 몇 년째 수컷 길고양이 한 마리와 살고 있다. 태생이 길고양이인 탓에 집에 머무는 시간이 별로 없다. 배고플 때, 잠잘 때, 잠깐 내 곁에서 조는 시간을 빼곤 현관문을 열고 나가 온 동네를 싸돌아다닌다. 도대체 밖에서 뭐 하고 다니는지는 모른다. 다른 수컷과 싸움질을 하고 다니는지 툭하면 다쳐서 오기도 한다. 그래도 내 무릎 위에서 곤히 자는 모습을 가만히 바라보고 있노라면 너무 사랑스럽고 귀여워 뽀뽀하고 얼굴을 비벼대며 고양이를 귀찮게 하기도 한다.

　내 무릎 위나 의자에서 아기처럼 쌔근쌔근 평화롭게 잠든 고양이를 가만히 내려다볼 때면 생명의 경이로움이나 아름다움에 새삼 감탄하곤 한다. 무엇보다 그 존재의 단순성이 한없이 부러워진다. 배가 고프면 먹을 걸 찾고, 배가 부르면 곧장 잠에 빠져들고, 심심하면 여기저기 돌아다니면서 논다. 물론 수컷인 탓에 영역 다툼을 하느라 피투성이가 되도록 싸움도 하고 짝짓기를 위해 고투를 벌이기도 한다. 하지만 그게 전부다. 고양이는, 자신의 존재 자체로 그저 충분하다. 그 자체로 충분히 아름답고 경이롭다. 나는 누구인가? 고양이로 사는 삶, 살 만한 가치가 있는가? 고양이로 사는 삶의 의미는 무엇인가? 이런 종류의 어리석은 질문은 그의 머릿속에 없는 듯하다. 고양이는 최대한 살기 위해 노력하고, 그러다 떠날 때가 되면 떠날 뿐이다. 그게 전부다. 그리고 그걸로 충분하다.

만일 누군가가 "고양이의 생은 무의미해. 살 만한 가치가 없어"라고 말한다면, 그것은 좀 우스꽝스럽고 어리석은 말로 들릴 것이다. 그 말이 진실이라면 고양이뿐 아니라 다른 모든 동물들도, 나아가 지구의 모든 생명체에게도 똑같은 말이 적용될 수 있기 때문이다.

고양이 생의 의미를 묻는 말은 사실 '사이비 질문'이다. 그건 마치 "지금 대한민국의 왕은 대머리인가?"라는 질문이 이미 존재하지 않는 왕을 전제로 묻고 있기에 사이비 질문인 것과 마찬가지다.

그런데 인간으로 사는 생의 의미를 묻는 질문은 어떤가? 그 질문은 사이비 질문이 아니라 유의미한 질문인가? 고양이로 사는 삶과 인간으로 사는 삶 사이에 근본적인 불연속성이나 범주적인 차이가 있을까? 인간이 고양이보다 더 큰 전두엽을 가지고 있고, 그 결과 복잡한 언어 체계와 사고 능력을 갖추고 있다는 것 때문에 두 동물 간의 존재 의미에는 근본적인 차이가 있다고 믿어야 할까? 즉 인간을 제외한 다른 모든 동물은 삶의 의미와 무관하고 그 존재 자체로 충분한 반면에 인간만은 예외적으로 어떤 객관적인 삶의 의미가 있는가? 아니면 인간 역시 고양이나 다른 동물들처럼 의미와 무관하게 그저 존재한다는 사실 자체로 충분한 것일까?

지금 내가 이런 질문들을 던지고 있다는 사실 자체가 나 자신이 지극히 인간적이라는 걸 보여주는 셈이다. 커다란 전두엽이, 정교한 문법체계와 매사에 질문하고 고민하는 능력을 갖춘 그 쭈글쭈글한 회백질 덩어리가 이런 질문들을 마구 쏟아내고 있기 때문이다. 이런 모든 걸 '생각'이라고 한다면, 이 '생각'이 병적으로 깊어지면 자칫 위험한 지경에 처하게 되기도 한다.

저 광막하고 끝을 알 수 없는 우주는 왜 존재하는가? 영원히 침묵하고 있는 저 텅 빈 우주 속에서 나는 무엇이며 내 존재의 의미는 무엇인가? 나는 어떻게 살아야 하는가? 지금 내가 과연 제대로 사는 것일까? 산다는 것이 힘들고 고달픈데 무엇을 위해 이렇게 아득바득 살아가고 있는 것일까? 다 헛되고 허망하고 덧없기만 한데… 등등 이런 생각들이 한번 우리 마음을 엄습하기 시작하면 우리는 마치 넋이 나간 사람처럼 망연자실해지고 마는 것이다. 그런 의미에서 고갱의 마지막 작품 제목처럼 "우리는 어디에서 왔으며, 우리는 무엇이며, 우리는 어디로 가는가?"라는 질문은 인간으로 사는 이상, 언젠가는 한번은 진지하게 맞닥뜨릴 수밖에 없는 질문인 것 같기도 하다. 또 이런 질문들은 바로 "나는 누구인가?"라는 질문 속에 모두 함축된 질문들이기도 하다.

우리가 인간인 한, 이런 질문들은 회피하기 어렵다. 그래서 많은 문학작품들도 바로 이런 주제를 형상화하고 있는 것이다.

외로운 남자,
인생의 무의미로 괴로워하다

나는 먼저 한 외로운 남자를 소개하려 한다. 그는 지금 15년째 한 회사에서 근무하고 있는 아주 평범한 직장인이다. 아버지는 다섯 살 때 세상을 떴고 홀어머니가 가난한 살림에 "등골 빠지게 일하면서" 외아들인 그를 키웠다. 대한민국의 모든 어머니가 그렇듯 그의 어머니도 그가 공부를 열심히 해서 자기보다는 더 나은 삶을 살기 원했다. 불행히도 그는 소위 "열등생"이었다. 아니, 공부에 전혀 흥미를 느끼지 못했다. 고등학교를 마치고 군 복무를 끝낸 후에 어머니의 소개로 현재 직장에 들어왔다. 그러나 회사에 취직한 지 얼마 되지 않은 때 그의 어머니는 뇌출혈로 세상을 뜨고 말았다. 이후부터 그는 혼자 칙칙한 셋방에서 살면서 직장과 집을 오가며 외롭게 혼자 살고 있다.

지금 그는 혼자다. 5년 전 잠깐 사내 연애를 하기도 했지만 그녀는 가난한 자기 대신 더 있어 보이는 다른 남자에게 가버렸다. 실연의 상처로 심한 우울함에 빠지기도 했지만, 사실 그의 삶 전체가 우울증 장전 모드다. 그에겐 특별한 계획도, 미래를 향한 희망도, 야심도 없다.

왔다갔다하면서 그저 생존하고 있을 뿐이다. 직장은 말 그대로 생계를 위한 일일 뿐, 업무는 지루하고 따분할 뿐이다. 일요일엔 혼자 영화를 보기도 하고 술도 마시곤 하지만 그에겐 "일요일 오후보다 쓸쓸한 것이 없다." 곧 끔찍한 월요일이 기다리고 있다. "월요일 아침이면 입안의 혀는 퉁퉁 부은 것 같고, 머리는 아프고 절망스러웠다. 세수하는 것이 다른 요일 아침보다 더 초인간적인 과업 같았다. 태산을 옮기는 일, 매일 똑같은, 고통스러운 강제노동"이 기다리고 있다. 그는 자기 자신에 대해 "수십억 마리의 다른 벌레들 사이에 낀 가련한 벌레에 지나지" 않는다고 생각한다.

그에게 직장일은 습관이 아니라 거의 속박이다. 하루하루를 견디는 것 자체가 크나큰 고통이고 마치 강제 노동 수용소 생활을 견디는 것 같다. 사는 게 아무런 재미가 없다. 다만 끔찍하게 지겨울 뿐. 이런 상황, 재미없는 직장 생활의 스트레스에 시달려본 사람들이라면 누구나 쉽게 공감하지 않을까? 습관처럼 살아가는 것, 기계처럼 일하는 것, 오직 주말을 기다리며 하루하루 달력을 넘기는 것, 자기 삶에 대한 확고한 의미부여도, 실현하고픈 특별한 목표도 없는 탓에 삶 전체가 공허의 쳇바퀴를 돌리는 것 같고, 아무리 열심히 일해도 별로 달라지는 것 같지 않는 삶, 그래서 이런 게 사는 것인가 싶은 생각이 들 때마다 소주잔을 기울이게 되는 것.

이 남자의 이야기는 마치 대한민국의 평범한 직장인들의 일상적인 삶을 대변하고 있는 듯하지 않은가? 그러나 이 남자는 실은 외젠 이

오네스코라는 작가가 쓴 실존주의 철학 소설《외로운 남자》의 주인공
이다. 소설 속의 주인공, 이 외로운 남자는 마치 현대를 살아가는 모든
직장인의 애환과 고뇌를 대표하고 있는 것 같다. 단, 차이는 있다. 이
외로운 남자의 특이한 점은 밑도 끝도 없는 몽상에 쉽사리 빠져든다
는 점이다. 좋게 말하면 철학적이고 나쁘게 말하면 강박증적이다. 현
재에 대한 불만과 미래에 대한 불안, 삶의 의미나 가치에 대한 고민은
비슷할지라도 이 남자는 특히 거의 극단적인 수준까지 자신의 생각을
밀어붙인다.

사실 이 남자의 진짜 문제는 직장이나 일이 아니다. 진짜 문제는 거
의 '철학적'인 문제다. 바로 삶의 의미 문제. 이 위험한 지뢰를 밟아 버
린 남자는 끝없이 내적으로 방황한다. 그의 작은 두개골은 누구도 풀
수 없는 존재의 근원과 그것의 의미에 관한 형이상학적인 질문들로
가득 차 있다. 그의 고뇌는 바로 거기서 시작되고, 그의 삶이 마치 나
침반을 잃어버린 배가 풍랑이 거센 바다를 표류하듯 표류하는 이유도
거기에 있다.

그는 열두 살 때부터 이미 그런 증상에 시달렸다. 의도도 목표도 없
이 그저 거대하기만 한 물질의 우주 속에서 먼지보다 작은 자신의 존
재가 무슨 의미인지 따져 묻기 시작했던 것이다. (이런, 나는 그 나이 때
만화책에만 코를 박고 있었는데…)

마치 지동설에 충격을 받은 프랑스의 철학자 블레즈 파스칼이《광
세》라는 책에서 "저 광막한 우주의 영원한 침묵이 나를 전율케 한다"

라고 썼던 바로 그 곤혹스러운 심정을 그는 되풀이하고 있는 것이다. 그는 말한다. "나는 세상을 향한 최초의 놀라움, 답이 있을 수 없는 의문과 놀라움에서 조금도 벗어나지 못했다."

이런 일이 벌어진 것은 누구 때문일까? 어떻게 이런 일이 벌어질 수 있나? 어떻게 이런 것이 가능한가? 다시 한번 말하지만 한정된 지식은 지식이 아니다. 온 우주와 모든 존재, 그리고 우리는 우리에게 주입된 본능과 제한된 사고에 의해 작동한다. 우리는 작동할 뿐 행동하지 않는다. 나는 나를 위해 먹는다고 믿지만 보존본능 때문에 먹는 것이다. 내가 사랑하고, 나를 위해 정사를 한다고 믿지만, 이는 단지 종족을 보존하기 위한 것이고, 그렇게 하라고 나를 조종하는 법칙에 복종하기 위한 것일 따름이다. 내게 작용하는 이런 것들을 명명할 단어가 상상 속에 떠오르지 않아서 나는 이런 것을 '법칙'이라고 불렀다. 우리는 사회적 조건에 따른다. 아니, 이런 것은 아무것도 아니다. 우리는 생물학적 조건, 나아가 우주적 조건에 따른다. (…) 이 말하고 생각하는 방식, 나는 이런 것을 방식이라고 부르는데, 그 방식은 현실을 포괄하지 못한다. 왜냐하면 나는 이 단어가 무엇인지, 현실이 무엇인지 잘 알지 못하고, 아무것도 모르고, 심지어 현실이 어떤 것의 표현인지, 무엇을 의미하는지조차 모르기 때문이다.

이 남자, 꽤나 심각하다. 다른 한편으로 남자는 죽음에 대한 불안과 공포에 사로잡히기도 한다. 이 속수무책인 죽음! 남자는 불현듯 떠오른 죽음에 대한 생각이 불러일으킨 불안과 공포에 새파랗게 질려 미친놈처럼 온 방의 불을 켜는가 하면, 어쩔 줄 모르고 이 방 저 방을 뛰어다니기도 한다. 이 종말, 이 폭력적인 끝, 논리도 문법도 없는 이 해괴한 괴물. 각자의 생 전체를 빨아들여 산산조각 내 버리는 공포스러운 블랙홀!

잔혹한 종말인 죽음 앞에서 우리는 무엇을 할 수 있을까? 무엇을 이해해야 할까? 우리 같으면 치맥을 앞에 놓고 코미디 빅리그를 보든가 아니면 영화나 다운받아 볼 시간에 (혹은 야동을 다운받아 자위라도 하든가) 이 남자는 혼자 꼬리에 꼬리를 무는 온갖 생각의 소용돌이에 휘말려 고통스러운 비명을 내지른다. 도대체 이런 정신으로 제대로 직장 생활을 한다는 것이 어떻게 가능한지 의문스럽다. 그는 생각을 끊으려 하고, 모든 것을 아예 체념하려 하지만, 생각이 제멋대로 일어나는 걸 어떻게 막을 도리가 없다.

그런데 어느 날 갑자기 뜻하지 않은 횡재가 그를 찾아온다. 누구나 한 번쯤은 꿈꾸어보는 그런 횡재다. 그의 미국에 사는 먼 친척이 죽으면서 그에게 거액의 유산을 남겨준 것이다! 그렇다고 중동의 부자 왕자 '만수르' 정도의 재산은 아니고, 우리나라 로또 복권 1등에 당첨된 정도의 수십억 재산이 느닷없이 생긴 것이다!

이 글을 읽는 독자에게 갑자기 그런 횡재가 들어오면 이후의 인생을 어떻게 살 것인가? 당장 회사를 그만두고 일단 쉬면서 고민을 할 것인가? 아니면 그 돈을 은행에 넣어 놓고는 시치미를 뚝 떼면서 평소처럼 직장 생활을 할 것인가? 아니면 세계일주 여행? 우주와 인생의 의미로 끊임없이 고민에 고민을 거듭하며 우울증에 걸릴 지경이던 우리의 주인공, 이 외로운 남자는 무엇을 할까?

그러나 이 주인공께서 하는 짓은 좀 어이없다. 누구나 예상 가능하듯 이 남자는 당장 15년간 다니던 회사를 때려치우고 나름 근사한 아파트로 이사를 한다. 여기까지는 충분히 오케이, 납득 간다. 한데 이 남자, 이후로 하는 짓이 요상하다. 새 아파트로 이사를 간 후에 새로운 인생 계획을 세워 행동에 옮기는 것이 아니라 더 깊은 내면으로의 침잠에 빠져들고 마는 것이다. 마치 대인기피증에 걸린 듯 요즘 유행하는 말로 '히키코모리'처럼 거의 집안에 틀어박혀 예의 그 밑도 끝도 없는 사색에 빠져들어 간다. 그러다 갑자기 세상이 혼돈 속으로 빠져들고, 이 남자의 정신 나간 환상인지 실제 상황인지조차 모호한 혁명인지 내란인지가 벌어진다. 그럴수록 이 남자는 더더욱 세상과 절연한 채 공포에 질려 굴속에 틀어박힌 두더지가 되어가는 것이다.

이오네스코가 이 작품을 통해 존재의 근원을 탐색하고 더불어 이데올로기의 폐혜를 폭로하려 했는지는 몰라도 주인공 외로운 남자의 행태는 내면으로의 지나친 침잠이 가져올 폐해를 보여주기도 한다. 세상과 단절한 채 세상을 비관하고 저주하기만 하는 한, 거기서 어떤 자기 존재의 의미가 발생하진 않을 것이다. 극단적인 회의주의자이자 염세주의자인 이 외로운 남자에게 삶은 사실상 거의 존재하지 않는다. 마치 하늘의 구름처럼, 생이라는 하늘 위를 그저 둥둥 떠다니고 있다.

물론 이것도 삶이라면 삶일 것이다. 자기가 그런 삶에 진정으로 만족하고 행복을 느낀다면. 그러나 외로운 남자는 끝까지 외롭고 고독하며 내적으로 방황을 계속할 뿐이다. 거기서 어떤 삶의 희망도 피어나기 어려울 것이다. 차라리 물려받은 유산으로 세계일주 여행이라도 떠난다면, 그래서 세상과 타인들과 직접 대면하면서 자신과 세상에 대한 다른 가능성들을 탐색해보기라도 한다면.

나는
무엇을 위해 살 것인가?

《외로운 남자》의 주인공이 처한 상황은 일상생활을 영위하는 누구에게나 한두 번쯤 마주치게 되는 실존적인 고민을 보여준다. 이번에 소개할 주인공들은 영국 소설가 서머싯 몸이 만들어낸 주인공이다. 《면도날》이라는 소설의 주인공 래리. 이 남자는 세상과 단절한 내면이라는 고치 속으로 숨어든 외로운 남자와 달리, 존재의 근원을 발견하기 위해 바깥세상으로, 온몸으로 겪어내야 하는 모험을 떠난다.

먼저 《면도날》의 주인공 래리라는 인물의 인생부터 살펴보자. 때는 1920년대, 1차 세계대전이 끝난 후의 미국이다. 래리는 이사벨이라는 아름다운 약혼자가 있는, 괜찮은 집안의 스무 살 먹은 청년이다. 그는 1차 세계대전에 참전했다가 운 좋게 살아 돌아왔다. 그런데 이 남자, 행동이 좀 이상해졌다. 전쟁에서 무슨 일을 겪었는지 미국으로 돌아와서는 대학에 들어가지도 않고, 그렇다고 일자리를 알아보는 것도 아니고, 또 아름다운 약혼자와 결혼 준비를 하는 것도 아닌, 혼자 도서관에 처박혀 책만 읽고 있는 것이 아닌가? 이 청년은 갑자기 왜 그러고 있는가? 전쟁이 그의 무엇을 바꾸어 놓았길래?

그래, 전쟁이 문제였다. 수백만 명의 목숨을 앗아간 전쟁, 인간 목숨이 파리 목숨으로 바뀌는 그 참혹한 전쟁을 겪으면서 청년의 내면은 영원히 바뀌어버렸다. 무엇보다 그가 직접 체험한 어떤 '사건'이 결정적이었다. 그는 전투기를 모는 항공대에 입대하여 전투기 조종사가 되었는데, 어느 날 치열한 공중전이 벌어지는 와중에 가장 친한 친구가 자기를 구하려다 대신 죽는 사고가 생긴 것이다. 그가 직접 목격한 그 사고가, 순식간에 싸늘한 시체로 변해 버린 친구의 죽음이, 그를 실존적인 고민으로 몰아넣고 만 것이다. 그는 약혼녀 이사벨과 대화에서 취직이나 돈에는 아무 관심이 없고 아무것도 하고 싶지 않다고 하면서 이렇게 말한다.

> 말로 표현하기가 참 힘들어. 표현하려고 하면 혼란스럽기만 하고, 어떤 땐 이런 생각이 들어. '이런 것 저런 것을 고민하는 나라는 사람은 어떤 존재일까? 내가 거만하고 몹쓸 인간이라서 그런 걸지도 몰라. 나도 남들 가는 길을 가면서, 그럭저럭 세상사에 순응하면서 사는 게 현명하지 않을까?' 그런 생각 말이야. 하지만 한 시간 전까지만 해도 쌩쌩하던 녀석이 죽은 모습으로 누워 있던 게 떠올라. 그러면 모든 게 얼마나 잔인하고, 얼마나 무의미한가, 하는 생각이 들

어. 인생이란 대체 무엇인가, 산다는 것에 의미가 있는가, 아니면 삶
이란 눈 먼 운명의 신이 만들어 내는 비극적인 실수에 불과한 것이
아닌가, 하는 생각을 하지 않을 수가 없어.

래리가 고양이라면 친구가 사고로 죽었다고 해서 이런 고민에 빠지
진 않을 것이다. 조금 슬퍼하다가, 다시 평소처럼 살아갈 것이다. 그러
나 래리는 인간이기에, 자기의 죽음을 대신한 친구의 죽음 앞에서 태
연할 수가 없다. 래리는 고갱이 그랬던 것처럼, "우리는 어디에서 왔
으며, 우리는 무엇이며, 또 어디로 가는가?"라는 화두에 결박되어 버
린 것이다.

이 근원적인 질문 앞에 봉착한 래리는, 이에 대한 답을 얻지 않고서
는 다른 아무것도 할 수가 없다. 더 이상 결혼도, 취직도, 돈도 문제가
아니다. 이 문제를 풀지 않고서는 제대로 인생을 살아갈 수가 없다.
외젠 이오네스코의 소설 《외로운 남자》의 주인공처럼, 래리도 이 문
제와 씨름해서 답을 얻지 않고는 남은 생을 평범하게 살아갈 수 없게
된 것이다. 그리고 그의 남은 생 전체가 바로 이 문제를 해결하는 데
바쳐질 것이다.

물론 "취직하고 결혼해 살면서, 고민해도 되지 않을까?" 하고 되묻
기도 할 것이다. 사실 그 말도 맞다. 우리가 꼭 인생 문제에 대한 답을
먼저 얻어야 제대로 살 수 있는 건 아니고, 꼭 그래야만 하는 것도 결
코 아니다. 래리의 약혼자 이사벨도 그렇게 생각한다. '그게 뭐 대수라
고, 살다 보면 어떻게 답이 나오겠지'라고. 그러나 그 문제가 너무 절

박하고 절실하기에, 오직 그것이 당면한 삶의 목표가 되어 버리는 사람들도 있다. 래리가 바로 그런 종류의 사람이다.

래리는 취직도 결혼도 미루고 공부를 더 하기 위해 파리로 건너간다. 그렇다고 대학에 들어간 것도 아니다. 여전히 도서관에 처박혀 혼자 공부를 한다. 그렇게 2년의 세월이 흐르고 결국 답답해진 이사벨이 파리로 찾아온다. 이사벨이 보기에 래리는 그저 '현실감각이 부족한' 남자로 보일 뿐이다. 이제라도 정신 차리고 자기와 결혼한 후 생업에 종사하길 원한다. 그러나 래리는 아직 '지혜'에 대한 목마름이 해소되지 않았다. 래리는 비록 가난한 살림이지만 자기와 결혼해서 파리에서 살자고 한다. 자기는 계속 공부를 더 해야만 한다고. 언제 끝날지는 모르지만.

이런 래리의 제안에 이사벨은 고개를 젓는다. 부잣집 딸인 이사벨은 가난하게 사는 걸 상상할 수조차 없고, 그러고 싶지도 않다. 그녀에겐 샤넬 드레스와 진주 목걸이, 모피 코트가 필요하다. 그녀는 결혼해서 아기도 낳고, 삶을 즐기고 싶어하는 지극히 평범한 여성이다. 가난하게 사느니 차라리 사랑을 포기할 여자.

결국 이사벨은 약혼반지를 돌려준다. 래리는 지혜, 사랑, 행복이라는 가치 가운데 지혜를 선택했고, 이사벨은 물질적으로 풍요한 행복을 선택한 것이다. 래리는 이 가치 충돌로 인한 결별에 관해 이렇게 말한다.

때로 사람은 자신이 옳다고 생각하는 일을 하려면 주변 사람을 불행하게 만들게 되나 봐.

　아픈 말이다. 인생을 살다 보면 뜻밖에 자주 부딪치게 되는 것이 바로 이런 가치들의 충돌이다. 예를 들면 결혼을 앞둔 한 커플이 종교 문제로 심각한 갈등을 겪는다. 종교와 사랑 간에 양자택일의 상황에 내몰리기도 한다. 또는 부모와 자식 간에도 자녀의 결혼이나 장래 문제를 둘러싸고 충돌을 빚기도 한다. 이처럼 래리와 이사벨 역시 그런 충돌 상황에 놓인 것이고, 각자 양보할 수 없는 가치 때문에 사랑을 포기해야만 하게 된 것이다.

　어떤 가치를 선택하든 미래는 예측 불가능한 것이고, 자신의 선택이 옳았는지 어땠는지는 미래가 알려줄 것이다. 솔직히 두 사람의 입장을 다 이해할 수 있다. 두 사람은 타협 불가능한 가치의 충돌 속에서 서로가 가장 원하는 걸 선택한 것이 아닌가? 한 사람은 지혜와 구원을, 다른 한 사람은 평탄하고 풍요로운 가정의 행복을.

　청교도들의 후예답게 미국인 래리는 정말로 세상을 창조한 인격신이 존재하는지, 이 아리송하고 혼돈스럽기만 한 인생이란 것의 의미가 무엇인지를 더 깊이 파고들기를 원한다. 그런 의혹 때문에 래리는 프랑스를 떠나 유럽 여기저기를 편력하고, 나아가 인도에까지 들어가 수도 생활을 한다. 그렇게 해서 그는 일종의 성자 혹은 현자 비슷한 인간이 되어간다. 일체의 세속적인 욕망을 내려놓고 깨달음을 추구하는 구도행을 사는 현자. 래리는 몇 년간의 수행과 경험, 사색 끝에 마침내 스스로 자신 생의 의미를 발견하게 된다. 신의 문제나 존재, 삶의 가치나 의미에 관한 독립적인 사고와 깨달음에 도달한 것이다.

래리는 이 소설의 화자이자 작가인 서머싯 몸의 분신인 소설가와 대화를 나누는 과정에서 그동안 오랫동안 고민했던 인격신 창조자, 하느님이란 존재에 대해 대화하면서 자신 생각을 신랄하게 털어놓는다.

수도사들이 그랬죠. 하느님은 당신의 영광을 위해 이 세상을 창조했다고. 하지만 그건 그리 가치 있는 목적이 아니라는 생각이 들었어요. 베토벤이 자신의 영광을 위해 교향곡들을 만들었을까요? 저는 그렇게 생각하지 않습니다. 그저 마음속에 존재하던 음악을 어떻게든 표현해야 했고, 그래서 자신이 아는 방법을 총동원하여 최대한 완벽하게 만든 것뿐이죠. (…) 육군 항공대에 있을 때, 편한 일을 하려고 사령관한테 아부하는 녀석들은 동료들이 전부 싫어했죠. 그런데 하느님이라고, 집요하게 아첨해서 교묘하게 구원을 얻고자 하는 사람들을 좋아하실까요? 하느님 역시 각자 맡은 일에 최선을 다하는 것을 가장 유쾌한 숭배 방식으로 여겨야 하는 것 아닙니까?
하지만 가장 크게 저를 괴롭힌 문제는 그게 아니었습니다. 그보다는 죄악에 대한 선입견과 타협할 수 없다는 게 문제였죠.

인간을 죄를 지을 수 있는 존재로 창조했다면 그건 하느님이 그걸 의도했기 때문이겠죠. 내 집에 키우는 개한테 뒤뜰에 누가 들어오면 무조건 뛰어올라 목을 물어뜯도록 훈련시켰다면, 정말 개가 뒤뜰에 들어오는 사람을 물어뜯었다고 해도 때려서는 안 되는 거죠. 그건 정당하지 않은 겁니다. 선량하고 전지전능하신 하느님이 이 세상을 창조했다면 대체 악은 왜 창조한 겁니까? 수도사들은 자기 안에 있는 사악함을 무너뜨리고 유혹에 저항하며, 고통과 슬픔과 불행을 하느님이 정화를 위해 내리는 시련으로 받아들이면, 결국 하느님의 은총을 받게 될 수 있다고 했죠. 그건 마치 심부름을 보내면서 길을 험난하게 만들기 위해 복잡한 미로를 만들고 해자를 두르고 마지막으로는 벽을 만드는 것과 똑같은 것 아닙니까? 그 사람은 미로를 힘겹게 통과하고 헤엄을 쳐서 해자를 건너고 벽을 허물어야 목적지에 도달할 수 있는 거잖아요. 저는 아무리 현명하다 해도 상식이 없는 하느님은 믿을 수 없었어요.

그렇다면 신과 세상, 삶의 의미를 찾아 긴 세월 편력에 나섰던 래리가 도달한 궁극적인 인식은 무엇인가? 그것은 인도의 우파니샤드 철학의 깨달음과 거의 유사한 것이다. 즉 만물일체사상, 나와 우주가 다른 것이 아닌 하나라는 사상이요, 자기 속에 존재하는 신적인 것을 발견해 나가는 인식을 통한 구원이다.

저는 인식을 통해 실재에 도달할 수 있다는 생각 자체가 아주 만족스럽습니다. 이후 인도의 현인들도 인간의 결점을 깨닫고 사랑을 통해 혹은 의로운 행위를 통해 구원을 얻을 수 있다고 시인하긴 했지만, 가장 어렵고도 고귀한 구원의 수단은 단연 인식이라는 점은 결코 부인하지 않았죠. 인식이라는 수단은 인간의 가장 고귀한 능력 즉 이성이니까요.

먼 훗날 사람들이 좀 더 커다란 통찰력을 얻게 되면, 결국 자신의 영혼에서 위안과 용기를 찾아야 한다는 점을 깨닫게 되지 않을까요? 개인적으로 저는 어떤 대상을 숭배하고자 하는 욕구가 잔인한 신들에 대한 기억의 잔재에 불과하다고 생각합니다. 즉, 잔인한 신들의 비위를 맞춰 줘야 한다는 기억의 잔재라는 것이죠. 신은 제 안에 있는 게 아니라면 어디에도 존재할 수 없다고 저는 믿거든요. 그렇다면 저는 누구를 혹은 무엇을 숭배해야 하는 걸까요?

이런 이야기를 하는 래리는 머리를 깎지 않고 승복만 입지 않았을 뿐, 마치 붓다 같은 모습이다. 고결하고 초연하며, 깨달음을 얻고 이타행을 실천하는 붓다. 실제로 래리는 후에 그는 미국으로 돌아가 정비소나 트럭 운전 혹은 택시 운전을 하며 살아가기로 한다. 그리고 자신의 인생 편력과 경험, 깨달음의 길에 관한 작은 책을 한 권 쓸 계획을 세운다. 심지어 래리는 부모에게 물려받은 유산조차 포기하고 독립적이고 고요한 성찰과 평생에 걸친 수양의 길을 걷기로 한다.

래리가 걸어간 길은 마치 생로병사의 고통이 왜 존재하는지, 그 의미가 무엇인지를 깨닫기 위해 왕국을 버리고 출가한 젊은 시절 붓다의 이미지를 떠올리게 한다. 영적인 구원을 위해 세속을 버린 사람들. 모든 세속적 욕망을 끊고 영혼의 구원을 추구하는 사람들.

그런데 붓다가 걸어갔고 깨달음을 추구했던 그 삶의 길이 의미 있는 길이긴 하지만, 그렇다고 나를 포함한 평범한 중생 모두가 그 길을 추종할 수 있는 것은 아니다. 이 소설의 제목이 왜 '면도날'인지 여기서 드러난다. 면도칼의 날카로운 칼날을 넘어가기는 어렵다. 그만큼 구원의 길도 험하고 내려 놓아야 할 것들도 너무 많다. 아무나 세속적 삶으로부터 '출가'할 수 있는 것이 아니다. 그리고 자기 삶의 의미를 발견하기 위해서 꼭 출가해야만 하는 것도 아니다.

래리에 따르면 결국 모든 인간은 각자 '자기완성의 길'을 추구하는 것이다. 자기완성, 이것이야말로 인간이 세울 수 있는 가장 위대한 이상이며, 그것을 추구하려 노력하는 것이 가장 가치 있는 일이다. 이 말은 인간이라면 누구나 공감할 수 있는 말 같다. 그런데 인간 각자가 추구하는 '자기완성'이라는 것은 도대체 무엇일까?

자기완성의 길은 물론 결코 하나가 아닐 것이다. 사람 머릿수만큼이나 다양한 자기완성의 길이 있으리라는 건 불문가지다. 정신적인 삶과 구원의 길을 찾아 인식을 추구하는 래리의 방식도 아름답지만, 그에 못지않게 아름다운 삶의 방식은 얼마든지 가능할 것이다.

자기완성을 다른 말로 하면 '자아실현'이라고 할 수 있을 것이다. 자신의 잠재력과 소망을 세상 속에서 실현하는 것. 더 구체적으로 말하자면 각자 자신이 원하는 삶을 살아가는 것. 또는 각자가 원하는 행복을 추구하는 것.

예를 들면 래리의 약혼자였던 이사벨을 보자. 그녀는 래리와 파혼한 후 래리의 친구이기도 했고, 증권회사 사장의 아들인 그레이 매튜

린과 결혼을 한다. 양갓집 규수로 고생 모르고 곱게 자란 그녀는 모피 코트와 진주 목걸이를 포기할 수 없었다. 그들은 딸을 하나 낳고 그들 나름의 방식대로 행복하게 살다가, 1929년 대공황을 맞아 그만 파산하고 만다. 그래도 부자는 망해도 삼대를 간다고, 알거지로 전락하진 않았던 탓에 그레이는 다시 미국에서 일자리를 찾고 재기의 발판을 만들기 위해 노력한 끝에 사업 재기에 성공한다.

구도의 삶을 살아간 래리의 삶과 비교해 이런 삶들은 어떻게 봐야 할 것인가? 래리의 삶은 고결하고 이사벨과 그레이의 삶은 속된가? 아니면 둘 다 각자 원하는 삶을 선택했고 그런 방식으로 살았으니 그걸로 충분한가? 아니면 더 좋고 의미 있는 삶이 있고 그렇지 못한 삶이 있는가?

이 소설의 화자로 직접 등장한 작가 서머싯 몸은 소설의 결론에서 래리나 이사벨, 그레이, 모두 행복했고, 그래서 이야기가 일종의 '성공담'이 되었다고 말한다. 인간의 삶에 관한 냉소적인 시선으로 유명한 서머싯 몸이지만, 어쨌든 서머싯 몸은 인간의 삶을 규정하는 여러 가치에 특별한 우열은 없다고 결론짓는 것 같다.

서머싯 몸은 각자 좋아하고 원하는 삶을 살면 되는 것이고, 그걸 얻는 삶이 성공한 삶이고 좋은 삶이라고 말하는 것 같다. 이런 소설의 결말 부분을 읽으면 좀 허무한 생각이 들기도 한다. 왜 그런가? 그는 또 다른 소설《인간의 굴레》에서 썼던 것처럼 인간은 이렇게 살든 저렇게 살든 모두 "태어나, 고생하다, 죽는다"라고 말하는 것처럼 보이기 때문이다. 그러나 과연, 인간의 삶은 그저 태어나, 고생하다, 죽는다. 이게 전부일 뿐일까? 객관적인 삶의 의미 따위는 없는 것이고, 각자 좋아하는 걸 추구하면서 살아가기만 하면 되는 것일까? 이에 관해 더 자세히 살펴보기 위해서는 다른 작품으로 넘어가 보아야 한다. 서머싯 몸의 또 다른 소설,《인간의 굴레》로.

07

삶의 의미에 관한 말들과 태도라는 이름의 자유에 관하여

서머싯 몸, 《인간의 굴레》

페터 비에리, 《삶의 격》

빅토르 프랑클, 《삶의 의미를 찾아서》

—
사람은
태어나서, 고생하다, 죽는다.
인생에는 아무런 뜻이 없었다.
사람의 삶에 무슨 목적이 있는 것이 아니다.
삶도 무의미하고 죽음도 무의미하다.

서머싯 몸, 《인간의 굴레》

소설가 서머싯 몸은 《면도날》이란 소설 이전에 먼저 《인간의 굴레》라는 다른 유명한 소설을 먼저 썼다. 이 소설은 인생이 무엇인지, 또 그 의미가 무엇인지를 발견하기 위해 방황하는 한 청년의 삶을 그린 작품이다. 그래서 이 작품은 일종의 성장 소설이고, 또한 작가의 탐미주의적 인생관을 드러낸 작품이기도 하다. 어떻게 보면 《면도날》과 짝을 이루는 작품이기도 하다. 두 소설 모두 자아와 삶의 의미를 찾기 위해 몸부림치는 젊은 청년들을 주인공으로 내세우고 있기 때문이다. 다만 작가는 《인간의 굴레》에서 자신이 생각하는 삶의 의미에 대한 관점을 좀 더 직접적이고 선명하게 드러내고 있다.

인간의 굴레에서
어떻게 벗어날 것인가?

《인간의 굴레》를 이끌어가는 주인공은 필립 케어리라는 청년이다. 이 청년의 내적 방황은 청소년 시절 서머싯 몸 자신이 직접 겪었던 방황을 많은 부분 그대로 옮겨 놓은 것이다. 때문에 소설은 반자전적인 소설이기도 하다.

주인공 청년 필립 케어리는 어린 시절 부모를 모두 잃은 고아다. 게다가 선천적으로 다리 불구라는 장애를 갖고 있다. 이런 장애 때문에 학교에선 따돌림을 당하고, 고아와 장애라는 콤플렉스 때문에 자존감이 낮아 말을 더듬기도 하는 등 순탄치 않은 어린 시절을 보내야만 한다. 게다가 사제인 숙부의 집에서 자란 탓에 엄숙한 종교적 분위기가 빚어내는 숨 막히는 죄책감과 굴종 의식에 빠져들기도 한다. 숙부는 필립이 사제가 되길 원한다. 하지만 그에게는 종교가 일종의 눈에 보이지 않는 거대한 굴레처럼 느껴질 뿐이다. 그는 책과 사색을 통해 자기 자신을 추구하고자 한다. 불행히도 이론은 이론일 뿐, 아무런 답도 발견하지 못한 채 이론과 현실 사이의 괴리에 절망한다.

자신을 억압하는 교육 제도와 종교의 굴레에 숨 막혀 하던 필립은 결국 탈출하다시피 독일로 유학을 떠난다. 내면으로만 침잠해서는 그 속에서 아무것도 발견하지 못한다. 내면세계는 그 자체가 하나의 끔찍한 블랙홀인 탓에 아무리 파고 또 파도 밑바닥을 발견하기가 거의 불가능하기 때문이다. 괴테가 쓴 《파우스트》를 보라. 파우스트 박사가 평생 서재에 틀어박혀 우주와 삶의 진리를 궁구해보지만, 끝내 책 속에서는 절망과 혐오만을 발견하지 않았는가?

'나'라는 것은 고립된 물건이 아니다. 상자 안에 든 유리구슬 같은 것이 아니다. '나'는 태어나는 순간부터 이미 자연, 사회, 그리고 나를 알지 못하는 무수한 타인들과 '연결'된 네트워크 속에서 태어나고 존재하며 그러한 네트워크 연결망이 바로 '나'를 구성한다. 그리고 '나'의 발전이나 발견, 삶의 가능성도 오로지 그러한 연결망 가운데서 발견되고 추구될 수 있다.

책과 사색 같은 내면세계에만 침잠하던 필립이 마침내 '용기'를 내어 억압적인 숙부 집을 떠나 독일이라는 낯선 세계로 유학을 떠나기로 한 결정은 그 자체가 하나의 작은 '삶의 모험'의 시작이다. 그가 비로소 진짜 삶의 세계로, 무수한 가능세계들이 펼쳐질 연결망들의 세계로 진입하기 시작했음을 알리는 계기다. 그의 유학은 일종의 '출가'이며, 구도행의 시발점이다. 그리고 바로 독일에서부터 필립의 삶의 여정은 본궤도에 오른다.

삶은 이처럼 몸으로 직접 부딪쳐가면서, 이런저런 직접적인 체험을 통해 자신의 한계와 가능성들을 발견하는 과정이다. 실제적인 경험들을 통해서만 우리는 '나'를, 나의 잠재력과 장점과 부족한 면들도 실제로 인식할 수 있게 된다. 즉 현실세계와 가능세계 사이의 접점들을 탐색할 수 있다. 래리가 그랬던 것처럼.

필립은 독일 유학 생활 중에 거기서 우연히 만난 예술가를 통해 처음으로 자신의 예술가적 기질을 발견한다. 안타깝게도 막상 예술을 추구하며 노력해본 결과는 자기 예상과는 다르다. 그는 예술을 사랑하는 것과 탁월한 재능을 소유한 것은 다르다는 걸 깨닫고는 이번엔 예술의 길을 포기하고 의사가 되기 위한 공부를 시작한다. 그러다 흔히 젊은이들이 맞닥뜨리게 되는 가장 큰 '사업'인 '사랑'이라는 문제에 부딪히게 된다.

사랑만큼 깊고 크고, 잔혹하리만큼 가차 없고, 또 우리의 심정을 심하게 흔들어 놓는 인생학교가 또 있을까? 우리는 누군가를 진실로 깊이 사랑할 때 그때 비로소 자신이 누구인지, 어떤 사람인지 또 어떤 사람이 될 수 있는지 알게 된다. 《삶의 의미를 찾아서》라는 책에서 빅토르 프랑클은 이렇게 쓴다.

사랑은 다른 인간 존재의 가장 깊숙한 곳을 알아내는 유일한 수단이다. 사랑을 하지 않고서는 다른 인간의 본질을 완전히 이해했노라고 말할 수 없다. 사랑의 감정을 가지고 있을 때만, 사랑하는 이의 남다른 점이나 개성이 눈에 들어온다. 뿐만 아니라 남을 사랑하게 되면 그동안 미처 몰랐던 자기 자신의 모습, 아직 실현되지 않았지만 언젠가는 실현되어야 할 자기의 참 모습에도 눈뜨게 된다. 또 사랑의 감정은 사랑받는 사람에게도 그의 숨겨진 능력을 발휘할 수 있는 기회를 준다. 자기가 어떤 사람이 될 수 있고 어떤 사람이 되어야 하는가를 사랑받는 사람처럼 절실히 깨닫기도 어렵다. (빅토르 프랑클,《삶의 의미를 찾아서》, 아이서브, 182쪽)

물론 인생 공부를 위해 사랑에 빠지겠다는 사람은 없다. 사랑에 대한 욕망은 식욕이나 수면욕처럼 본능 속에 깊이 뿌리박힌 자연적인 욕망이어서 가만 내버려두어도 사람들은 자석에 이끌리듯 사랑에 빠지게 되어 있다. 그 과정에서 불가피하게 인생의 쓴맛 단맛 다 보게 될 뿐이다.《인생의 베일》의 여주인공 키티가 그랬던 것처럼《인간의 굴레》의 주인공 필립 역시 그렇다. 필립 역시 의도하진 않았지만 사랑과 씨름하면서 비로소 자신의 존재와 삶의 의미를 깨닫게 된다.

사랑은 갑작스러운 산사태처럼 혹은 지진처럼 삶을 덮쳐온다. 불가항력적인 사태다. 필립은 의사수업 중에 하필이면 밀드레드라는 이름의 카페 여종업원에게 깊이 빠지고 만다. 밀드레드라는 여인은 필립에게 미칠 듯한 사랑의 꿀맛과, 실연과, 배신의 좌절과, 고통, 그 모든 것을 맛보게 한다. 그 여인은, 필립에게 신의 한 수가 아니라 악마의 한 수 같은 것이었다. 그녀는 두 번이나 그를 배신하고 필립에게 사랑의 굴레가 얼마나 악마적이고 고통스러운 것인지를 가르치게 된다. 한 번은 돈 많은 남자 때문에, 다음번엔 필립 친구인 다른 젊은 남자 때문에 필립을 배신하고 떠나버린다.

더욱이 필립은 그녀 때문에 물려받은 유산을 탕진하고, 심지어 주식 투자에까지 손댔다가 쫄딱 망해 버리기까지 한다. 필립은 결국 옷가게 점원 생활과 부랑 생활까지 하면서 인생 막장을 경험해야 한다. 그 야말로 혹독한 인생 수업료를 지불하는 셈이다. 인간이 이렇게 밑바닥까지 추락하게 되면 당연히 생에 대한 환멸과 혐오감에 빠지게 된다. 죽음보다 못한 삶이라는 생각이 들고, 극단적으로는 차라리 삶을 내던져버리고 싶은 충동도 일어날 수 있다. 어쩌면 그런 마음이야말로 연약한 인간의 자연스러운 감정일 것이다. 필립도 물론 예외일 수 없다.

인간은 다르게 행동할 자유가 있다

아무리 최선을 다해 노력해도 세상은 내 뜻대로 굴러가지 않고 더구나 불운까지 겹치게 되면, 인생을 저주하지 않을 사람이 어디에 있겠는가? 능력과 운은 결코 일치하지 않는다. 실은 능력조차도 자연적으로 불공평하게 분배되어 있다. 인간의 삶은 결국 유전과 환경 그리고 운의 산물이고, 때론 최고의 노력조차 그것을 넘어서지 못하는 때도 많다. 그게 인생의 가차 없는 잔혹함이고 풀기 힘든 신비이기도 하다. 나도 살면서 이 진실을 뼈저리게 깨닫곤 한다. 운칠기삼이란 우스갯소리가 그래서 나온다. 맞다. 그게 냉혹한 삶의 진리다.

그렇다고 좌절한 채 마냥 주저앉아 삶을 포기할 것인가? 때론 "내 인생에서 이젠 더 이상 아무것도 기대할 게 없어"라고 생각하는 순간이 오기도 한다. 그럴 때가 가장 위험한 순간이다. 삶이 하필이면 자기한테만 너무나 가혹하게 대하여 끝도 없이 추락하기만 한다고 느낄 때, 그리고 다시 바닥을 치고 올라갈 여력이 0.1그램도 남아 있지 않다

178

고 느낄 때, 그럴 때 우리는 위험한 생각에 빠지게 된다.

자포자기. 나를 완전히 포기해버릴 때, 남는 가능성은 자칫 자살이 거나 노숙자가 되는 길밖에 없다. 상황이 아무리 잔혹하더라도 그러한 상황에 대한 대처 방식은 사람마다 다르다. 그것이 태도이다. 태도란, 어떤 상황에 대처하는 마음자세다.

빅토르 프랑클은 《삶의 의미를 찾아서》라는 책에서 태도의 중요성을 강조하고 또 강조한다. 빅토르 프랑클은 의사였지만, 오직 유대인이라는 이유 하나로 나치의 그 끔찍한 아우슈비츠 수용소에 끌려갔던 사람이다. 아우슈비츠. 그 이름만으로도 악명 높고 몸서리쳐지는 그곳에서, 그는 죽지 않고 살아남았다. 물론 몇 차례 운도 따랐고, 가스실에 끌려가는 비극에서 벗어나긴 했지만, 그와 함께 갇혀 있던 많은 다른 동료들은 자포자기 끝에 사실상 자살하곤 했다.

그러나 빅토르 프랑클은 자살하지 않았다. 무슨 차이가 있었을까? 같은 상황에서 같은 곤욕을 치렀는데 왜 어떤 사람은 자살하고, 빅토르 프랑클은 자살하지 않고 그 지옥을 끝까지 초인적인 의지로 버텨냈을까? 그게 바로 삶에 대한, 자기 자신에 대한 '태도'의 차이였다. 태도란 결국 인간 내면의 자유다. 그는 그 처절한 수용소에서 스스로 이렇게 물었다.

인간의 자유는 어디에 있단 말인가? 주어진 상황적 여건에 대하여 자기 입장을 정하고 표명할 수 있는 정신적 자유는 아예 존재하지 않는 것인가? 인간은 생물학적 조건이든, 심리적 조건이든, 사회적 조건이든, 이런저런 다양한 요인들의 누적에 불과하단 말인가? 인간이란 존재는 체질, 성격, 사회적 신분의 우연적 산물에 지나지 않는 것인가? (…) 수용소 안에서 지배적으로 나타나는 행동 양식과 '다르게' 행동할 수는 없단 말인가?

빅토르 프랑클은 확신했다. 즉 인간은 어떤 상황에서도 '다르게' 행동할 능력과 자유가 있다는 확신. '다르게 행동할 자유' 그것이 바로 인간의 '태도'다. 태도를 결정할 수 있는 내적인 자유가 인간에게는 있다. 그래서 그는 말한다.

강제수용소가 다른 건 다 강탈할 수 있어도 인간이 가진 마지막 자유, 즉 어떤 주어진 상황 하에서 또 다른 태도를 가질 수 있는 자유만큼은 건드릴 수 없다.

빅토르 프랑클은 바로 이 자유, "마지막 숨이 끊어지는 순간까지 결코 빼앗을 수 없는" 정신적 자유를 확신했으며, 자신은 결코 자살하지 않고 끝까지 버텨서 자신이 하고자 하는 삶의 의미를 추구해갈 것이라고 결심한다. 스스로 자신의 태도를 결정할 이 내면의 자유가 있는한, "인간이 자신의 삶을 의미 있게 엮어나갈 수 있는 기회는 마지막 숨이 끊어지는 순간까지 결코 사라지지 않는다."

빅토르 프랑클은 수용소에서 자신에게 마지막 남은 빵 한 조각을,

생명과도 같은 그 빵 한 조각을 동료에게 준 동료를 기억한다. 물론 그 반대편에는 악명 높은 '카포'라는 인간들도 있다. 수용소에서 간수 노릇하면서 특권을 누리며 때론 나치보다 더 잔혹하게 동료들을 대했던 동료 수감자들이다. 카포가 될 것인가 아니면 모든 희망을 잃어버리고 자살할 것인가, 또 아니면 빅토르 프랑클처럼 초인적인 의지와 인내심으로 그 모든 굴욕을 버텨내면서 끝까지 삶과 인간성을 지킬 것인가? 이 모든 것은 태도에 달린 문제다. 그리고 결국은 빅토르 프랑클이 승리했다. 나치와 죽음과 잔혹한 수용소에 대해, 삶이, 인간의 자유정신이 승리한 것이다.

다행히 필립은 극단적인 상황까지 내몰리진 않는다. 그는 아직 젊고 그를 둘러싼 환경이 빅토르 프랑클처럼 하루하루 버티기 힘든 지옥 같은 상황도 아니다. 그가 원하기만 하면 옷가게 점원이든 카페 아르바이트건 뭐든 우선 할 수 있는 상황이라면, 아우슈비츠와 비교하면 차라리 '호사'스럽다고까지 말하고 싶을 지경이다. 비록 카페 여급 밀드레드한테 돈과 영혼까지 다 빼앗기고 주식투자에 실패해서 한계 상황까지 내몰리긴 했지만, 그는 버텨냈다. 그리고 역설적이게도 바로 그런 그 과정에서 필립은 생에 관해 많은 걸 배우고 깨닫는다. 빅토르 프랑클이 나치의 아우슈비츠 수용소에서, 그 극한의 고통 속에서 삶과 고통, 태도와 자유의 의미를 깊이 깨닫게 되었던 것처럼.

소설의 주인공 필립이 온몸으로 겪은 생의 체험과 사색을 통해 우주와 생의 의미에 관해 알게 된 것은 냉혹하게 무신론적이고 유물론적인 인식이다. 우리가 사는 우주는 동기도 목적도 없이 순수한 물리학적 흐름 속에서 우연히 발생한 것이고, 은하계, 태양계, 지구, 그리고 인간이라는 존재 또한 마찬가지다.

> 인생에는 아무런 뜻이 없다. 우주를 돌고 있는 별의 한 위성 지구 위에서, 이 유성의 역사의 한 부분을 이루는 조건에 영향을 받아 생물이 발생했다. 지구상에서 생명체가 탄생했듯이 그것은 다른 조건 아래에서는 끝장을 볼지도 모른다. 다른 생명체보다 하등 중요하다고 할 수 없는 인간, 그 인간도 창조의 절정에서 생겨난 것이 아니라 환경에 대한 물리적 반응으로 생겨난 것에 지나지 않는다.

이처럼 세계란 것이 물리계가 전부이고 지구의 생명계조차 물리계의 한 독특한 양상에 불과하며 또 인간의 삶 역시 물리-생물학적 법칙을 벗어나지 못하는 존재라면, 인생에 도대체 어떤 객관적인 의미가 있겠는가? 다른 모든 생물들이 태어나서 어떻게든 생존하려고 애쓰다가 운 좋게 번식을 하고는 죽을 때가 되면 죽는 것, 그것이 전부일 것이다. 가혹하지만, 그게 생의 진리일 수도 있다. 그래서 필립은 마침내 이렇게 생각한다.

> 사람은 태어나서, 고생하다, 죽는다. 인생에는 아무런 뜻이 없었다. 사람의 삶에 무슨 목적이 있는 것이 아니다. 삶도 무의미하고 죽음도 무의미하다. 필립은 벅찬 기쁨을 느꼈다. 소년 시절, 신을 믿어야

한다는 무거운 신앙의 짐을 벗어 버렸을 때 느꼈던 것과 같은 기쁨이었다. 이제 책임이라는 마지막 짐까지도 벗어 버린 듯한 기분이었다. 처음으로 완전한 자유를 누리게 되는 셈이었다. 이제까지 자기를 박해한다고만 생각했던 잔혹한 운명과 갑자기 대등해진 느낌이 들었다. 인생이 무의미하다면, 세상도 잔혹하다고 할 수 없기 때문이다. 그가 무엇을 하고 안하고는 이제 중요하지 않다. 실패라는 것도 중요하지 않고 성공 역시 의미가 없다. 그는 우주의 역사에서 아주 짧은 순간, 지구의 표면을 점유하고 있는 바글대는 인간 집단 가운데 아주 하찮은 생물에 지나지 않는다. 하지만 혼돈 속에서 허무의 비밀을 찾아냈으니 그는 전능자라 할 만했다.

이상한 건, 우주나 생에 아무런 의미가 없다는 사실에서 필립은 허무와 절망감을 느끼긴커녕 오히려 해방과 자유를 느낀다는 사실이다. 이게 어떻게 가능한 일일까?

의미라는 단어의
의미를 물어야 한다

나는 여기서 페터 비에리라는 철학자이자 소설가가 쓴 훌륭한 책 《삶의 격》을 인용하고 싶은 욕망을 느낀다. 그는 "의미는 우리가 만들어내는 것이지 발견하는 것이 결코 아니라는" 걸 말한다.

　사실 이런 생각은 일찍이 사르트르가 논증한 이야기이기도 하다. 즉 어떤 존재의 '의미'는 그것이 가지는 목표와 관련된 기능적인 면에서 정의할 수 있다. 의미라는 단어의 의미가 문제인데, 우리는 삶의 의미가 무엇인가, 라고 물을 때 정작 필요한 것은 '의미'라는 그 단어 자체의 명료한 의미라는 사실을 망각하곤 한다. 삶의 의미에서 그 '의미'라는 단어가 가진 뜻은 무엇인가? 그것은 바로 어떤 목적에 대한 수단 혹은 기능이다.

　예를 들면 선풍기의 의미는 바람을 일으키는 것이다. 망치는 못을 박기 위한 것이고, 라이터는 불을 켜기 위한 것이다. 사르트르식으로 말하면, 선풍기나 망치, 라이터는 그것의 본질(목적)이 주어져 있다. 다시 말해 본질이 실존에 앞선다. 사실 모든 인공적인 존재의 실존은 그 기능적인 목적이 본질이며, 그것으로 '의미'가 규정된다. 어떤 존재가 객관적인 의미가 있다는 것은 객관적인 목적이 주어져 있다는 것을 뜻한다. 바람을 일으키는 기능을 더 이상 수행하지 못하는 선풍기는 더 이상 선풍기가 아니다. 불을 켜지 못하는 라이터는 더 이상 라이터가 아니다. 반면에 의식을 가진 존재인 인간은 본질 혹은 목적이 선험적으로 주어져 있지 않다. 인생의 객관적 목적은 주어져 있지 않다. 그런 의미에서 인간은 실존이 본질에 앞선다.

　다시 말해 "인생, 이건 도대체 어디에 쓰는 물건인가?"라는 물음은 인간을 창조한 신이라는 외부적인 존재를 상정하지 않는 한, 무의미한 질문이라는 것이다. 페터 비에리도 바로 그 점을 지적한다.

이 물음(인생의 객관적 목표나 의미)은 피할 수 없음과 동시에 어디서 답을 구해야 할지 방향성도 찾기 힘들다. 그래서 혼란스러운 물음이다. 이 혼란에서 벗어나는 길이 있다면, 질문은 그것이 주는 첫인상에도 불구하고 실제로는 아무 사상적 내용이 없기 때문에 설령 답을 찾지 못하더라도 하나도 이상하거나 잘못된 것이 아니라는 힌트를 얻는 것이다.

결국 인생의 객관적 의미는 없다. 그것은 잘못 질문된 소위 '사이비 질문'에 속한다. 사르트르가 인간은 자유다, 라고 선언했을 때 그 자유의 의미가 바로 그것이다. 인간은 자신의 생의 의미를 스스로 선택하고 결정할 저주받은 자유를 가진 존재다. 당신의 생의 의미는 바로 당신이 창조하는 것이다.

우리가 어떤 청사진에 스스로를 동일시할 수 있고 그 청사진에 따라 생활하는 한, 우리는 인생의 의미에 대해 그리 고민하지 않는다. 그렇게 살아가는 동안에는 삶의 의미에 대한 질문이 인위적이고 거추장스러운 것으로 느껴진다. 그러다가 그동안의 계획이 무산되거나 끝났을 때 그런 질문이 갑자기 커다랗게 다가온다. 하지만 그때 와서 자신의 삶과 연관 관계도 없는 뭔가 원대하고 총체적인 의미를 추구하는 것은 전혀 소용이 없다. 도움이 되는 것은 단 한 가지, 내게 중요한 것을 새로 만들어내는 것이다. 이 과정에도 역시 존엄성과 독립성이 요구된다. 내게 중요한 것이 뭔지 그리고 삶을 결정하는 것이 뭔지 직접 지휘하는 것이다.

《삶의 의미를 찾아서》를 쓴 빅토르 프랑클에게도 삶의 의미는 초월적으로 혹은 객관적으로 미리 주어져 있는 어떤 것이 아니다. 또 평생 변치 않고 고정불변하는 어떤 것도 아니다. 빅토르 프랑클에게도 삶의 의미는 주관적인 것이다. 각자가 창조하는 것이며 또한 상황과 처지에 따라 달라질 수도 있는 구체적인 것이다. "삶의 의미는 사람마다 다르고 또 순간순간마다 바뀐다. 따라서 인생의 의미는 이런 것이라고 일률적으로 말할 수는 없으며, 인생의 의미가 무엇이냐는 물음에도 역시 일률적으로 답을 하기가 어렵다."

삶의 의미가 없다면 제대로 된 인간적인 삶은 불가능해진다. 삶의 의미 추구는 오직 인간에게만 있는, 그것도 가장 강력한 인간적 본능이기 때문이다. 빅토르 프랑클에게 삶의 의미라는 것은 '지금 여기'에서 각자 주관적으로 발견하고 추구하는 가치다.

소설가 밀란 쿤데라는 《무의미의 축제》에서 무의미 ― 더 정확하게는 사소한 것, 하찮은 것 ― 를 사랑하라고 했다. 그 말도 속내를 들여다보면 인생에 뭔가 객관적으로 거창하고 중요한 어떤 것은 아무것도 없다는 것, 그저 일상의 하루하루 작고 소박한 것들 가운데서 생의 기쁨과 의미를 찾으라는 말이다.

인생에 객관적으로 아무런 의미나 목적이 없다는 것, 어떻게 생각하면 절망적으로 슬픈 일일 수도 있다. 그래서 알베르 카뮈는 생의 부조리를 인식하는 가운데 '반항'이라는 윤리적 지침을 내주기도 했지만 내 생각엔 그가 말한 부조리라는 개념 자체도 지나치게 인간중심주의적일 뿐, 인생은 반항할 것조차도 없다.

왜냐하면 반항이란 곧 부조리라는 대상을 향한 반항인데, 객관적으로 부조리라는 것 자체가 존재하지 않으면 반항할 것도 사라진다. 부조리라는 개념 자체가 사실 인간적인 감정, 즉 객관적인 세계의 무의미와 세계에 의미가 있기를 바라는 인간 감정 사이의 괴리, 다시 말해 인간적인 감정을 설명하는 개념일 뿐이기에.

생에는 객관적 의미도 없고 객관적인 부조리도 없다. 그런 고상하고 복잡해 보이는 개념들도 실은 알고 보면 의미 강박에 시달리는 인간이라는 직업이 가진 기이한 직업병일 뿐이다. 우리가 '의식'이란 것에 기괴한 특권적인 지위를 부여하지만 않는다면, 고양이나 인간 사이에 존재론적인 위계서열 따위는 없지 않겠는가? 생로병사를 겪어야만 하는 생명을 가진 존재들이란 우주적인 차원 즉 스피노자가 말한 '영원의 시선' 아래서 보면 모두 같은 우주 먼지일 뿐이 아닌가? 인간은 그 의식이라는 것 때문에 생각이 복잡하고, 자신의 존재 의미에 대해 끊임없이 질문을 던지고, 답이 없으니 종교나 철학 같은 것도 만들어내고 그러는 것일 뿐이다.

존재하는 것들은 그저 그러하게 존재하고 있을 뿐이다. 스스로 그러함, 그게 바로 원래의 노자가 말한 자연自然이란 개념이었다. 우리는 그저 스스로 그러하게 진화했고, 그렇게 존재하다 가는 것뿐이다.

단지 그 의식이 있기 때문에 우리는 각자 좋아하는 것, 꿈꾸는 것을 생의 목표로 삼고 그것을 의미로 받아들이면서 열심히 지금 이 순간도 살아가는 것이다. 그리고 각자가 추구하는 생의 목표나 목적이 어떤 보편적인 생명가치에 부합하고 거기에 조금이라도 기여하는 것일 때, 우리는 그 생이 아름답다고, 의미 있다고 간주할 뿐이다.

살인 같은 범죄 행위를 생의 목적이나 의미로 추구하는 자, 사자 같은 동물을 자기과시용으로 마구 총질하여 죽이는 사냥을 즐기면서 그것이 자기 생의 의미라고 간주하는 자를 의미 있는 생이라고 하진 않는다. 비록 스스로에게는 정당화될지 몰라도.

생의 의미의 주관성이 객관성을 갖는 것은 이마누엘 칸트가 취향판단에 대해 주관적 보편성 개념을 내세운 것과 동일한 의미 정도의 객관성만을 갖는다. 그것이 생의 의미 문제의 한계요, 주관적 의미론의 한계이기도 하다. 어쩌면 바로 그런 이유로 페터 비에리가 '피할 수 없다'고 한 것처럼, 자꾸만 어떤 완벽하게 객관적인 생의 의미 같은 걸 찾으며 방황하는지도 모른다.

그런 의미에서 생의 의미를 추구하는 것은 불가피하고 운명적인 직업병이기도 하다. 이런 인간적인 직업병을 살면서 단 한 번도 겪지 않는 인생보다는, 심하게 홍역을 앓듯 진지하게 앓아본 후에 벗어나는 사람이라야 인간이라는 직업을 더 잘 수행할 수 있는 것도 인간의 운명이라면 운명이다. 인간적인 삶의 격도 그런 물음들을 탐구하는 가운데서 깊어지는 까닭에.

태피스트리
예술품으로 만들어가는 인생

《인간의 굴레》의 주인공 필립이 삶도 죽음도 무의미하다는 걸 깨닫고 오히려 자유와 해방감을 느끼게 된 연유를 우리는 이제 이해할 수 있을 것 같다. 사실 어떻게 보면 '인생의 의미'를 찾겠다고 발버둥 치며 두뇌를 고문하는 것 자체가 하나의 '인간적 굴레'일 수 있다. 아니, 어쩌면 모든 굴레 가운데서도 가장 지독하고 끈질긴 굴레일 수도 있다. 왜냐하면 우리가 인간인 한 어쩔 수 없이 자신이 누구이며 자기 존재가 어떤 의미와 가치를 갖는지 자꾸만 따져 물을 수밖에 없는 운명을 타고났기 때문이다. 이것은 인간 존재의 숙명이자 '직업병'이다.

《외로운 남자》의 주인공도, 《면도날》의 래리도, 《인간의 굴레》의 주인공 필립도, 모두 바로 그 직업병 때문에 고뇌하며 방황하는 게 아닌가? 죽을 수밖에 없는 운명을 지녔고 무엇보다 죽음을 '자각'할 수밖에 없는 인간이기에. 사실 가차 없이 내가 가진 모든 것을 쓸어가버리고 우리를 무로 곤두박질치게 만드는 시간 앞에서 우리는 얼마나 자주 덧없음과 허무, 헛헛한 마음에 빠져들곤 하는가? 인생이란 한 편의 어리석고 저열한 연극이라고 말한 톨스토이의 절규가 바로 그런 생의 덧없음과 허무에 대한 자각에서 터져 나오지 않는가?

하지만 인생의 온갖 산전수전을 다 겪은 필립, 그가 인생의 막장 밑바닥까지 내려가 본 끝에 도달한 곳은 생의 허무가 아니라 역설적인 생의 긍정이다. 어느 순간 그는 더 이상 지금 여기가 아닌 어디 먼 곳, 다른 데 있을지도 모를 생의 의미와 행복을 찾기 위해 방황하고 표류하지 않기로 한다.

다행히 다시 의사면허를 취득한 필립은 이제 타인들과 함께하는 삶을 선택한다. 자신이 밑바닥 생활을 하면서 죽도록 고생할 때 그를 따뜻하게 받아주고 이해해준 애슐리 가족을 보면서 삶의 소소한 행복과 기쁨을 발견한다. 결국 필립은 다시 먼 다른 곳으로 여행을 떠나려던 애초의 계획을 접고 애슐리의 딸 샐리와 결혼함으로써 소박한 삶을 영위하기로 한다. 필립은 행복이나 의미가 지금, 여기가 아닌 다른 시간, 다른 장소에 있을 거라는 환상을 더 이상 갖고 있지 않다.

인간의 굴레에서 벗어나고자 노력했던 필립은 심지어 행복에 대한 강박마저도 떨쳐 버린다. 보통 우리가 말하는 행복이란 무엇인가? 그것은 소극적으로는 고통의 부재를 말하고 적극적으로는 욕망의 충족을 말한다. 그것 외에 저 먼 어딘가에 있는 변함없는 영원한 행복의 왕국 같은 건 환상에 불과하다. 행복이란 게 있다면, 그것은 어떤 순간에 느껴지는 정서요 감정일 뿐이다. 그래서 필립은 그런 행복에 대한 강박마저 벗어버리고 삶 전체를 온전히 경험하면서 고통과 불행, 기쁨과 행복 전체를 삶으로 인수하려 한다.

필립은 행복을 얻고 싶은 욕망을 버림으로 그의 마지막 미망을 떨쳐 버릴 수 있다고 생각했다. 행복이라는 척도로 삶을 잰다면 이제까지

190

그의 삶은 끔찍했다. 하지만 이제 다른 척도로도 잴 수 있음을 알고 나니 절로 기운이 솟는 듯했다. 고통도 문제가 아니듯 행복도 문제가 아니었다. 살면서 만나는 행복이나 고통은 모두 삶의 다른 세부적인 사건들과 함께 디자인을 정교하게 만들어줄 뿐이다. 한순간 그는 삶의 우연사들을 넘어 서 있는 듯한 느낌이 들었다. 그것들은 전처럼 그에게 영향을 미치지 못할 것만 같았다. 그에게 일어나는 일은 무슨 일이든 이제는 삶의 무늬를 더 정교하게 만드는 데 보탬이 되는 동기가 될 뿐이다. 종말이 다가오면 무늬의 완성을 기뻐할 것이다. 그것은 하나의 예술품이리라. 그 예술품의 존재를 알고 있는 사람이 자기뿐이라 한들, 자신의 죽음과 함께 그것이 사라져 버린다 한들 그 아름다움이 결코 덜하지는 않을 것이다.

필립의 목소리를 통해 서머싯 몸이 말하고자 하는 바가 이것이다. 인생을 살아간다는 것은 결국 각자 최선을 다해 자신의 삶이라는 양탄자의 무늬를 한 땀 한 땀 엮어가는 것이다. 인간사의 생로병사, 희로애락이 모두 삶이라는 양탄자를 구성하는 크고 작은 다양한 무늬일 뿐이다. 그것이 다른 사람에게 아름답게 보이는지 아닌지는 별로 중요하지 않다.

오직 중요한 것은 단 한 가지, 이런저런 무늬를 짜나가는 삶이라는 양탄자를 타인에게 의존하지 않고 오직 자기 자신의 힘으로 창조하는 것이다. 예술가가 자기 작품을 오직 자신의 영감과 사고, 노력으로 만들고 전적으로 자신의 책임 아래 두듯이 삶이라는 예술작품을 예술가적인 태도로 창조하는 것이다.

그것은 달리 말해 존엄성과 독립성, 자율성을 가진 한 인간으로서 그 모든 것을 완전하게 인수하고 책임지려는 태도다. 타인이나 세상의 관습과 규칙에 맹목적으로 따르는 것이 아니라, 내가 원하고 좋아하는 삶을 내가 작곡하고 지휘하고 연주하는 것이다. 그래야만 성공이든 실패든 그 삶은 완전한 나의 것이 된다. 그게 인간의 자기결정성이고, 자기완성의 길이며, 또 우리 인간이 자유롭다고 말할 때 그 자유라는 단어의 또 다른 내밀한 의미가 아닐까.

08

내 인생은
온통
사소한 것들로
이루어져 있지만

—

밀란 쿤데라, 《무의미의 축제》

—
인류는 너무 진지하게 생각한다.
그것이 세상의 원죄다.
만약 동굴 속에 살던 원시인들이 웃을 줄 알았더라면,
역사는 다른 길을 걸었을 것이다.

오스카 와일드

배꼽과 자고새에 관한
뼈 있는 농담

　　　　　밀란 쿤데라의 이 소설은 2015년 한국어판이 나
왔다. 프랑스에서는 2013년에 발간되었다. 2천 년에 발표한《향수》이
후 거의 13년 만이다. 그 사이에《커튼2005》과《만남2009》이란 두 권의
에세이를 발표했다. 소설로만 보면, 1967년 작인《농담》이후 열한 번
째 작품이다. 에세이는《소설의 기술》과《배신당한 유언들》을 포함하
여 네 권,《자크와 그의 주인》이란 제목의 희곡 한편이 있다. 한국어판
으로 번역되어 나온 그의 작품은 이게 전부다.

　쿤데라 자신의 요청으로 희곡《열쇠의 주인공들》과 에세이《저 아
래에서부터 당신은 장미 향기를 맡을 것이다》는 한국어판 전집에 포
함되지 않았다. 아마, 작가 자신의 까다로운 기준에 못 미치는 작품으
로 판단했던 모양이다.

밀란 쿤데라는 1929년생이니 지금 86세가 되었다. 그의 작가 생애는 거의 반세기에 이른다. 그 기간 동안 쓴 그의 작품이 모두 열여덟 편이나 작가 생애를 고려하면 다작이 결코 아니다. 평균 4~5년에 한 권씩이다. 다작하는 대부분의 작가들이 자기표절에 가까운 특정 작품의 동어반복이나 약간의 변주, 평범한 소품들로 작품 수를 늘려가곤 한다.

하지만 대가들은 자신의 예술세계에 지극히 엄격하여 새로운 주제, 새로운 형식, 혹은 새로운 시선이 아니라면 함부로 새 작품을 발표하지 않는 법이다. 그래서 마르셀 프루스트나 로베르트 무질처럼, 전 생애를 걸고 한 작품에 몰두하는 작가들도 있는 법이다. 밀란 쿤데라는 농담, 가벼움과 무거움, 느림, 향수 등 작품마다 새로운 주제를 제목으로 올리면서 실존과 현실의 이면을 탐구해 왔는데, 그런 그가 작품 사이에 제법 긴 탐구 기간을 필요로 한 것은 어쩌면 당연한 일이리라.

1935년생인 오에 겐자부로는 소설은 더 이상 쓰지 않겠다고 선언했다. 현재 80세인 그는 비록 쿤데라보다 몇 년 어리긴 하지만 23세 때 첫 장편을 발표했으니 작가경력으로 보면 밀란 쿤데라와 거의 비슷하다. 그러나 밀란 쿤데라는 《무의미의 축제》를 발표하면서 더 이상 소설을 쓰지 않겠노라는 말은 하지 않았다. 《향수》 이후 이 소설 발표까지 거의 십 년 넘게 걸린 걸 생각하면, 그의 건강과 사고력이 허락하는 한에서 어쩌면, 나의 희망사항이기도 하지만 한 권 정도는 더 소설을 발표할 수 있지 않을까 하는 생각도 든다.

다른 한편으론 이 소설을 읽으면서 쿤데라에게 더 이상 새로운 작품, 새로운 목소리를 기대할 수 있을까, 하는 마음도 있다. 대개 작가마다 평생에 걸쳐 일관되게 추구하는 주제나 사상에는 일정한 틀이 있게 마련이고 그 틀 안에서 상상력을 발휘하게 마련이다. 그런 의미에서 쿤데라가 이 작품 이후에 그의 사상이나 사고체계를 완전히 전복시키는 작업을 하지 않는 한, 설사 새로운 작품이 나오더라도 그건 일종의 변주거나 동어반복에 그칠 가능성도 커 보인다. 개인적인 생각이지만 그가 《향수》 이후 십 년 넘게 침묵을 지키면서 에세이 쓰기에 주력했던 것도, 속내에서는 《향수》 너머에 더 이상은 없을 수도 있다는 생각도 했기 때문인 걸로 보인다. 그러나 작가는 독자를 배반하기 위해 글을 쓰기도 하는 법이니, 앞일은 모르는 법. 나는 그의 건강이 허락하는 한, 또 다른 에세이를 발표하는 것도 좋으리라는 기대를 해본다.

이번 소설 《무의미의 축제》를 다시 읽으면서 드는 생각은, 이 작품이 쿤데라가 인류를 향해 던지는 일종의 문학적 유언, 혹은 문학적 총결산 같다는 느낌이었다. 고작 원고지 400여 매가량 되는 짧은 이야기이지만, 이 이야기 속에는 밀란 쿤데라가 평생에 걸쳐 탐구해온 인간, 삶, 역사, 삶의 가치에 관한 모든 사고가 압축되어 들어 있기 때문이다.

이 소설은 모든 것이
다 무의미하다고 말하지 않는다

한국어판 제목은 '무의미의 축제'로 번역되어 나

왔지만, 원래 제목은 'La fete de l'insignifiance'이다. 문제가 되는 단어는 주제어인 'insignifiance'라는 단어다. 번역자는 아마도 이 단어를 어떻게 번역해야 좋을지에 관해 많은 고민을 했을 터이다. 불어판 원제인 무지를 향수로 번역했을 때처럼, 이 단어를 원래의 뉘앙스를 살릴 것인지, 아니면 한국 독자들이 이해하기 쉬운 단어로 번역할 것인지에 관해. 물론 '무의미'로 번역한다고 해서, 크게 잘못된 번역은 아니다. 그러나 좀 더 꼼꼼하게 원래의 작품 의도를 이해하기 위해서 조금 더 살펴볼 필요는 있다.

그 단어의 형용사는 'insignifiant'인데, 사전을 찾아보면 세 가지 뜻이 나온다.

insignifiant [형용사]

1. 관심을 끌지 못하는, 평범한, 보잘것없는

    roman insignifiant 시시한 소설

2. (사물이) 중요치 않은, 무시해도 좋은, 하찮은

    paroles insignificances 쓸데없는 말

3. [드물게] 무의미한

소설을 꼼꼼하게 읽어보면 쿤데라가 전하고 싶었던 이 단어의 의미는 '무의미'라기보다는 '하찮은 것들' 혹은 '보잘것없는 것들'이라는 뉘앙스가 더 강하다. 아니, 말 그대로 하찮고 무가치하고, 보잘것없는 것들이라는 뜻이다. 그런데 '의미 없는 것들', '무의미한 것들'이라고

딱지를 붙여버린다면 오히려 쿤데라의 생각을 오독할 가능성도 있다. 사실은 존재하는 모든 것들은, 의미 너머에 있다. 의미와 무의미라는 표식 이전에 존재하는 것들이다. 밀란 쿤데라는 사소하고 보잘것없고, 무시해도 좋을 만큼 하찮게 보이는 모든 것들이야말로 오히려 더 의미심장하고, 더 가치있다는 역설적인 가치관을 말하고 싶어한다. 소설 속의 주제문을 인용해보자.

다르델로, 오래전부터 말해 주고 싶은 게 하나 있었어요. 하찮고 의미 없다(l'insignifiance)는 것의 가치에 대해서죠 (…) 이제 나한테 하찮고 의미 없다는 것은 그때와는 완전히 다르게, 더 강력하고 더 의미심장하게 보여요. 하찮고 의미 없다는 것은 말입니다. 존재의 본질이에요. 언제 어디에서나 우리와 함께 있어요. 심지어 아무도 그걸 보려 하지 않는 곳에도, 그러니까 공포 속에도, 참혹한 전투 속에도, 최악의 불행 속에도 말이에요. 그렇게 극적인 상황에서 그걸 인정하려면, 그리고 그걸 무의미라는 이름 그대로 부르려면 대체로 용기가 필요하죠. 하지만 단지 그것을 인정하는 것만이 문제가 아니고, 사랑해야 해요, 사랑하는 법을 배워야 해요. 여기, 이 공원에, 우리 앞에, 무의미는 절대적으로 명백하게, 절대적으로 무구하게, 절대적으로 아름답게 존재하고 있어요. 그래요. 아름답게요. 바로 당신 입으로, 완벽한, 전혀 쓸모없는 공연…… 이유도 모른 채 까르르 웃는 아이들…… 아름답지 않나요라고 했던 것처럼 말입니다. 들이마셔 봐요, 다르델로, 우리를 둘러싸고 있는 이 무의미(l'insignifiance)를 들이마셔 봐요, 그것은 지혜의 열쇠이고, 좋은 기분의 열쇠이며…….

번역자는 그 단어를 하찮고 의미 없다는 것, 무의미, 이런 식으로 번갈아가며 번역하고 있다. 그러나 '무의미를 사랑해야 한다'라고 저 문단 전체를 요약하면, 너무 멀리 나가는 것이다. 그러면 이 소설 전체가 저 문장으로 요약되어 버리기 때문이다. 정확하게 하자면, 이 소설의 전체 주제는 '하찮음을 사랑해야 한다' 혹은 '작고 보잘것없음을 사랑해야 한다'는 것이다.

거창한 것, 영웅적인 것, 거대담론, 이런 것들은 일종의 사기라는 의미이다. 진짜는 스탈린과 자고새, 그리고 칼리닌그라드 에피소드에 나오는 것처럼, 관심을 전혀 끌지 못하는 작고 사소한 것, 보잘것없는 것들이야말로 진짜이고, 그게 삶과 존재의 실체이며 그런 것들의 떠들썩한 축제가 바로 삶이라는 것이다. 또한 사소한 것을 사랑하고 소중하게 여기고, 거기서 삶의 진짜 의미를 발견해야 한다고 주장하는 것이다. 이것이 바로 쿤데라가 이 소설에서 진정으로 말하고자 하는 바다.

크고 작은 무엇이든 다 무의미하다는 게 아니다. 오히려 우리가 하찮고 보잘것없고 아무런 가치도 없다고 생각하는 바로 그런 것들이 진정으로 의미 있고 가치 있으며, 그런 것에 주목하고 살아야 한다고 촉구하는 것이다. 이것이 제목의 숨은 의미이고 그가 역사와 인류를 바라보는 관점이다. 그가 최후에 인류에게 들려주고 싶은 메시지다.

그는 이 메시지를 배꼽과 자고새에 관한 신랄한 농담을 통해 우리에게 들려준다. 그리고 이 이야기를 읽으며 한번 실컷 깔깔대며 웃고, 책을 덮고 나서는 진지하게 사유해보라고 권하는 것이다.

무의미의 축제
배꼽과 자고새에 관한 뼈 있는 농담

밀란 쿤데라의 소설관을 간략히 말한다면, '소설은 뼈 있는 농담이다'라는 것이다. 농으로 하는 이야기, 우스갯소리, 그러나 거기에 은근한 뼈가 갖추어져 있는 이야기. 이것이 바로 소설이다. 그래서 그의 소설들은 대개 희극을 표방한다. 그가 크게 영향을 받은 프랑수와 라블레의 소설과 곰브로비치의 소설들이 그렇다. 이 소설에서 그의 뼈 있는 농담은 대가의 솜씨답게 농익어 있다. 마치 한 편의 통속희극 같다. 한편의 코미디로 봐도 된다. 이 코믹하고 우스꽝스러운 이야기 속에 그의 철학이, 인간과 세계, 역사와 삶을 보는 그의 사고가 뾰족한 가시처럼 박혀 있다.

나는 이 소설을 배꼽과 자고새에 관한 농담으로 읽는다. 배꼽에서 시작해서 배꼽으로, 자고새에서 자고새로. 밀란 쿤데라는 배꼽 이야기를 맡은 알랭으로, 그리고 자고새 사냥꾼으로 등장하는 스탈린으로 능란하게 변신하면서 우리 독자-관객들을 웃긴다. 배꼽을 통해서는 인간이란 종과 현대성에 대한 비평을, 자고새를 통해서는 역사에 대한 비평을 행하는 것이다. 알랭은 배꼽을 통해 어머니와, 최초의 어머니인 이브로, 현대의 사랑과 섹스에 대한 이야기를 전해준다. 첫 장면에서 알랭은 파리의 거리를 지나다니는 아가씨들의 드러난 배꼽을 보며 곰곰 생각에 잠긴다.

배꼽의 신비, 배꼽의 수수께끼. 쿤데라는, 이 배꼽 이야기가 꽤나 진지한 문제라고 주장한다. (그는 우리더러 배꼽보다 훨씬 하찮은 문제로 오랫동안 골몰하지 않느냐고 구박한다.)

문제는 배꼽이다. 왜 하필이면 우스꽝스럽게 생긴 배꼽이 문제인가? 쿤데라는 무슨 이야기를 하려고 처음부터 배꼽 이야기를 꺼냈고, 소설의 마지막을 배꼽으로 끝내는가? 그 열쇠 중 하나는 태어나자마자 남편과 이혼하고 떠나버린 알랭의 어머니 목소리를 통해 드러난다. 쿤데라가 알랭의 어머니라는 캐릭터를 등장시키고 목소리를 부여한 이유는 무엇일까? 그것은 바로 이 소설을 관통하는 하나의 커다란 주제인 호모 사피엔스, 즉 인간이라는 종에 대한 뼈 있는 농담을 하기 위해서다. 쿤데라는 배꼽을 통해 두 가지를 이야기한다.

1) 배꼽이 없었던 최초의 인류 아담과 이브, 특히 모든 배꼽 가진 인간들의 기원인 이브에 대한 탄핵 원인으로서 배꼽.
2) 환히 드러난 배꼽이 상징하는 현대적인 사랑과 섹스의 의미. 개체성의 소멸의 상징으로서 배꼽.

먼저 1)부터 살펴보자. 소설 3부에서, 알랭의 환상이라는 형태로 알

랭의 어머니가 알랭을 임신한 상태로 자살을 시도했고, 강물에 뛰어
든 그녀를 살려내려 강에 뛰어든 청년을 오히려 죽게 만드는 이야기
가 나온다. 그러나 실제로는 알랭을 낳자마자 그녀는 남편과 알랭을
두고 떠났다. 왜? 그 이유가 뒤에 가서야 나온다. 알랭과 나누는 환상
속의 목소리를 통해.

"솔직히 말할게. 누군가를, 태어나게 해 달라고 하지도 않은 누군가
를 세상에 내보낸다는 게 나한테는 늘 끔찍해 보였다."
"알아요." 알랭이 말했다.
"그런데 이 어마어마하게 거대한 나무가 자그마한 여자 하나, 최초
의 여자, 배꼽 없는 저 가여운 하와의 음부 속에 뿌리를 두고 있다는
생각을 해보렴."

임신했을 때 나는, 내가 이 나무의 일부로 어떤 줄에 매달려 있는 거
라고 생각했고, 아직 태어나지 않은 너는 내 몸에서 나온 줄에 매달
려 허공을 떠다니는 거라 상상했어. 그리고 그 순간부터 나는 저 아
래에서 배꼽 없는 여자를 목 졸라 죽이는 살인자 꿈을 꿨지 (…) 하
지만 내 말 뜻을 잘 이해해 다오. 내가 꿈꿨던 건 인류 역사의 종말
이 아니야, 미래를 없애 버리는 게 아니라고, 아니, 아니, 내가 원했
던 건 인간이 완전히 사라지는 것, 그들의 미래와 더불어, 그들의 시
작과 끝과 더불어, 그들이 존재해 온 시간 전체와 더불어, 그들의 모
든 기억과 더불어, 네로와 나폴레옹과 더불어, 부처와 예수와 더불

어, 다 사라지는 거였단다. 나는 최초의 여자의 배꼽 없는 작은 배에 뿌리 내린 그 나무의 전적인 소멸을 원한 거야. 자기가 뭘 하고 있는 건지, 그 참담한 성교가 우리에게 어떤 끔찍한 대가를 치르게 할지 몰랐던 그 어리석은 여자, 쾌락을 가져다주지도 못했을 게 틀림없는 그 성교가……

알랭 어머니의 이 도저한 인간부정 사상, 인간 혐오주의, 인간 냉소, 이런 것들을 읽으면서 독자들은 어떤 생각을 할까? 이것을 그저 실없는 농담이라고 치부하기엔, 소설 속 배꼽과 어머니의 비중은 너무 크다. 물론 뼈 있는 농담이라고 하자. 그러니까 밀란 쿤데라의 인간에 대한 냉소와 조롱은 여기까지 미치고 있는 것이라고 해야 하는 걸까? 인간이란 종은, 차라리 존재하지 않았더라면 더 좋았을 거라는 말. 나아가서 인간이 만든 모든 역사, 인간 종이 그토록 자부심을 갖고 '문명'이니 '진보'니 혹은 '영웅'적인 무엇이니 하는 모든 것들이 쿤데라가 보기엔 한마디로 우스꽝스러운 헛소리이다. 부처도 예수도, 나폴레옹도 네로도, 그게 다 무어냐고, 그건 결국 최초의 여자가 행한 그 "참담한 성교가 우리에게 어떤 끔찍한 대가를 치르게 할" 뿐인 그 자체가 '보잘것없고 하찮은 것들'이 아니냐는 것이다.

밀란 쿤데라의 시선 속에서 인간이란 종은 처음부터 지금까지, 계속 어리석음과 우스꽝스러운 투쟁, 탐욕, 허영, 위선, 그리고 섹스만을 반복해 왔을 뿐, 거기엔 어떤 숭고한 의미도, 진보도 없는 것이다.

사실 이런 허무주의 혹은 냉소주의는 《참을 수 없는 존재의 가벼움》에서 쿤데라는 단 한 번뿐인 삶은 없는 것이나 다름없고 깃털처럼 가볍고 무의미할 뿐이라고 한 이야기의 극단적 변주다. 쿤데라는 인간이란 종에게서 어떤 역사적 희망도, 비전도 발견하지 못한다. 그에게 인간종은 털 없는 원숭이, 무구한 원숭이와 달리 꾀 바른 원숭이라서 오히려 더 불행하고 나쁜 원숭이, 차라리 원숭이로 남아 있었으면 더 좋았을 종이다. 물론 이런 생각도 농담인 이야기 속에 들어 있는 것이라, 그저 농담이라고 할 수도 있겠지만, 쿤데라의 작품 속에서 일관되게 인간에 대한 부정, 냉소와 조롱이 들어 있음은 부정하기 어렵다.

　분명한 건 밀란 쿤데라에게 탐욕과 위선, 우스꽝스러운 어리석음, 허영으로 가득 차 있는 인간종에게 거창한 역사철학적 유토피아란, 한마디로 어불성설 같은 것이다. 예나 지금이나 섹스와 전쟁 사이를, 혹은 쇼펜하우어의 말처럼 "지구가 쪼개지는 그 순간까지" 허영과 권태 사이를 반복하면서 갈팡질팡 방황하는 것이 인간의 역사요, 인간의 적나라한 실체라는 것이다. 바로 이런 사고에서 스탈린의 자고새 이야기, 구 사회주의 러시아의 영웅 스탈린을 희화화하는 이야기가 나온다.

　배꼽의 두 번째 의미는 무엇인가? 여기서 배꼽은 사랑과 관련된 항목으로 다루어진다. 지금까지 여성의 성적 매력 포인트로 다루어진 세 가지는 즉 허벅지, 엉덩이, 가슴이다. 그렇다면 도대체 배꼽을 훤히 다 내놓고 다니는 여성들의 시대에 이 배꼽이 상징하는 에로스적인 의미는 무엇인가? 쿤데라는 그것을 "개체성의 소멸 시대"를 지시하는 상징으로 본다. 이 이야기를 쿤데라는 오랫동안 배꼽을 숙고해온 알랭의 목소리로 들려준다.

> 예전에 사랑은 개인적인 것, 모방할 수 없는 것의 축제였고, 유일한 것, 그 어떤 반복도 허용하지 않는 것의 영예였어. 그런데 배꼽은 단지 반복을 거부하지 않는 데서 그치지 않고, 반복을 불러. 이제 우리는, 우리의 천년 안에서, 배꼽의 징후 아래 살아갈 거야. 이 징후 아래에서 우리 모두는 하나같이, 사랑하는 여자가 아니라 배 가운데, 단 하나의 의미, 단 하나의 목표, 모든 에로틱한 욕망의 유일한 미래만을 나타내는 배 가운데 조그맣게 난 똑같은 구멍만 뚫어져라 쳐다보는 섹스의 전사들인 거라고.

알랭과 라몽이 공원에서 대화를 나누면서 라몽이 "획일성은 어디에나 퍼져" 있다고 할 때, 그 의미가 바로 그것이다. 21세기는 배꼽의 징후 아래에서 살아가는 시대다. 유일성, 개체성 대신 획일성이, 독특하고 대체 불가능한 고유한 사랑이 사라지고 난 후, 쾌락적인 섹스만이 남은 시대.

이런 징후는 앞서 말한 바대로 쿤데라는 《불멸》에서 "이 이야기야말로 제목을 참을 수 없는 존재의 가벼움이라고 붙여야 했다"고 너스레를 떨었던 '루벤스'라는 남자의 삶을 통해서 보여준 바로 그 이야기다. 평생 섹스의 쾌락을 인생 테마로 삼아 반복하고 변주하며 살아오다 문득 과거를 돌아보았을 때 남는 공허와 허무에 절망한 그 남자.

바로 그 남자가 이 배꼽의 시대를 상징하는 것이고, 루벤스 이야기를 《무의미의 축제》에서 더 우스꽝스러운 배꼽 상징을 통해 다시 반복하고 있다.

결국 배꼽에 관한 농담을 통해 쿤데라가 보여주는 것은 인류와 역사, 21세기라는 현재의 시대에 대한 지독하리만큼 철저한 회의와 냉소이다. 그렇다면 이런 허무주의적이고 염세적인 세계관 아래서 아무런 희망도, 의미도 없이 도대체 어떻게 살아가야 할까? 이 참을 수 없는 끔찍한 가벼움의 지표 아래서 무엇에 의지해서 살아가야 한단 말인가?

사냥꾼과 오줌꾼은 왜 역사적 인물들의 동상에 총을 갈기고 오줌을 쌌나?

이런 질문에 대한 답이 바로 이 소설의 제목 자체다. 삶은, 역사는, 세상은 하찮고 보잘것없는 것들의 코믹한 축제다. 그걸 있는 그대로 받아들이고, 나아가 사랑하고, 즐기라. 쿤데라는 이 이야기를 들려주기 위해 소설의 두 번째 유머 코드인 스탈린과 자고새, 칼리닌 이야기를 끌어들인다. 사회주의의 영웅 스탈린이 사냥꾼 복을 입고 무대 위에서 개그를 연출하도록 하는 것이다. 밀란 쿤데라가 스탈린의 자고새 이야기를 끌어들이고 스탈린이 똑같은 말을 되풀이하도록 만든 진짜 이유, "내 작품의 중심 플롯"이라고 했던 칼리닌

이야기.

칼리닌을 이야기하려면, 저 독일의 유명한 철학자 이마누엘 칸트를 이야기해야 한다. 칸트는 당시 독일 영토이던 도시 쾨니히스베르크, '왕의 산'이란 이름을 가진 도시에서 살았다. 칸트의 도시 쾨니히스베르크. 오늘날 그 도시는 바로 칼리닌의 이름을 딴 칼리닌그라드가 되어 있다. 2차 세계대전 후 소련의 영토로 편입되면서 도시 이름이 바뀐 것이다.

러시아어로 '그라드'는 도시다. '칼리닌의 도시' 그게 칼리닌그라드다. 제정 러시아가 소비에트 제국으로 바뀌고 2차 세계대전의 승전국이 되면서 소비에트는 많은 도시 이름을 바꾸었다. 차리친을 스탈린그라드로, 상트페테르부르크를 레닌그라드로 등등. 그러나 역사가 다시 반전을 거듭하면서 오늘날 도시 이름들은 다시 원래 이름이나 다른 이름으로 되돌아가 버렸다. 스탈린그라드는 볼고그라드로, 레닌그라드는 상트페테르부르크로. 그러나 유일하게, 칼리닌그라드만은 그대로 여전히 칼리닌그라드로 남아 있다.

스탈린도, 레닌도 자신의 도시 이름을 빼앗겼는데, 칼리닌그라드만은 그대로 남아 있는 것이다. 샤를은 말한다. "칼리닌의 영광은 다른 모든 영광을 넘어서게 될 거라고." 그렇다면 도대체 칼리닌이 누구기에 레닌과 스탈린을 넘어서는 지속성을 가진 영광스러운 명예를 갖게 되었는가? 이 기이한 수수께끼에 쿤데라의 아이러니한 유머, 역사를 보는 희극적 관점이 들어 있다.

소설 속에서도 등장인물인 칼리방이 샤를한테 묻는다. 칼리닌이 누구냐고. 그런 이름 들어본 적 없다고. 샤를은 이렇게 대답한다.

아무런 실질적 힘도 없던 사람, 아무 죄 없는 가여운 꼭두각시, 그러면서도 오랫동안 소비에트 연방 최고회의 의장, 그러니까 의전 상 국가원수였던 사람.

겉으론 화려한 감투를 쓴 듯하지만, 진실을 말하면 그는 그저 순박한 노동자 투사 출신이었던 데다 스탈린 시절엔 이미 고령에 전립샘 비대증을 앓고 있기도 했다. 그는 전립샘 비대증 때문에 뻔질나게 화장실을 드나들어야 하는 곤혹스러운 장애를 갖고 있었던 탓에, 회의 중이나 연설 시에 자주 우스꽝스러운 장면을 연출해야 했다. 소설 속에서는 스탈린의 장광설에 이러지도 저러지도 못한 끝에 바지에 오줌을 지리는 걸 스탈린이 응큼하게 즐기는 장면이 그려져 있다.

문제는, 스탈린이 도대체 무슨 이유로 그 유명한 칸트의 도시에다 그 가여운 전립샘 비대증 환자 이름을 갖다 붙이라고 했는지이다. 이에 대해 쿤데라는 알랭의 입을 빌어 의미심장한 설명을 덧붙인다.

팬티를 더럽히지 않기 위해 괴로움을 견딘다는 것…청결의 순교자가 된다는 것… 생기고, 늘어나고, 밀고 나아가고, 위협하고, 공격하고, 죽이는 소변과 맞서 투쟁한다는 것…이보다 더 비속하고 더 인간적인 영웅적 행위가 존재하겠냐? 나는 우리 거리들에 이름을 장식한 이른바 그 위인이라는 자들은 관심 없어. 그 사람들은 야망, 허영, 거짓말, 잔혹성 덕분에 유명해진거야. 칼리닌은 모든 인간이 경험한 고통을 기념하여, 자기 자신 외에 아무에게도 해를 끼치지 않은 필사적인 투쟁을 기념하여 오래 기억될 유일한 이름이지…

바로 이것이 쿤데라가 인류 역사를 보는 짓궂은(?) 관점이다. 우리에게 알려진 역사, 영웅과 위인들의 역사란 일종의 허구이며, 야망과 허영, 거짓말과 잔혹성으로 점철된 한편의 어리석은 희극에 불과하다는 것이다. 또 역사의 천사는 추락하고 유토피아의 꿈이 추락하고, 농담도 사라지고, 그래서 배꼽의 징후 아래서 살아가는 시대만 남았다는 것이다. 그래서 쿤데라는 사냥꾼과 오줌꾼인 스탈린과 칼리닌을 러시아가 아닌 파리의 어느 공원, 유명한 왕후장상들의 동상이 서 있는 공원으로 다시 출현시킨다. 그래서 스탈린이 그 동상들을 향해 총질을 하게 하고, 사람들은 영문도 모른 채 환호하며 즐거워하는 한바탕 축제를 벌이게 하는 것이다. 아이러니한 축제.

사냥꾼이 외친다. "제일 유명한 프랑스 공원에서 오줌은 누는 건 금지야!" 그 다음, 자기를 둘러싼 소규모 청중을 바라보더니 크게 웃음을 터뜨리는데, 그 웃음이 어찌나 즐겁고, 어찌나 자유롭고, 어찌나 순진무구하고, 어찌나 투박하고, 어찌나 정겁고, 어찌니 전염성이 있는지 주위 사람들도 모두 마음이 놓인 듯 같이 웃기 시작한다. 뾰족한 턱수염의 늙은 남자는 바지 앞섶의 단추를 채우면서 발랑틴

드 밀랑의 동상 뒤에서 나오는데, 그의 얼굴이 시원하게 오줌을 눈 행복감을 나타내고 있다.

역사적 인물들의 동상에 오줌을 가리고, 총으로 갈겨대며 한없이 즐거워하며 웃는 얼굴들. 인류 역사에 대한 신랄한 조롱. 이러한 전복성, 중요함과 하찮음을 뒤집어버리는 가치 전복성이 바로 쿤데라의 이 소설이 노리는 것이다.

삶의 본질은 보잘것없는 것,
있는 그대로 긍정하고 사랑하라

밀란 쿤데라에게 소설은 아직 밝혀지지 않은 삶의 이면을 포착해서 드러내는 것이다. 그런 의미에서 소설은 늘 전복적이고, 기존의 체계와 현실에 대해 비판적인 태도를 견지한다. 《농담》에서 《무의미의 축제》에 이르는 그의 반평생 문학 여정은, 이념과 이데올로기의 억압성을 폭로하고 인간의 정신적 미성숙과 어리석음의 한계, 삶의 부조리와 아이러니, 비극성 이면에 도사린 희극성을 드러내고 삶의 진실을 발견하려는 노력의 여정이기도 했다.

어쩌면 그는 안티휴머니스트의 계열에 속한다고 봐야 할지도 모르겠다. 세계를 인간을 위해 존재하는 대상들로 보는 인간중심주의에서 벗어나, 영원과 타자의 관점에서, 인간을 먼 곳에서 '객관적으로' 관찰하고 인식하려는 열정이 그를 사로잡았던 것 같기도 하다. 휴머니즘의 인간중심주의, 근대적 자유주의 휴머니즘은 이미 60년대 이후 미셸 푸코나 들뢰즈를 비롯한 소위 해체주의적인 포스트 철학자들에게 많은 비판을 받아왔지만, 쿤데라는 그들보다 더 멀리 나간다.

그들 철학자들이 여전히 자본주의 이후에 도래해야 할 유토피아적 관점을 견지하고 역사에 대한 믿음을 포기하지 않는 곳에서 쿤데라는 역사의 직선적 궤도라는 그림 자체를 부정하면서 역사 자체가 하나의 '우스꽝스러운 거대한 희극적 농담'에 불과하며, 오히려 정작 중요한 것은 일상 속에서 만나는 모든 소소한 것들, 하찮아 보이는 것들, 평범한 것들 자체에 집중하자고 호소할 뿐이다.

그렇다면 쿤데라, 그는 인류에 대한 애정이라고는 눈곱만큼도 없는 냉소주의자일 뿐인가? 역사 허무주의자인가? 그의 문학작품들만 가지고 그의 속내 전체를 다 판단할 수는 없을 것이다. 이 역시 판단은 독자들이 작품을 어떻게 읽어내느냐에 따라 달라질 것이다. 확실한 것은 그의 문학작품들에서 보이는 냉정한 현대 문명 비판은 그 누구도 쉽사리 부인하기 어려운 삶의 진실이라는 것이다.

배꼽의 징후 아래에서, 유토피아 너머에서, 자질구레하고 구차하기만 한 일상의 삶 속에서 어떤 삶을 혹은 어떻게 삶과 만나야 하는가 하는 질문만은 여전히 남아 있고, 쿤데라는 이 소설에서, 어쩌면 처음으로 어떤 '긍정'의 메시지를, 그저 비판에만 머무는 것이 아니라, 삶의 윤리성에 관해, 의미와 무의미 너머에 있는, 있는 그대로의 삶을 사랑하라는 긍정의 노래를 우리에게 들려주고 있는 것이다.

작고 하찮은 것들의 소박한 파티, 거기서 웃고 마시고 사랑하다 갈 때가 되면 조용히 사라지는 것. 더도 덜도 아닌 그게 우리의 삶일 뿐 더 이상 무엇을 더 바랄 것인가. 우리의 삶이 참을 수 없을 정도로 가볍디가벼운들 어쩌랴. 그 가벼움마저 사랑해야지.

09

나는 젊어서
죽고 싶진 않다,
그렇다면
늙을 수밖에
—

장 아메리, 《늙음에 관하여》

필립 로스, 《에브리맨》

—

젊어서 죽고 싶지 않은 사람은
늙을 수밖에 달리 도리가 없다.

장 아메리, 《늙음에 관하여》

—

고물차로 보이는 것과
빈티지차로 보이는 것 사이에는
하늘과 땅 만큼의 차이가 있다..

김운하

오늘날, 죽음보다는 늙음이 더 크고 심각한 문제다. 역사상 늙음의 문제가 이토록 인간사의 주요한 의제로 전면에 부각된 시대는 없었다. 죽음은 점점 더 뒤로 미뤄지고 있는 반면에, 그만큼 늙어감의 기간은 더 길어지고 있다. 청춘은 너무 짧고 노년기는 점점 더 길어진다.

보라, 청춘들이여, 그대들의 풋사과 같은 젊음조차도 오늘날 긴 노년기에 비하면 너무 짧은 예비 노년기, 노년의 예행 연습기에 불과하지 않은가? 청춘은 고작 이십 년도 채 되지 않지만 노년은 수십 년이 될 것이다. "나는 영원한 청춘으로 살 거야!"라고 소리쳐도 소용없다. 마음만은 영원한 청춘일 수 있다. 하지만 우리는 언제 늙어감을 깨닫게 되는지 잘 알고 있다. 늙음은 도둑처럼 우리의 몸을 '기습'한다.

젊은 시절엔 청춘이 얼마나 재빨리 자기를 떠나가 버리는지 모른다. 영원히 계속되는 줄 착각하며 늙음을 마음껏 경멸한다. 청춘이 지난 연후에야 청춘이 짧음을 뒤늦게 깨닫는다. 나 역시 그랬다. 늙음과 노년은 너무 먼 사건처럼 여겨졌고 육체에 관해선 무관심했다. 육체에 대한 관심이랬자 그저 미적 차원에서만 신경을 쓸 뿐이었다. 건강이 니, 노화니, 탈모나 주름살, 질병, 이런 것에는 거의 전적으로 무관심 했다. 아니 어쩌면 조금만 바람이 불어도 와르르 무너져버릴 수 있는 엉성한 판잣집 같은 육체를 타고났기에, 가능하면 이 초라한 판잣집 을 애써 잊어버리려 했는지도 모른다. 그러나 세월의 풍화작용에 따라 어쩔 수 없이 그 연약한 판잣집 여기저기가 삐걱거리며 판자들이 떨어져 나가기 시작하면, 이제 육체가 우리를 장악한다.

어느 날 불현듯 흰 머리카락들이 발견되고, 미세하게나마 볼살이 처지고, 없던 잔주름이 여기저기 생기기 시작하고, 머리를 감을 때마다 한 움큼씩 머리카락이 빠지는 걸 발견할 때, 그대도 어쩔 수 없이 청춘이 다했다는 것을, 어쩔 수 없이 자신도 늙어가기 시작했음을 비통하고 서글픈 심정으로 인정하게 되리라. 그제서야 서둘러 온갖 값비싼 '안티에이징' 크림들을 얼굴에 바르고, 탈모방지 천연샴푸를 쓰고, 헬스클럽에 등록하여 비지땀을 뻘뻘 흘리며 군살을 빼려고 애써도, 잔인하고 가차 없는 세월은 언젠가 그런 모든 노력조차 무위로 돌리고 말 것이다.

늙어간다는 것은, 점점 더 육체 자체가 되어간다는 것이다. 미래는 바로 늙음과 노년의 시간이다. 그것이 모두를 기다리는 진짜 미래다.

노인을 위한
나라는 없다

일체의 허영심을 배제하고 말하면, 나는 늙는 것이 정말 싫고 또 두렵다. 여기서 늙어감을 예찬할 생각이 추호도 없다. 값싼 위로의 미약을 주사하고픈 생각도 전혀 없다. 나도 늙어가겠지만 늙음을 미룰 수만 있다면 최대한 뒤로 미루고 싶다는 게 진정으로 솔직한 마음이다. 늙음이 불가항력적인 사태라면, 싫지만 하는 수 없이 체념하며 받아들일 뿐이다.

자연스러운 늙음의 아름다움이나, 노년에 얻는 행복의 가치와 지혜를 말하고 싶은가? 서울에서 지하철을 한번 타보고 그런 소리를 하라. 혹은 춘천 가는 경춘선 열차를 한번 타보라. 종로에 있는 파고다 공원에 한번 가보시든지. 청춘들이, 이 사회가, 과연 어떤 시선으로 노년을 바라보는지. 노년의 경륜과 지혜? 대한민국에선 꼴통보수로 낙인찍히지나 않으면 다행이지. 가스통을 들고 데모에 나서는 대한민국 어버이 연합회 '어르신'들. 가슴이 미어진다.

1968년, 일찍이 장 아메리라는 사상가는 최근에 한국어판으로 번역되어 나온《늙어감에 대하여》라는 책에서 이렇게 일갈했다.

노년의 지혜와 행복이라는 말 따위로 현실을 치장하는 것은 자기기만 가운데 가장 비극적인 자기기만이다.

물론 노년이 항상 비참하고 참담하기만 했던 것은 아니다. 옛날, 논밭을 일구며 살던 농경 시대에는 노년이 존경받을 수 있었다. 그들은 그저 '잉여'가 아니라 전통과 기술의 전수자였다. 토끼새끼처럼 바글바글한 손자손녀들의 양육자이자 보호자였고 공동체의 위급한 시기에 오래된 지혜를 발휘할 수 있는 지혜의 보고였다. 농사일의 본성이 그렇듯, 계절의 반복되는 순환질서 속에서 살아가던 그 시대엔 미래가 아닌 '과거'가 언제나 참조사항이었다. 그래서 노년의 경륜과 지혜는 공동체의 생존에 필수 조건이었다. 한마디로 노년은 가족이나 사회에 아주 쓸모가 많았다.

반면에 끊임없이 새로운 창의와 혁신을 요구하고, 거의 매년 유행이 바뀌면서 신상이 쏟아지고, 소비가 경제를 떠받치고 있는 이 시대. 두뇌회전이 빠르고 새로운 걸 좋아하는 청춘들조차 적응하기 버거운 변화가 일상이 되어버린 이 시대. 노년이란 그저 연금수혜자, 변화 부적응자, 꽉 막힌 보수주의, 심하게는 '세금도둑' 소리까지 듣는 모욕적인 신세로 전락하고 있다. 평균 수명은 점점 더 길어지는데 자본가들은 마흔만 넘어도 호시탐탐 직원들을 쫓아낼 궁리를 하고, 그렇게 아직 충분히 젊은 나이에 '구조조정'을 빌미로 반강제 퇴직한 후 재취업은 하늘의 별 따기다. 할 수 있는 건 닭을 튀기거나 커피를 내리거나 혹은 맥주를 팔거나. 그러다 자칫 그 장사마저 실패해버리면? 온종일 일해도 일당 2천 원밖에 주지 않는 지하철 택배? 혹은 폐지 줍는 노인 예약?

사십 대만 되어도 벌써 회사에서 눈칫밥을 먹어야 하고 자칫 삐끗하면 영세 자영업자로 아등바등 살아야만 하는 시대에, 구십 년 백 년까지 살아가야 한다는 생각만 해도 하늘이 노래질 지경이 아닌가? 지금 제법 고액 연봉을 받으며 직장에 다니는 소위 중산층들조차도 노후만 떠올리면 마음속 깊이 불안감에 떠는 게 바로 그런 이유 때문이 아닌가? 중년 남자 회사원들이 새벽같이 헬스클럽에 다니고, 머리 염색을 하고, 패션에 신경 쓰고, 심지어 안티에이징 화장품과 시술도 마다치 않으면서 젊어 보이려 애쓰는 것도 결국 회사에서 늙다리 상사 취급받기 싫어서가 아닌가?

노인층의 절반이 가난의 굴레에 얽매여 있고 고독과 질병에 시달리는 지금, 노인을 위한 대한민국은 없다. 물론 삼포 세대니 오포 세대니 하는 말이 공공연한 진실이 되어버린 이 시대엔, 청년을 위한 대한민국도 없다. 다만 상위 몇 프로를 위한 나라만 있을 뿐이다. 이게 냉정한 21세기 현재 한국의 현실이다.

《늙어감에 대하여》란 책에서 장 아메리는 사회적 연령을 언급한다. 늙어감이란 주관적으로도 비참하고 슬픈 사태이지만, 사회가 소위 '사회적 연령'을 부과하면서 노년을, 늙음을 더욱 비참하게 만든다.

> 사회는 우리에게 사회적 연령을 지정해줬다. 사회는 우리를 파괴한다. 이제 겨우 절정에 오른 우리를. 우리가 무엇을 만들어냈고 무엇을 못했는지 정산하며, 일종의 불문율, 매일처럼 새로워지는 젊음의 법칙에 따라 우리를 파괴한다. 사회가 주목하는 것은 변화와 발전의 기회, 곧 미래를 가지는 젊음일 뿐이다. 노년에 이른 우리의 사회적 해체는 이미 결정된 사안이다.

장 아메리가 말하는 사회적 연령이란 한 사회가 지정한 생애주기표를 말한다. 물론 직업군에 따라 조금씩 유동적이긴 하다. 50대 대통령은 젊은 대통령이지만 50대가 되도록 정규직 교수가 되지 못한 시간강사는 벌써 퇴물 취급받는다. 대기업에선 마흔만 넘어도 슬슬 눈치가 보이기 시작한다. 30대 축구선수는 '노장 선수' 취급을 받는다. 그렇다고 현역에서 은퇴한 30대 축구선수가 늙은이 취급을 받는 건 아니다. 한국 사회에서 대체로 합의된 노년은 언제일까? 지하철 무임승차권이 발행되는 65세부터? 아니면 공무원 정년퇴직 연령인 만 60세부터?

아니다. 내 생각엔 더 확실한 지표가 있다. 만일 당신이 버스나 지하철을 탔는데 젊은이가 벌떡 일어나 자리를 양보해준다면, 당신은 이미 늙은 것이다. 만일 당신이 버스나 지하철을 탔을 때 누군가가 자리를 양보해주기를 진심으로 바란다면, 당신은 이미 늙은 것이다. 젊은이들이 자리를 양보한다고 해서 냅다 엉덩이를 걸친다면, 당신은 이미 늙어버린 것이다. 그러나 자리를 양보한 그 젊은이는, 마음속으로 늙은 당신을 경멸하고 있다는 사실만은 각오해야 한다.

얼마 전 나는 버스를 타고 가다 요즘 말로 '웃픈' 사건을 겪었다. 육십도 채 되어 보이지 않는 한 중년 여인이 갑자기 내 어깨를 탁탁 치면서 너무나 뻔뻔한 말투로 자리를 비키라고 요구하는 것이었다. 차창 밖만 내다보고 있던 나는 깜짝 놀라 벌떡 일어나 자리를 내주었다. 일어나서야 그 여인의 모습을 볼 수 있었는데 정말로 속에서 화가 부글부글 끓어올랐다. 고맙다, 미안하다, 말 한마디 없이 뚱한 표정으로 나를 홱 외면할 땐 더더욱.

그때 나는 결심했다. 아무리 늙어도 두 다리로 걸어 다닐 힘이 남아 있는 한, 절대로 자리 양보를 요구하지 않을 것이며, 양보도 받지 않을 것이라고. 존경받는 어르신은 못 되더라도, 타인에게 민폐를 끼치거나 경멸받는 노인은 절대 되지 않겠노라고.

노년이 무슨 특권인 양, 모든 무례와 뻔뻔함, 안하무인격인 행동에 대한 합법적인 알리바이라도 되는 양 늙음을 휘둘러대는 것만큼 노년을 더 욕되게 만드는 일은 없다. 유명한 닉 우스터처럼 감탄을 자아내는 감각 있는 패셔니스타는 아니더라도 말끔한 차림새를 하고, 품위와 부드럽고 세련된 관대함, 연륜에서 배어나온 지혜로 존경을 받진 못할지언정, 타인의 눈에 자신의 행색이 어떻게 비치든 상관없다는 듯이 냄새나는 지저분한 몰골로 함부로 몸을 부닥쳐오는 것만큼 천박한 것도 없다.

그래서 나는 이 한국 사회에서 늙어가는 것이 두렵고 싫다. 누구나 다 인정하듯이, 일반적으로 한국 사회에서 늙어간다는 것은 품위와 연륜으로 존경받는 노년이 된다는 뜻이 아니다. 늙었다는 사실 하나로 도매금으로 '꼴통보수' 취급받기 십상이다. 경제가, 문화가, 사회 전체가 온통 젊음만을 감싸고돈다. 텔레비전을 한번 보라. 거기 어디에 노인을 위한 세련된 문화가 있는가? 주야장천 흘러간 뽕짝과 트로트를 틀어대는 가요무대 따위가 전부다. 마치 노년은 더 이상 '현재'가 아닌 오래된 죽은 '과거'에나 어울린다는 듯이. 그 자리만이 유일하게 남은 자리라는 듯이.

한국 사회에서 안티에이징 문화가 그토록 급속하게 성장한데는 다 이유가 있다. 그저 '외모 지상주의' 문화라서가 아니다. 거기엔 늙음에 대한 공포, 늙은이 취급받는 것에 대한 내밀한 공포심이 도사리고 있다. 주름진 얼굴, 벗겨진 머리, 희게 센 머리칼은 사회로부터 머지않아 퇴장명령을 받게 될지도 모른다는 내밀한 불안의 상징이다.

만일 팔십, 구십 넘어서까지 살아야 한다면 가급적 오래도록 사회 '안'에 머물러 활동하고 싶고, 가능하다면 육십 대 나아가 칠십 대까지도 늙어 보이지 않는 외모를 유지하고 싶어하는 건 당연한 갈망이 아닐까?

나는 정말로 심각하고 진지하게 생각해보곤 한다. 내가 팔십 대가 되어도 오십 대 정도의 건강과 외모를 유지할 수 있다면 얼마나 좋을까? 꾸준한 운동과 몸 관리, 그리고 안티에이징 기술, 예를 들어 보톡스나 필러, 매선침, 줄기세포 시술 같은 것들이 늙어감에서 우리를 구원해줄 수 있을까? 아니면 이런 과학기술의 도움을 일체 배제한 채 세월이 우리를 갉아먹도록 내버려두면서 자연스럽게 늙어가야만 하는 것이 옳을까? 어느 쪽을 선택하든 이는 도덕 같은 것과는 무관한 개인들의 취향, 미학적 선택사항으로 남겨놓아야 하는 것일까?

안티에이징이
우리를 구원해줄까?

얼마 전 유명한 중국 여배우 류샤오칭의 회춘 사

진이 화제가 된 적이 있다. 현재 그녀는 육십 대 중반이지만, 그녀 스스로 밝힌 것처럼 현대 과학기술의 도움으로 늙어 시들어가던 얼굴과 몸 전체가 마흔도 안 되어 보이는 화려한 미모로 재탄생하여 세상을 놀라게 한 것이다. 류샤오칭은 다가올 '안티에이징' 시대의 살아 있는 아이콘처럼 보이기도 한다. 칠십 대에도 마흔 같은 외모를 유지할 수 있다면, 팔십 구십이 되어도 오십 같은 외모를 가질 수만 있다면!

은밀한 내 욕망을 솔직하게 터놓고 고백하자면 나도 그럴 수 있기를 원한다. 심각한 부작용만 없다면, 감당하기 힘들 정도로 너무 큰돈이 들지만 않는다면, 첨단 테크놀로지의 혜택을 굳이 거부해야만 할 필연적인 근거나 이유는 무엇일까? 꼭 대통령이나 연예인 같은 공인이라야 국민들에게 추하게 늙은 모습을 전시하는 게 송구스러워 안티에이징 시술을 좀 받는 게 용서가 될까? 꼭 렛미인 출연자들처럼 사회생활이나 인간관계가 너무 힘들고 자존감을 도저히 가질 수 없을 정도의 외모라야 성형수술이 용서되는 건 아니지 않는가?

오늘날 성형수술조차도 이제는 개인의 '선택사항'으로 양해가 되는 시대다. 고등학교 졸업 기념으로 쌍꺼풀 수술, 코 수술하기가 유행인 대한민국이다. 자연미인이든 인공미인이든, 이쁘기만 하다면 다 용서가 되는 세상, 외모가 스펙이 되는 세상, 그만큼 추함과 늙음은 더 비참하게 느껴지는 세상이다.

개인적인 생각이지만 21세기 인간 사회의 가장 큰 화두 두 가지는 인간 같은 지능을 가진 로봇의 창조 문제와 청춘을 연장시키는 항노화, 즉 '안티에이징' 문제다. 이 두 가지 산업은 앞으로 인간 세상의 풍경을 크게 바꾸어 놓게 될 것이다.

하긴 평균 기대수명 백 년 시대가 코앞에 닥쳤는데 약 반세기를 노년으로 보낸다는 건 왠지 손해 보는 것 같고, 부당한 처사처럼 느껴지는 것도 감정상 충분히 이해할 수 있지 않은가? 예를 들면, 간간히 뉴스에 칠, 팔십 대 나이임에도 근력이나 체력, 건강지수가 청춘들보다 더 뛰어난 노년 ― 청춘 보디빌더들이 등장하곤 한다. 뒷모습만 보면 영락없는 몸짱 청춘이다. 다만 아쉽게도 얼굴만 빼고. 솔직히 나는 그들이 기왕이면 얼굴도 류샤오칭처럼 인공적인 시술로 회춘하지 않았는지 좀 의아하기도 했다. 불행히도 아직 얼굴만은 보디빌딩으로 주름을 없앨 순 없다. 육체는 보디빌딩이나 운동으로 리모델링 가능하지만, 목과 얼굴만은 요령부득이다. 바로 여기에 안티에이징 산업이라는 최신 도우미가 등장한다.

나는 이런 문제를 고민해보곤 했다. 안티에이징으로 다시 청춘으로 젊어진 여배우 류샤오칭은 청춘인가 노년인가? 만일 꾸준한 운동과 안티에이징 산업의 도움을 받아 외모나 건강, 체력, 정신적 활력 모두 삼십 대처럼 보이는 '일반인' 구십 세 남자나 여자가 있다면, 그래도 그는 여전히 '늙은 어르신'인가? 사회는 그런 사람을 그저 운 좋은 '별종 늙은이' 취급해야 하는 걸까? 아니면 나잇값 못하는, 늙기 싫어 발광 떠는 '주책없는 늙은이'일 뿐인가?

21세기 안티에이징 과학의 눈부신 발달로 만일 그런 사람이 한둘이 아니라 점점 더 많아진다면, 그때는 그들을 어떻게 취급할 것인가? 이들의 사회적 연령을 어떻게 규정할 것인가? 사회의 어디에 그들의 자리를 마련해야 할 것인가? 이들이 원한다면, 다시 공무원 시험을 칠 수 있게 하거나 아니면 민간 기업체에서 경력사원으로 쉽사리 받아들여지게 될까? 그럼 가뜩이나 모자란 일자리를 놓고 청춘들과 치열한 경쟁을 해야 하는 사태에 직면하게 될까? 더구나 로봇들까지 등장해 인간들과 일자리 경쟁을 하게 되는 이 마당에?

이런 질문들이야말로 인간 사회가 곧 부닥치게 될 긴급한 문제들이고 진지하게 토론해야 할 문제들이다. 이 글을 읽는 누구나 다 정말로 진지하게 고민하고 숙고해보아야 할 문제다.

다만 현재까지는 늙어감이나 노년은 우리에게 가난, 고독, 질병, 그리고 죽음을 환기할 뿐이다. 그렇다. 아직 늙음이나 노년은 참담한 무엇, 피하고 싶지만 피할 수 없는 재앙일 뿐이다. 20세기에 나온 노년을 다룬 문학작품들을 대충만 쓰윽 훑어봐도 그렇다.

노년은 정녕 대학살일까?

가슴을 후벼 파는 소설, 필립 로스의 《에브리맨》을 보자. 그는 1933년생이고, 이 소설을 70대에 발표했다. 그리고 지금은 80세가 넘었다. 인생의 쓴맛 단맛 다 겪고 마침내 진짜 노년이 된 작가가 본 현대인의 늙음과 노년, 죽음에 대한 절절하고 생생한 보고서가 바로 이 소설이다. 내가 늙음과 노년에 대해 처음으로 진지하게 고민해보기 시작한 계기가 되었을 정도로 내게는 적잖은 충격을 주었던 작품이다.

'에브리맨'이라는 제목은 보통 사람을 일컫는 말이기도 하고 또 주인공 아버지의 가게 이름이기도 하다. 필립 로스는 현대사회를 살아가는 보통 사람들의 삶과 죽음이 어떻게 시작되고 끝나는지 이야기하고자 하는 것이다. 광고회사에 다니면서 평생에 걸쳐 사랑과 섹스의 쾌락을 좇았던 남자, 그러느라 세 번 결혼하고 세 번 이혼한 한 남자가 늙고, 병들고, 그런데도 끊임없이 죽음에 대항하여 수술에 수술을 거듭하지만 결국은 수술 중에 의식을 잃고 세상을 하직하는 그런 이야기다. 이 남자는 유대인이면서도 무신론자다.

> 그에게는 죽음과 신에 관한 야바위나 천국이라는 낡은 공상이 통하지 않았다. 그저 우리 몸만 있을 뿐이었다. 태어나서 우리에 앞서 살다 죽어간 몸들이 결정한 조건에 따라 살고 죽는 몸. 그가 그 자신을 위한 철학적 틈새를 찾아냈다고 말할 수 있다면, 그것이 바로 틈새였다.

주인공은 삶과 세계에 대한 아무런 환상이 없다. 사람이면 누구나 바라는 사소한 행복, 성공, 쾌락만을 추구했을 뿐이다. 존재의 비밀을 탐구하려 전전긍긍하며 자신을 괴롭히고, 그런 야심 때문에 때로는 세상을 더 오해하게 만들거나 악화시키기 일쑤인 철학자가 아니었다.

청춘기에 잠시 화가를 꿈꾸기도 했지만 이런저런 현실적 이유들로 금세 포기해버렸다. 그림 그리기는 그저 은퇴한 후에 필요한 일종의 소일거리, 기쁨을 발견하는 수단이었을 뿐이다.

복잡하고 추상적인 이념 따위에 대한 아무런 결벽적인 환상이 없었다는 점에서 본다면 그는 차라리 현명해 보이기조차 한다. 그는 허망한 노력에 생을 탕진하며 스스로를 괴롭힐 필요는 없었다. 그는 그저 한 마리의 인간 수컷일 뿐이며 대부분의 수컷이 그렇듯 축축하게 젖은 쾌락적인 구멍을 추구하느라 이혼을 당하기도 하고, 자식들에게는 경멸당하기도 하면서 인생을 흘려보냈을 뿐이다.

> 아버지로서 그는 사기꾼이었다. 남편으로서도, 심지어 아이들의 어머니를 버리고 쫓아간 비길 데 없는 피비(그의 훌륭했던 두 번째 아내)에게도 사기꾼이었다. 암컷을 쫓아다니는 일 이외의 모든 면에서는 철저하게 가짜였다.

후회와 자책은 항상 너무 '때늦게' 찾아온다. 보통 사람인 그는 아주 도덕적이지도 않고 아주 악하지도 않다. 조금 선하고 조금 악한 그런 평범한 인간이다. 그런 의미에서 그는 말 그대로 요즘 세상 어디에서나 만나게 되는 평범한 모든 인간의 초상인지도 모른다. 이 무자비한 세상에서 살아 생존하고 또 자신의 삶을 정당화하기 위해 사회에서 어떤 기능이나 가치를 수행하면서 동시에 가능하다면 쾌락과 행복을 발견하고 그것을 최대한 누려보려고 버둥대는 인간, 그리고 불가피하게 온갖 실수와 어처구니없는 좌절과, 의지에 반하는 실패들을 겪으면서 살아가는 인생. 인생을 살아간다는 건 결국 그런 것 아닌가?

다만 그는 불운하게도 중년 이후부터 끊임없이 거듭되는 병치레와 수술들로 걸어 다니는 종합병원 신세로 추락해간 것이 조금 다르다면 다를 뿐이다. 뒤늦게 그는 젊은 시절의 꿈을 떠올리며 취미 삼아 그림 교실을 열었다. 거기서 만난 그와 동갑인 우아하고 고상한 여인은 끝내 늙음과 병이 가져다주는 육체적인 고통과 외로움을 감당하지 못해 수면제를 잔뜩 입에 털어 넣고 자살한다. 같은 직장에서 일했던 동료들도 하나둘씩 저세상으로 떠난다. 그러나 그는 죽음과 끝없이 투쟁한다. 일흔이 다 된 늙은 몸으로도 여전히 젊은 여성의 육체에 대해 욕망을 느끼며 괴로워하는 남자 ― 수컷의 비애여.

> 그러나 이제는 수많은 노인들과 마찬가지로 그도 점점 줄어드는 과정에 있었으며, 종말이 올 때까지 남아 있는 목적 없는 나날이 자신에게 무엇인지 그냥 있는 그대로 보아야할 것 같았다. 목적 없는 낮과 불확실한 밤과 신체적 쇠약을 무력하게 견디는 일과 말기에 이른 슬픔과 아무것도 아닌 것을 기다리고 또 기다리는 일. 결국 이렇게 되는 거야. 그는 생각했다. 이거야 미리 알 도리가 없는 거지.

"이거야 미리 알 도리가 없는 거지"라는 주인공의 한탄처럼, 우리는 실제로 자신이 늙기 전에는 늙음이 무엇인지 진정으로 알 도리가 없다. 소설로, 상상으로 추체험하는 것과 실제 겪는 것은 전혀 다를 터이니.

소설에서 반복해서 이야기하듯 늙음은 인간적인 쾌락과 기쁨을 앗아간다. 오직 죽는 일만 남는다. 그리고 수십 년을 살아가면서 인간이기 때문에 어쩔 수 없이 겪어야만 하는 숱한 시행착오, 실수, 실패, 오해와 후회에 둘러싸여 끝없는 회환에 빠진다. 아무리 돌이켜보았자 결코 돌이킬 수 없는 현실에 절망하면서 서서히 무너져갈 뿐이다.

필립 로스는 이렇게 쓴다. "노년은 전투가 아니다. 노년은 대학살이다."

이어서 작가는 주인공 딸의 입을 빌려 작가 자신의 속마음을 드러낸다.

> "현실을 다시 만드는 건 불가능해.""그냥 오는 대로 받아들여. 버티고 서서 오는 대로 받아들여. 다른 방법이 없어."

물론 모든 생은 궁극적으로는 무(無)라는 블랙홀로 빨려들어 가는 과정일 뿐이다. 거기엔 어떤 동기도, 목적도 없다. 그냥 그러할 뿐. 따라서 이런 세계를 받아들이는 것 외엔 어떤 다른 위안도, 변명도, 자기기만적인 정당화도 필요 없다. 늙음과 노년은 냉철하게 바라보면서 담담하게 받아들여야 할 무엇일 뿐이다.

《늙음에 대하여》를 쓴 장 아메리의 입장 역시 노년의 진실을 정면으로 폭로한다는 점에서 필립로스와 비슷하다. 장 아메리는 늙음과 노년에 대처하는 두 가지 환상과 기만을 말한다. 하나는 늙음을 부정하고

"젊음과 더불어 젊게 살자!"는 주의다. 즉 여전히 자신은 젊으며, 유행과 시대사조를 잽싸게 따라잡으면서 무엇이든 다 감당할 수 있다며 객기를 부리는 태도다. 두 번째는 전원형 노년으로 체념과 더불어 마치 탈속해 버린 양 초연하고 관조적인 태도를 취하는 것이다. 세상으로부터 한 발짝 물러나 그저 구경꾼처럼 행동하는 것이다.

하지만 아메리에 따르면, "전자의 노인은 그를 짓밟고 지나가는 시간을 따라잡겠다며 호들갑을 떨지만, 전원의 노인은 간단히 시간을 부정하고 시인처럼 영원만 노래한다. 그러나 양쪽 모두 허위 속에서, 허황된 믿음 속에서 살아갈 뿐이다."

늙음을 부정하는 것도, 시간을 부정하는 것도 다 어리석다면 도대체 어떡하란 말인가? 장 아메리는 그저 '진실'을 똑바로 보길 원한다. 그가 보는 노년의 진실이란 무엇인가?

> 나이를 먹는다는 것, 이는 곧 우리 존재의 부정인 동시에 '존재하지 않음'을 향해 나아간다는 뜻이다. 명백한 진리인 탓에 그 어떤 이성 적 위로도 발가벗겨지고 마는 황량한 삶의 지대가 '늙음'이다.

아아, 나이 든다는 것은 결국 늙는다는 것이다. 노년은 불가피하게 우리가 언젠가는 직면하게 될 재난이며, 숙명이다. 최근 일부 노년을 연구하는 학계에선 늙음이 곧 질병이나 죽음과 등치하는 것은 아니라고 한다. 늙음은 그저 생체가 세월에 적응하는 과정일 뿐이며, 질병은 젊은 육체건 늙은 육체건 간에, 몸을 함부로 대할 때 누구에게나 찾아오는 재난일 뿐이라는 것이다.

우리는 어떻게
나이들어 갈 것인가?

　　　　　사실이 그렇다 하더라도 늙음이 육체의 추한 쇠락을 초래한다는 사실 자체는 변함이 없다. 적어도 아직까지는. 지금보다 안티에이징 기술이 더더욱 발전하여 한 팔십 년까지는 마흔 정도의 건강과 체력, 외모를 유지하다가 이후에 급속히 늙어 금세 죽을 수만 있다면, 솔직히 나는 그 선택을 결코 마다하지 않을 것이다. 물론 지금도 돈이 아주 많다면 류샤오칭처럼 늙어도 늙지 않은 외모를 유지할 수 있을지도 모른다. 꾸준한 운동과 피부관리, 약간의 기술의 도움을 받아서. 그래, 역시 돈이다. 돈이면 앞으로는 이 늙음의 비참과 굴욕조차도 최대한 멀리 미룰 수 있을지도 모른다. 보험이라도 들어놓아야 할까? 그 날을 위해? 그건 각자의 선택이다.

　어떤 이는 "굳이 그렇게까지 늙음을 인위적으로 미룰 일이 뭐 있을까? 그저 자연의 섭리대로 자연스럽게 받아들이면 되지. 류샤오칭처럼 늙지 않으려 하는 것 자체가 추해 보이고 늙지 않으려고 지랄발광하는 것 같아 싫어!" 하고 강하게 주장할 것이다. 이런 판단도 개인적인 선택이다. 이렇게 생각하면 마음은 차라리 편안해질지도 모르겠다. 가는 세월 막을 수 없고, 늘어만 가는 주름도, 탈모도 막을 수 없는 걸 어떡하랴.

케 세라 세라^{que sera sera} 어떻게든 되겠지.

나는 다만 육체의 쇠락은 어쩔 수 없을지 몰라도 정신만은 20대 청춘 못지않은 열정과 개방성을 유지하길 바란다. 열린 마음으로 변화를 두려워하지 않고, 새로운 것을 청춘들 못지않은 눈 반짝이는 호기심으로 만날 수 있고, 맑은 정신으로 지적인 탐구를 계속할 수 있기만을 바랄 뿐. 그런데도 가능하다면, 열심히 운동하고 관리해서 급격한 노화는 피할 수 있기를 소망한다. 그렇게 할 수 있는 데도 굳이 하지 않는 것은 지금까지 내 정신을 지원하느라 온갖 고생을 마다하지 않은 내 몸에 대한 지나친 학대요 모독일 수 있기 때문이다. 정신을 높이 고양하기 위해선 정신의 뿌리인 몸을 더 잘 보호하고 아껴주어야만 한다. 미학적으로나 생리학적으로.

최근에 나는 알렉산드로 졸리엥이 쓴 책《인간이라는 직업》을 읽으면서 몸과 고통에 관해 다시 생각하기도 했다. 저자는 뇌성마비라는 힘든 신체적 장애를 안고 있는 사람으로서 몸을 가진 존재의 축복과 저주, 기쁨과 고통을 그 누구보다도 더 잘 알고 있다. 그래서인지 몸과 고통에 관한 그의 문장들은 한 문장 한 문장이 모두 내 영혼 속으로 깊이 파고들었다. 걷는 것, 말하는 것조차 힘든 몸을 가진 사람으로서 그는 불편한 몸으로 사소한 작업을 해내는 것이 얼마나 거대한 노력이 필요한 일인지를 온몸으로 증언한다. 그렇다. 우리가 가진 것은 '몸'뿐이다. 정신의 처소인 뇌조차도, 몸의 한 기관일 뿐이다.

몸은 강제로 부과된다. 고통이 거하는 장소이자 쾌락을 공급하는 주체이자 존재의 근거인 몸은 진정한 정복을 이루어낸다. 몸은 길들인다. 어쩌면 몸에 산다는 것, 이것은 인간이라는 직업을 수행하러 나서는 수습생에게 부여된 과업이다.

그리하여 그는 이렇게 말한다. "몸도 정신처럼 인간의 위대함에 공헌하는 것이다." 신체의 생리학은, 그런 의미에서 철학이다. '위대한 건강'을 말했던 니체가 옳았다. 병약했던 니체는 몸의 위대함과 중요성을 일찍부터 깨달았고, 몸을 사유의 중심으로 올려놓았다. 니체에게서 몸은 더 이상 플라톤처럼 '영혼을 가두는 감옥'이 아니라 성스러운 신전이 되었다. 불행히도 대리석으로 지어진 신전이 아니라, 쉽게 늙고 쉽게 부서지기 쉬운 살로 된 신전인 몸.

아직 생생하게 젊은 몸을 가진 이들에겐 나이 든다는 것이나 늙는다는 것이 너무나 먼 이야기라 남의 나라 이야기처럼 들릴지도 모르겠다. 그러나 장 아메리의 이 한마디만은 깊이 인식할 필요가 있다. "젊어서 죽고 싶지 않은 사람은 늙을 수밖에 달리 도리가 없다."

늙음을 가지고 올 잔혹한 세월이, 저 멀리서 서늘하게 미소 지으며 다가오고 있다. 젠장. 나는 고물차가 아니라 빈티지차로 살다 죽고 싶다.

10

순간을
영원으로!
지금 여기뿐인
삶의 품격

—

버지니아 울프, 《댈러웨이 부인》

—

이 아침 속에,
모든 지난 아침들의 무게가
실려 있었다.

《댈러웨이 부인》

"댈러웨이 부인은 자기가 직접 가서 꽃을 사오
겠다고 말했다." 버지니아 울프가 1925년에 발표한 소설 《댈러웨이
부인》의 그 유명한 첫 문장이다. 그리고 이어지는 문장들.

　"루시는 루시대로 준비해야 할 일이 있었기 때문이다. 문들도 돌쩌
귀에서 떼어내야 했고, 럼플메이어 목공소에서 사람도 오게 되어 있
었다. 그런데, 얼마나 상쾌한 아침인가, 마치 어린이들이 해변에서 맞
는 아침처럼 맑고 신선하다고, 클라리사 댈러웨이는 생각했다."

　댈러웨이 부인의 하루는 이렇게 시작한다. 거리로 나서자마자 쏟아
지는 아침 햇살에 그녀는 "어쩜 이렇게 화창하지! 바깥으로 뛰어들고
싶어!" 하며 마음이 설렌다.

　이 소설의 시간적 디테일을 꼼꼼하게 읽으면 알게 되지만, 그녀가
이른 아침 꽃을 사러 나간 그 하루의 시각도 소설 속에 정확하게 밝혀
져 있다. 1923년 6월 23일, 수요일 아침이다. 1914년부터 1919년까지

계속되던 제1차 세계 대전이 끝난 지 몇 년 지나지 않은 때이다.

마침내 고통스러운 전쟁은 끝났고 삶은 계속 이어지고 있다. 이날은 클라리사 댈러웨이 부인이 '마치 어린이들이 해변에서 맞는 아침처럼 맑고 신선'하다고 생각하는 유월 하순의 실로 상쾌한 아침인 것이다. 그리고 이날 저녁, 그녀는 오랜만에 손님들을 초대해 파티를 열 계획이다!

소설은 그 날 단 하루의 일상을 보여준다. 그녀가 직접 꽃집에 들러 스위트피Sweet pea꽃을 한 아름 사고, 인도에서 돌아온 옛 친구 피터 월시를 만나고, 저녁에 분주한 파티가 열리고 끝나는 그 순간까지의 이야기로 채워진다.

단 하루의 일상. 단 하루이지만, 이야기를 통해 영원 속에 붙박혀 버린 그런 하루. 댈러웨이 부인이 비록 실존 인물은 아니지만, 그녀는 이 소설로 불멸의 존재가 되었다. 우리가 그녀를 만나러 가는 매 순간마다 그녀는 다시 살아난다. 책을 펼칠 때마다 댈러웨이 부인은 집을 나서 꽃을 사러 런던 거리로 나설 것이고, 피터 월시를 만날 것이고, 파티가 열릴 것이다.

우리는 그녀의 하루를 통해 우리 자신의 삶과 일상, 고독과 사랑, 소통, 행복의 문제를 떠올리며 미소 짓게 될 것이다. 소설《댈러웨이 부인》의 하루는 바로 우리 삶의 하루요, 그 하루는 영원으로 이어진 사다리처럼 삶의 공시태적인 결을 드러내 줄 것이다.

인간의 내면세계는
얼마나 복잡하고 오묘한가?

　　　　　　버지니아 울프의 대표작인 이 작품은 무척 매혹적이지만 정작 이 소설을 읽으려는 많은 독자들이 곤혹스러움을 고백하곤 한다. 이 소설이 통상적으로 만나게 되는 소설들과는 꽤 다른 기법으로 쓰인 탓에 이야기의 줄거리나 플롯을 따라잡기가 아주 쉽진 않기 때문이다. 마치 깐깐하고 까다로운 여인의 속내를 이해하려 할 때 그렇듯 이 소설의 흐름을 따라가기 위해선 깊은 주의력과 인내심, 반복 독서가 필요하다. 그건 이 소설에 적용된 '의식의 흐름' 기법 때문이기도 하고 또 현재를 중심으로 끊임없이 과거와 현재를 오가는 플롯 때문이기도 하다.

　의식의 흐름 기법이란 인간을 우선적으로 심리적인 존재로 보고 등장인물들의 파편적이고 무질서하고 잡다한 의식 세계를 자유로운 연상 작용으로 가감 없이 그려내는 문학적 방법을 말한다. 대개 이 기법을 사용할 때는 외적인 사건이나 줄거리보다 기억이나 인상, 회상, 반성과 사색 같은 인간의 심리적 동기 같은 내면을 드러내는 데 관심이 있다. 그래서 소설이 난해해지고 복잡해지기도 한다.

　문학사에서 의식의 흐름을 활용한 첫 작품은 아일랜드 출신 소설가 제임스 조이스가 1922년에 발표한 《율리시스》이다. 프랑스 소설가 마르셀 프루스트가 쓴 《잃어버린 기억을 찾아서》 같은 작품도 의식의 흐름 수법을 활용한 심리주의 소설의 대표작으로 널리 알려져 있다. 영국에서는 바로 버지니아 울프가 이 기법으로《댈러웨이 부인》이라는 멋진 작품을 써냈던 것이다. (한국 문학사에서도 '의식의 흐름' 수법을 선구적으로 형상화한 작가가 있다. 바로 이상이다. 이상의 〈오감도〉 연작과 〈거울〉 등의 시와《날개》,《종생기》 등의 소설에서도 파편적이고 난해한 의식의 흐름들이 마치 종횡무진으로 펼쳐지고 있는 것을 볼 수 있다.)

의식의 흐름 기법을 활용한 이 소설의 주인공은 물론 댈러웨이 부인이지만, 그렇다고 소설이 주인공의 내면만 좇아가는 것이 아니다. 그것이 울프의 소설이 제임스 조이스, 프루스트의 소설과 차별화되는 지점이다. 그리고 또 그것이 이 소설을 읽어내기 그리 녹록지 않은 이유이다.

미리 주눅 들거나 까다롭게 생각할 필요는 없다. 소설에는 댈러웨이 부인, 남편 댈러웨이 씨, 피터 월시, 셉티무스 등 수많은 인물들의 내면이 두서없이 흘러나온다. 이야기 흐름도 인물들의 의식의 흐름을 따라 종잡을 수 없이 왔다 갔다 한다. 그런데도 불구하고 이 소설은 현재의 시간으로는 명확하게 단 하루의 이야기를 다루고 있기 때문이다.

'열 길 물속은 알아도 한 길 사람 속은 모른다.'는 말이 있는 것처럼, 인간이라는 존재의 내면은 얼마나 복잡 미묘한가? 겉으로 드러나는 말과 행위와 내면은 얼마나 자주 불일치하는가? 따라서 겉으로 드러나는 말과 행동보다, 인물의 내면에 집중하는 것, 그 의식의 흐름을 집요하게 파고드는 것이야말로 인간이란 존재의 진실에 가장 잘 접근하는 방법일 수도 있다.

이 소설은 동일한 상황이나 사건에 대해서 각각의 의식은 얼마나 다른 태도와 생각으로 대하는지, 그래서 타인의 마음과 소통한다는 것이 얼마나 어려운 일인지를 미묘하게 드러내 보이는 소설이기도 하다. 그러므로 서두르지 않고, 천천히, 각 인물들의 내면을 읽어내는 즐거움을 음미하면서 이 작품을 읽는다면 다른 소설을 읽을 때와는 전혀 다른 낯선 매혹을 발견하게 될 것이다. 무엇보다 버지니아 울프의 시적이고 아름다운 문장, 여성 작가 특유의 섬세한 감정의 결을 따라가는 즐거움은 다른 소설들에서는 쉽게 만날 수 없는 것이다.

그러나 이 글에서는 주인공 댈러웨이 부인의 내면을 중심으로 그녀의 삶과 내면, 사고를 좇아가보자.

댈러웨이 부인은 거리를 거닐며 무슨 생각에 빠져드는가?

우리의 주인공 댈러웨이 부인, 처녀 적 이름이 클라리사(클라리사라는 이름은 clever, 즉 현명하고 지혜롭다는 뜻이다)인 그녀는 심장이 좋지 않은 52세의 중년 부인이다. 남편 댈러웨이는 영국 보수당의 하원의원, 부부는 지금 20년이 넘도록 빅벤 시계가 있는 런던 중심가 웨스트민스터 지역에서 살고 있다. 오늘 저녁, 댈러웨이 부인은 모처럼 집에서 손님들을 초대해 근사한 파티를 열 계획이다. 소설에선 정확하게 설명되어 있진 않지만 그녀는 병을 앓았고 그 때문에 얼굴색이 더 창백해져 있다. 다행히 6월의 하순의 오늘, 하늘은 청명하고 공기는 상쾌하다. 파티를 열기에 더없이 좋은 날.

첫 문장에서 댈러웨이 부인은 "자기가 직접 가서 꽃을 사오겠다고 말했다." 그녀는 대문을 열고 거리로 나서야만 한다. 화창한 유월의 햇살을 맞으며, 그 햇살 속에서 그녀는 30여 년 전 처녀 적에 살았던 시골마을 부어턴의 날씨와 그때 잠깐 썸을 탔던 남자친구 피터 월시가 "나는 꽃양배추보다 사람을 더 좋아해요"라고 했던 말과 그가 곧 인도에서 돌아온다는 사실을 떠올린다. 그리고 때마침 빅벤 종이 울리자 — 이 시간은 정확하게 나오지 않는다 — 빅토리아 거리를 가로지르며 걸어가던 댈러웨이 부인은 문득 이런 생각에 잠긴다.

> 그녀는 빅토리아 거리를 가로질러 건너며 인간이 너무도 어리석은 바보처럼 느껴졌다. 무엇 때문에 인생을 그렇게 사랑하고, 어떻게 그런 관점으로 인생을 보고, 여전히 꿈을 꾸는 걸까. 인생을 쌓아 올렸다가 허물어뜨리면서도 매 순간 왜 또다시 지으려는 걸까. 이유는 오직 하늘만이 알 것이다. 더할 나위 없이 누추한 여인들, (자신들의 몰락을 마시며) 문 앞 계단에 주저앉아 있는 가장 비참하고 절망적인 사람들도 마찬가지로 인생을 사랑한다.

댈러웨이, 그녀 역시 삶을 사랑한다. 인생을, 런던을, 6월의 이 순간을 사랑한다. 물론 잔인하고 끔찍한 전쟁이 있었다. 그 전쟁은 끝났지만 그 여파는 사람들에게 깊은 여진을 남기고 있다.

폭스크로프트 부인은 아들이 전사해서 장원과 오래된 저택이 사촌에게 귀속되게 되었다. 벡스버러 부인은 아들의 전사 통보 전보를 쥐고 바자회를 열었다.

그리고 이 소설의 또 다른 중심축을 이루는 셉티머스 워렌 스미스가 있다. 서른 살가량 된 그 청년은 참전용사이며, 외상 후 스트레스 증상에 시달리며 고통받고 있다. 그는 이 소설 후반부에서 결국 스스로 생을 마감하고 말 것이다. 그러나 죽은 자로서 댈러웨이 부인의 파티에 참석하여 죽음 또한 삶의 일부임을 증거해줄 것이다.

꽃집으로 향하는 길 위에서 댈러웨이 부인은 끊임없이 상념에 잠긴다.

세인트제임스 공원에서 피터 월시 대신 댈러웨이와 결혼한 것이 잘한 선택이었는지 어떤지를 다시 자문자답한다. 피커딜리 거리를 지나는 버스를 바라보면서 자신이 대단히 젊고 동시에 말할 수 없이 늙었다고 느낀다. 지나가는 택시를 바라보고 있으면 자기 혼자 멀리, 바다 멀리 나와 있는 느낌에 빠져들기도 한다. 그리고 하루를 살아내는 것도 대단히, 대단히 위험한 모험 같이 느껴지기도 하고.

우리가 흔히 주변에서 '나'보다 더 나아 보이는 사람들과 자신을 비교하면서 자괴감에 빠지듯, 댈러웨이 부인 역시 자신이 늘 닮고 싶었던 벡스버러 부인과 자신을 비교하며 잠시 한숨을 내쉬기도 한다.

그래, 댈러웨이 부인은 "벡스버러 부인처럼 주름진 가죽 같은 피부와 아름다운 눈을 가진 검은 머리의 여인이 되고 싶었다. 벡스버러 부인처럼 신중하고 당당하며 몸집이 좀 크고, 남자처럼 정치에 관심이 있고, 위엄 있고 진실했으면" 하고 바랐다. 그러나 스스로 바라보는 자신의 모습은 그저 "완두콩 줄기처럼 가느다란 몸매에, 새의 부리처럼 뾰족한 우스꽝스러운 작은 얼굴을 하고" 있다. 게다가 병을 앓고 난 후에 머리칼조차 새하얗게 세고 말았다.

그래서 그녀는 자신의 "육체가 그것이 가진 모든 기능에도 불구하고 무가치해 보였다. 전혀 아무것도 아닌 것 같았다. 그녀는 자신이 사람들 눈에 보이지 않는다는 이상한 느낌을 갖고 있었다. 가려져 있는, 알려지지 않은 존재. 한 번 더 결혼할 것도 아니고 더 이상 아이를 가질 것도 아닌, 다만 다른 사람들과 이렇게 본드 거리를 따라 놀랍고도 다소 엄숙한 행진을 하고 있는 것이, 바로 댈러웨이 부인이다. 더 이상 클라리사도 아니었다. 리처드 댈러웨이 부인이었다."

저녁에 있을 파티 준비를 위해 꽃을 사기 위해 화창한 햇살이 가득한 유월의 거리를 걷고 있는 중년 여인의 머릿속이 이토록이나 복잡하다!

이날 아침, 댈러웨이 부인은 날씨에 감동받고, 그 때문에 처녀 시절의 고향집을 떠올리고, 그러다간 고향 집에서 썸을 타던 남자로 생각이 옮아가고, 거기서 느닷없게도 다시 현재의 자신, 왠지 맘에 들지 않는 자신에 대한 조금은 우울한 상념들로 옮아가고 있다. 그래 50여 년을 산 인생이라면, 회고할 것, 후회할 일들, 자신에 대한 불만사항들이 얼마나 많겠는가?

이젠 낡고 중고품이 되어버린 몸뚱이, 하얗게 센 머리칼처럼 피할 수 없는 늙음과 자기를 괴롭히는 질병, 자기 자신의 이름이나 노력, 투쟁으로 쟁취한 것이어서 자랑스럽게 "이게 내가 이뤄놓은 것들이야! 내 인생이 만든 것이라고!"하며 자랑스럽게 내세울 만한 것도 없고 그저 누군가의 아내, 즉 하원의원인 리처드 댈러웨이의 부인이자 엘리자베스라는 이름을 가진 딸의 엄마일 뿐인 자신을 돌아볼 때 무슨 생각이 들 것인가?

클라리사는 탄식어린 목소리로 말한다.
"이게 전부야.""이게 전부라고. 나는 충분히 살았어."라고. 인간의 의식의 흐름이란 얼마나 종잡을 수 없고 통제 불가능하게 제멋대로 소용돌이치는지, 이보다 더 우스꽝스럽고 절묘하게 잘 드러내기도 쉽지 않을 듯하다. 왜냐하면, "이게 전부야. 나는 충분히 살았어."라고 생각하는 순간, 본드 거리에 서 있던 그녀의 머릿속에서는 죽음에 대한 생각까지 마구 떠오르고 있기 때문이다.

본드 거리를 지나면시 그녀는 다시 자신에게 묻는다.

그렇다면 나도 어쩔 수 없이 죽어야 한다는 것이 문제인가? 이 모든 것은 분명 나 없이도 계속될 것이다. 그게 화가 나는가? 죽으면 모든 게 다 끝난다고 믿으면 위안이 될까?

보석처럼 반짝이는 유월의 햇살 아래서 기쁨과 행복감에 도취된 채로 거리로 나섰던 여인의 내면이, 인생을 사랑한다고 스스로 확신하던 생각이, 그녀의 작은 머릿속에서 흐르고 또 흘러서는 이런 죽음에 대한 울적한 상념에 당도하고 말다니! 그 순수하던 행복과 기쁨이 이처럼 어둡고 우울한 상념으로 곤두박질쳐 버리다니!

우리 역시 이런 사태를 잘 알고 있다. 이 의식의 흐름이란 게 결국 회상과 사고가 빚어내는 감정의 변덕이자 소용돌이에 불과하다는 것을. 인간의 감정은 외적인 자극이나 기억, 생각 같은 내적인 자극에 따라 하루에도 수백 번 천국과 지옥 사이를 왕복하곤 한다는 것을.

댈러웨이 부인은 결국 자신의 삶과 죽음의 문제에 직면했다. 서머싯 몸이 말했던 것처럼 인간은 태어나서, 고생하다, 죽는다. 그게 전부다. 이 순간 댈러웨이 부인은 바로 그 가차 없는 사실을 직시한다. 죽음이 문제다. 결국 죽음으로 끝난다.

인간의 삶에 죽음이라는 종말, 끝이 있다는 건 위안일까, 아니면 끔찍하게 고통스럽고 할 수만 있다면 피하고 싶은 재앙일까? 삶이란 무엇이며 죽음이란 무엇이란 말인가? 무엇보다 끔찍한 건 내가 사라져도 세상은 아무 일 없었던 것처럼 잘도 굴러갈 거란 사실이다. 인정하고 싶지 않지만, 우리 역시 그 사실을 잘 알고 있다. 아마도 이런 생각만큼 사람을 더 쓸쓸하게 만드는 일도 없으리라.

"한 해 한 해 베어져 나간 그녀의 인생은 이제 얼마 남지 않았고, 그 남은 시간도 젊은 시절처럼 삶의 색과 맛과 분위기를 만끽하며 보낼 순 없으리라.

댈러웨이 부인의 내면은 그런 울적한 생각에 오래 머물러 있진 못한다. 그녀는 지금 거리를 걷는 중이고, 멀버리 꽃집에서 꽃을 사야만 한다. "그게 전부야" 하고 말하며 생선가게와 장갑가게를 돌아보던 그녀의 상념은 곧장 장갑에 대한 생각으로 옮겨갔고, 장갑에 대한 생각은 그녀의 딸 엘리자베스에 대한 생각으로, 그 생각은 다시 딸의 가정교사인 킬먼 양, 유전과 환경 모두 불행한 운명의 별자리만을 골라서 태어난 듯한 불쌍한 독일 여인 킬먼 양에 대한 생각으로 옮겨가버리기 때문이다.

댈러웨이 부인의 머릿속은 이토록 혼잡스럽다. 이런저런 외적인 자극과 제멋대로 머릿속에 떠오르는 각양각색의 생각이라는 내적인 자극들, 그 두 가지 자극들이 빚어내는 순간순간 변덕스러운 감정의 파노라마. 이 변덕스러운 파도들 가운데 과연 어느 것이 진짜 나의 생각이고 감정일까?

차라리 의식이란 것은 내가 통제하지 못하는 온갖 상념과 감정들이 상연되는 극장이요 연극무대가 아닐까? 다시 말해 댈러웨이 부인의 의식의 흐름을 진짜로 주재하고 있는 것은 댈러웨이 부인 자신이 아니라, 그녀도 어찌지 못하는 복잡한 외부 환경과 끊임없이 상호작용하면서 멋대로 생각들을 빚어내는 그녀의 몸 ― 뇌, 즉 그녀의 무의식이 아닐까? 우리가 '의식'이라고 믿는 그것, 혹은 '자아'라고 믿는 그것은 사실은 나를 움직이는 주연배우가 아니라, 무성 영화 시절, 배우들을 대신하여 대본을 읽어주는 '변사' 역할만 하는 것이 아닐까?

나는 이것을 '나-뇌의 딜레마'라고 표현하곤 한다. 이를 '의식-무의식 딜레마'라고 불러도 좋다. 버지니아 울프는 의식이야말로 인간 내면의 핵심이며, 자아의 중심이며, 우리가 '나'라고 부르는 존재의 진짜 주인공이라고 생각하는 듯하다.

댈러웨이 부인의 머릿속 생각의 흐름에서도 드러나듯이 우리의 의식은 "나는 지금 그것을 생각하기를 원하고, 그래서 그것을 생각하는 것이다"라는 원리에 따르는 것이 아니다. 그저 내외의 자극과 우리가 알 수 없는 뇌의 활동 그 자체가 통제 불가능하도록 우리 의식의 흐름을 만들어내는 것이다. 의식의 흐름은 마치 바람이 잔뜩 든 풍선을 손에서 놓아 버렸을 때, 그것이 멋대로 허공을 휘돌아 어디에 떨어질지 결코 알 수 없는 것처럼, 어디에서 시작해서 어디를 거쳐 어디서 끝날지 의식 자신도 결코 알지 못하는 것이다. 바람이 빠지는 풍선의 운동 궤적이 풍선 속에 든 바람과 외부 환경 사이의 상호작용에 따라 결정되듯이.

나는 언제부터인가 나 자신의 순간순간 떠오르는 생각이나 감정, 기분을 잘 믿지 않게 되었다. 정말로 깊고 신중한 숙고를 거듭하고 거듭한 끝에 내린 이성적인 결론이 아니라면, 변덕스러운 순간의 감정이 빚어내는 감정적인 생각은 그저 흩어져 사라져버리는 담배연기와도 같은 것일 뿐이다.

당혹스러운 사실은 어떤 문제에 관해 깊이 숙고하는 주체 역시 다름 아닌 나의 '의식'이라는 것이다. 여기에 의식의 아주 고약하고 기묘한 이중성, 신비스러운 미스터리가 있다. 의식은 그 자체가 무의식의 상연 무대이자 동시에 어떤 사고를 연출하는 주연배우이기도 하다는 것이다. 표면적 의식과 반성적 의식의 분열이라고 할 수도 있는 의식 자체의 분열상이다.

댈러웨이 부인, 그리고 댈러웨이 부인을 창조한 버지니아 울프 자신이 선명하게 의식하지 못했지만, 댈러웨이 부인의 의식의 흐름 속에 바로 이러한 의식의 분열과 고뇌가 고스란히 드러나 있다. 그리고 이 소설에서는 등장인물들의 의식 분열상을 마치 위에서 신이 내려다보듯 관찰하는 재미가 있기도 하다.

댈러웨이 부인에게
디너 파티가 갖는 의미는 무엇인가?

이 소설에서 댈러웨이 부인은 우아하고 고상한 귀부인처럼 나온다. 하긴 사회적 지위로 볼 때 그녀는 좋은 집안에서 자라나 좋은 집안의 남자와 결혼했고, 지금은 하원의원의 아내이기도 하다. 한마디로 댈러웨이 부인은 영국 사회에서도 최상류층에 속하는 계급 구성원인 것이다. 겉으로만 보면 삶이 이보다 더 좋을 수 없다. 사회적으로 존경받는 출세한 남편, 아름다운 딸, 넉넉한 재산 등 남부럽지 않은 이런 객관적인 조건만 본다면, 댈러웨이 부인은 모든 일에, 자신의 현재 삶 전체에 절대적으로 감사해야 할 것만 같다.

늙음과 병, 죽음은 숙명이다. 만일 그런 것들로 밑도 끝도 없이 신세

한탄을 하고 있다면 그건 복에 겨운 철없는 넋두리처럼 보일 것이다. 마치 모든 것을 다 가진 왕이 자신의 늙음과 죽을 운명임을 신하들 앞에서 대놓고 한탄하는 것이 당장 배를 곯고 있는 백성들에겐 어처구니없고 오만한 자기연민으로 비치듯이.

자기연민, 이 나약한 감정은 얼마나 사람들이 쉽사리 빠져드는 내면의 함정인가! 자기연민이란 자기 자신을 가엾고 불쌍하게 여기는 나약한 감정이다. 자기연민은 자신을 과대평가하거나 과소평가할 때, 이 두 경우 모두 자연스럽게 마음을 파고들 수 있는 내 안의 괴물 같은 감정이다. 평소에 자기를 특별한 인간으로 생각하는 경우엔 '나는 특별한데 세상과 운 탓에 이토록 불행하다니' 하는 감정으로 자기연민에 빠져든다. 정반대로 특별히 모자랄 것도 없는 자신을 과소평가한 나머지 자기비하에 이르렀을 때, 자기연민은 독처럼 우리의 영혼 속으로 스며든다. 어떤 경우든 자기연민은 비겁한 자기 위로 방식에 불과하다. 그리고 그것은 나아가 타인들로부터 '당신은 특별해. 당신은 충분히 멋져!'라는 연민과 공감을 얻어내고 싶어하는 기만적인 책략이기도 하다.

물론 연약한 존재인 우리는 그런 인간적인 감정에 쉽사리 빠져들 수 있다. 건강한 정신 상태를 가진 사람들이라면 거기서 금세 빠져 나온다. 자기 마음 상태를 대상화하여 객관적으로 바라볼 때, 그것이 나약한 자기연민에 불과하다는 것을 지각하기 때문이다.

그리고 진정한 자기 치유의 방법이 무엇인지도 알고 있다. 진심으로 자신을 긍정하고, 자신의 내적인 힘을 긍정하는 것. 그런 긍정의 힘만

이 끝없는 부정적인 자기연민의 늪에서 다시 솟구쳐 오를 치유의 힘을 제공한다. 자신을 진정으로 긍정하고 믿는 사람만이 바닥을 치고 다시 솟아오를 수 있다.

그렇지 못한 경우, 특히 타인으로부터 원하는 연민과 공감을 얻어내지 못할 땐 세상과 타인에 대한 극도의 분노와 증오심으로 변질되어 표출되는 것이 바로 이 자기연민의 감정이다. 이젠 내가 불행하고 슬픈 원인은 모두 세상과 남들 탓이다. 나는 무죄이고 세상과 타인들이 유죄다. 그러므로 유죄인 자들이 벌을 받고 심판받는 게 마땅하다. 자기연민에 빠진 불행한 영혼의 마음은 이런 부정적인 방식으로 자기를 위로한다. 세상과 남 탓만 하면서 자기에겐 은근슬쩍 면죄부를 줘 버리는 것이다.

우리의 주인공 댈러웨이 부인, 그녀의 머릿속으로는 지금 온갖 긍정적이고 부정적인 상념들이 무시로 오고가지만, 다행히 그녀는 어리석은 자기연민의 함정에 빠지지는 않는다. 단지 그녀 역시 인간인 한, 누구나 갖고 있는 나약하고 약한 면과 단점들을 갖고 있다. 그녀 자신이 얼마나 양립할 수 없는 부분들로 이루어진 존재인지, 그녀 자신도 너무나 잘 알고 있다. 세상에 보이는 그녀와 자기 자신만이 알고 있는 약점투성이인 내면을.

페르소나, 즉 가면과 내면의 진실 사이의 괴리. "세상에 보이는 그녀의 모습은, 언제라도 만남의 장소를 제공하고, 지루한 삶을 사는 사람들에게 찬란한 빛을 제공하고, 외로운 사람에게 피난처를 제공하는 존재였다. 그녀의 도움을 받는 젊은이들에겐, 한결같은 모습을 보이려고 노력했다. 다른 면모는 조금도 보이지 않았다. 결점이나 질투심, 허영 같은 것은 전혀 보이지 않았다."

그런 그녀의 외양은 그녀의 옛 친구 피터 월시가 빈정대듯 예언했듯 지체 높은 남편의 "완벽한 안주인"에 어울리는 역할을 연기한 것에 불과할지도 모른다. 모든 것에 관한 냉철한 비평가인 피터 월시는 댈러웨이 부인의 그런 내면을 누구보다도 더 잘 꿰뚫어보고 있다. 피터 월시의 눈에 비친 댈러웨이는 지극히 세속적이고 심하게 말해 속물적인 면이 많은 여자다. "그녀는 지위와 상류사회, 세상이 말하는 출세 같은 것에 지나치게 신경을 썼다. 클라리사 자신도 인정한 바였다. 그녀는 지저분한 여자들, 시대에 뒤떨어진 사람들, 실패한 자들, 그리고 피터와 같은 낙오자들을 싫어했다."

물론 그녀가 내면이 텅 빈, 인간과 삶을 겉으로 드러난 지위나 물질적 가치로 판단하고 그것이 전부라고 믿는 전형적인 속물은 아니었다. 피터 월시가 믿고 있듯이 그녀는 표면적으론 감상적으로 보이기도 하지만, 누구보다도 날카로운 감식안으로 인간의 성격을 파악할 줄 알았다. 또 예리하고 풍부한 예술적 감수성과 지성의 가능성도 갖고 있었다.

무엇보다 그녀는 어디에 있든 자신만의 세계를 만들어낼 줄 아는 특수한 재능, 여성 특유의 재능이 있었다. 시선을 사로잡는 특별한 구석도 없고, 특별히 아름답거나 재치가 있는 것도 아닌데 그녀는 존재 자체로 존재감을 드러낼 수 있는 독특한 힘이 있었다. 그녀 자신도 그 힘을 잘 알고 있었고, 바로 그 힘을 잘 활용하여 무언가 의미 있는 일을 하고 싶어했다. 그 일이란, 바로 사람들 사이의 '소통'이었다.

댈러웨이 부인은 이 세계에 관한 아주 독특한 자기만의 이해방식을 갖고 있다. 그것은 깊은 사유의 결과라기보다는 섬세하고 예민한 그녀의 감수성이 빚어낸 직관적 인식이지만, 그녀의 사고는 마치 모든 것들이 그물망으로 연결되어 있고 부분이 곧 전체라는 불교적인 사고와 맞닿아 있다.

댈러웨이 부인은 사물들과 사람들이 서로가 서로 안에서 함께 살고 있음을 느끼고 있다. 마치 안개가 넓게 모든 존재하는 것들 사이에 퍼져 있듯이, 모든 것이 모든 것의 일부를 이루며 존재하고 있다.

> 자신의 고향에 있는 나무들의 일부이듯이, 저기 추하고 짜임새 없이 늘어선 집들의 일부이듯이, 만나본 적 없는 사람들의 일부이듯이, 그녀의 존재는 절친하게 지내는 사람들 사이에 안개처럼 퍼져 있었다. 언젠가 본, 안개를 떠받치고 있는 나무처럼, 그들도 자신들의 나뭇가지로 그녀를 떠받치고 있었다.

그녀가 파티를 여는 이유가 바로 그것이었다.

모두가 모두의 일부이며, 서로가 연결되어 있고, 서로가 사랑하고 사랑해야 하는 존재라는 것을 확인하는 것. 그리고 파티를 통해 연대와 조화를 구축하는 것. 서로의 상처와 고독, 개별성 속에 갇힌 마음들을 열어젖혀 오케스트라의 선율과도 같은 아름다운 하모니를 창조하는 것. 그리하여 이 삶을, 죽음까지도 포용하는 삶을 축복하게 되는 것.

파티는 무엇보다 베풂이었다. 그것은 사람들을 서로 결합시켜 새로운 관계를 만들어내는 것이다. 그런 의미에서 그것은 사심 없는 베풂 자체를 위한 베풂이었다. 클라리사는 늘 아낌없이 베풀곤 했다. 베풀고 사랑하는 삶. 그녀가 추구한 삶의 지향성이 바로 거기에 있었다.

누군가의 목소리인지 알 수 없는 셰익스피어의 작품《심벨린》4막 2장에 나오는 한 구절이, 바로 그러한 삶의 길로 나아가는 용기를 암시한다.

더 이상 두려워 마라, 태양의 뜨거움을,
또한 광폭한 겨울의 사나움을.

댈러웨이 부인은 이제 본드 거리를 지나며 양복점과 생선가게를 들여다본다. 이윽고 멀버리 꽃집에 들러 핌 양과 마주친다. 수많은 꽃들. 제비고깔, 스위트피, 라일락, 카네이션, 장미, 붓꽃 등등. 그녀는 보라색과 눈처럼 창백한 흰색을 띤 스위트피 꽃을 선택한다.

멀버리 꽃집에 가 있는 어느 순간, 갑자기 총성 같은 소리가 들려온다. 그 소리는 어느 어느 고위층 ─ 왕비인지도 모를 ─ 누군가가 타고 있는 자동차에서 난 소리였다. 그 자동차는 순식간에 거리에 나와 있는 모든 사람들의 주목을 끌고, 심지어 차가 피커딜리 거리를 가로질러 세인트제임스 거리로 돌아 내려가는 동안, 태틀러 잡지The tatler 와 탄산수 병들, 하얀 흉상들이 있는 런던에서 가장 오래된 신사들의 고급 사교클럽인 화이트 클럽의 존경어린 주목을 받기도 한다.

댈러웨이 부인은 집에 돌아와 그녀 스스로 자신의 삶의 중심이라고 부르는 2층 다락방으로 올라간다. 침대 곁에는 꽤 많이 읽은 마르보 남작의 《회고록》이 놓여 있다. (버지니아 울프가 굳이 이 소설을 언급한 것은 이 소설이 그녀와 남편 댈러웨이 사이를 암시하기 위해서다. 그 회고록은 나폴레옹의 실패한 러시아 원정기를 다루고 있는데, 그와 마찬가지로 실패한 부부 사이를 암시하고 있다고 해석하기도 한다.) 그녀는 파티 때 입을 부드러운 초록빛 드레스를 조심스레 벽장에서 꺼낸다. 그러는 사이에 마침내 인도에서 돌아온 피터 월시가 집에 당도한다.

피터 월시! 그는 지금 5년 만에 막 인도에서 영국으로 돌아온 것이었다!

그가 30여 년 전에 갑자기 인도로 떠난 것은 순전히 클라리사 때문이었다. 실연의 상처로 괴로워하다 불쑥 인도로 떠나버린 것이었다. 클라리사는 이 하루 속에서 끊임없이 그를 생각한다. 런던 시내 거리를 걸으면서도 피터 월시를 떠올렸었다. 댈러웨이가 아닌 피터 월시, 그와 결혼했더라면 어땠을까? 그러나 스무 살 무렵의 그녀 생각에 피터 월시는 자기로서는 감당하기 힘든 남자였다. 그는 클라리사 그녀만큼이나 예민하고 감수성이 풍부한 인간이었다. 그런 면에선 클라리사와 무척 잘 어울렸다. 다만 그는 늘 지나치게 신랄했고 무엇보다 나쁜 것은 너무 많은 것을, 아니 거의 모든 것을 클라리사와 공유하기 원했다. 그와는 모든 것을 함께 해야만 했다.

숨이 막히는 일이었다. 그건 도저히 참을 수가 없었다.

그녀에게는 자유와 독립이, 고독의 존엄이 필요했다.

선하고 성실하지만 무뚝뚝하고 미적인 감수성이라곤 조금도 없는 평범한 남자 댈러웨이를 선택한 것은 바로 그것 때문이었다. (리처드 댈러웨이는 "엄숙하고 단호한 어조로, 점잖은 사람은 셰익스피어의 소네트를 읽어서는 안 된다고 말했었다." 그 정도로 그는 문학과 예술에 문외한이었으며 꽉 막힌 도덕군자, 관습적인 인간이었다.)

그러나 클라리사의 그 선택은 피터 월시의 삶을 파괴하는 원인을 제공했다.

피터 월시는 인도로 떠나는 배에서 우연히 만난 어떤 인도 여자와 실패할 게 뻔한 결혼을 하고 말았다. 그리고 지금은 인도 주둔군 소령의 아내라는 아이가 둘 있는 고작 20대 중반밖에 안 된 어떤 젊은 여자와 다시 사랑에 빠져 있다. 클라리사는 그 소식에 다시 충격을 받는다.

얼마나 헛짓인가! 얼마나 어리석은가! 평생토록 피터는 그처럼 어리석은 짓만 저질렀다. 처음에는 옥스퍼드에서 쫓겨났고, 다음에는 인도로 가는 배에서 만난 처녀와 결혼하더니, 이제는 인도 주둔군 소령의 아내라니! 자신이 그의 청혼을 거절했던 건 얼마나 다행인가! 이 나이에도 여전히 그는 사랑 문제로 허우적대고 있었다. 그녀의 옛 친구, 사랑하는 피터는.

스스로 인정하다시피 그는 낙오자나 다름없었다. 사회주의자였고, 옥스퍼드에서 쫓겨났고, 인도에서도 뿌리내리지 못한 채 지금은 영국으로 돌아와 클라리사의 남편에게 일자리를 구걸해야 할 지경에 처한, 여전히 생의 미로 속에서 방황하고 있는 영혼.

피터 월시는 클라리사 앞에서 눈물을 터뜨린다. 그의 경솔함, 어리석음, 감상성에도 불구하고 클라리사는 여전히 그에게 애틋한 마음을 느끼고는 갑자기 몸을 앞으로 숙여 그의 손을 잡아당겨 키스를 하고 만다. 한순간, 그와 함께하는 순간이 너무 행복한 나머지 "그와 결혼했더라면 이런 황홀한 즐거움이 하루 내내 나의 것이었을 텐데!" 하는 생각마저 스치고.

마음속에서 그녀는 "나를 데려가 줘요!" 하고 말하고 싶은 충동마저 일었다.

하지만 "아슬아슬하고 감동적이었던 5막짜리 연극은 이제 끝이 났다." "그녀에겐 시트가 팽팽하게 펴진 좁은 침대(2층 다락방)만 남아 있었다. 그녀는 홀로 탑 위로 올라갔고, 햇볕 아래에서 나무딸기를 따던 그들은 떠났다. 문은 닫혔고, 떨어진 벽토와 흩어진 새 둥지 사이로 보이는 바깥 풍경은 한없이 아득하게 보일 뿐이었다. 남겨진 소리 또한 가냘프고 우울할 뿐이었다."

"나는 영원히 혼자야."

그녀는 무릎 위로 두 손을 깍지 끼면서 그렇게 생각한다.

나는 영원히 혼자야."라는 그녀의 울적한 독백은 젊은 시절 부어턴에서 친하게 지냈던, 그리고 동성애적인 분위기마저 오갔던 친구 샐리 시튼이 파티의 끝 무렵에 피터 월시와 나누는 대화에서도 반향을 불러일으킨다. 샐리는 댈러웨이 부부가 과연 행복할까요? 하고 묻는 가운데 스스로 답한다.

> 하기야, 매일 같이 사는 사람에 대해서도 우리는 아무것도 모르잖아요. 우리 모두는 그저 자기 감옥에 갇힌 죄수일 뿐이죠. 자기가 갇힌 감방 벽을 손톱으로 긁어대는 한 남자에 관한 훌륭한 희곡을 읽은 적이 있어요. 그게 인생이죠. 나는 인간관계 때문에 절망하면 종종 정원으로 가곤 했어요. 거기 핀 꽃들에게서 평화를 얻곤 했어요. 사람들에게선 결코 얻지 못할 평화를.

버지니아 울프는 자주 우울증에 시달렸다. 그런 때 이런 글을 쓴 적이 있다. "아무것도 없다. 어느 누구에게도 아무것도 없다. 일, 독서, 집필은 모두 변장일 뿐이다. 사람들과의 관계도 마찬가지다."

울프의 문학적 분신인 댈러웨이 부인 역시 고독한 영혼이다. 겉으로 드러나는 우아함과 친절함, 사교적인 다정함 뒷면에 지독하게 회의적인 정신을 감추고 있기 때문이다. 피터 월시가 보기에도 그녀는 그가 아는 한 가장 철저한 회의주의자 가운데 한 사람인 것이다.

아래 인용하는 문장은 이 작품에서 가장 내 마음에 공감을 불러일으켰던 문장이고, 나 또한 거의 그렇게 믿고 있는 생각이기도 하다.

> 그녀는 자신에게 이렇게 말할 것이다. 모든 일은 시시한 농담에 지

나지 않고, 인간은 침몰하는 배에 사슬로 매여 있는 종족이라고. (그녀는 처녀 적에 헉슬리와 틴덜의 책을 즐겨 읽었고, 그들은 모두 바다에 관한 은유를 즐겼다.) 그러니 어쨌든 우리 몫이나 하며 동료 죄수들의 고통을 달래주자고. (이것도 헉슬리의 말이다) 지하 감옥을 꽃과 공기로 된 쿠션으로 장식하자고, 되도록 친절하자고, 신들이 아무리 악당처럼 제멋대로 굴어도 우리가 숙녀처럼 행동한다면 인간의 삶을 해치고, 좌절시키고, 망치려는 신들을 물리칠 수 있다고.

이런 신랄하고 회의적인 생각은 그녀가 젊었을 때 막 재능을 꽃 피우려던 착하고 아름답던 여동생 실비아가 바로 그녀의 눈앞에서 쓰러지는 나무에 무참하게 깔려 죽는 광경을 목격한 영향으로 형성된 것이었다. 생은 예측 불가능하고, 행운이든 불행이든 운은 불공평하고 또 무차별적이며, 결국 우리는 각자 혼자서 죽어갈 수밖에 없다.

우리는 결국 혼자이고, 고독할 수밖에 없다. 너무나 고독하기에, 자신의 내면을, 영혼을 완벽하게 교감할 수 있는 무언가가 결핍되어 있기에, 그녀는 파티라는 수단을 통해서라도 소통과 교감을 얻고자 하는지 모른다. 겉으로 드러나는 현실 속에서 각 개인들은 고립되어 있고, 단절되어 있고, 저마다의 감방에 갇힌 채 손톱으로 벽을 긁어대고 있을 뿐이다. 손톱으로 감방 벽을 긁어 그 벽을 뚫어내는 행위, 그것이 파티라면 과연 그러한 사교적인 파티, 잠시 동안의 만남과 교제가 과연 내적인 소통, 영혼의 교감을 통해 새로운 관계를 만들어내는 위대한 조화의 장이 될 수 있을까? 가식과 변장으로 흔들리는 현상적인 삶의 현실에서 진정한 삶의 핵심, 존재의 핵심에 가 닿을 수 있을까?

이에 대한 답은 피터 월시와 함께하는 이 순간엔 결코 얻지 못할 것이다. 그것은 광기와 죽음의 편에 서 있는 참전군인 셉티머스를 통해서, 저녁 시간에 열리는 파티의 현장에서야 드러나게 될 것이다. 죽음을 통해 존재와 삶의 핵심을 지켜내고자 했던 남자, 클라리사도 지켜내고 싶었지만 "쓸데없이 복잡한 일상 속에서, 잡담에 파묻히고 거짓말에 더럽혀지기도 하며 녹아 없어"져 버린 그것, 그 중심을 사람들에게 알리고자 하는 소통의 시도로서 죽음을 감행한 광기의 남자의 행위로써. (하지만 사람들은 그 신비하고도 자꾸만 손에서 빠져나가는 삶의 중심에 도달하는 건 불가능하다고 여기며, 점점 더 그 중심에서 멀어져가, 거기에 접근하면서 느꼈던 황홀감도 잊어버린다. 그렇게 황폐해져가다가 죽음을 맞이하게 되는 것이다, 라고 그녀는 생각한다.)

이제 피터 월시는 11시 30분 빅벤 종이 치기 전에 클라리사의 집을 떠나 리젠트 공원으로 갈 것이다. 그리고 거기서 젊은 시절, 부어턴에서 클라리사와 보냈던 행복했던 시절과 가슴이 찢어질 만큼 고통스러웠던 마지막 결별의 순간을 회고할 것이다. 그리고 파티에서 젊은 시절 부어턴에서 만났던 클라리사의 친구 샐리에게 이렇게 말할 것이다.

인생은 그리 단순한 게 아니라는 걸 예전에는 몰랐어요. 클라리사와의 관계도 단순한 게 아니었죠. 그걸 몰라 내 인생을 망친 거예요.

262

오후 세 시 삼십 분,
빅벤이 종을 울리면

빅벤이 오후 3시 30분 종을 칠 무렵, 클라리사는 창문 너머로 건넛집에 사는 노부인이 계단을 올라가는 모습을 바라본다. 종종 그랬듯 노부인은 침실로 들어가 창문의 커튼을 걷고 사라졌다간, 곧 누군가가 쳐다본다는 건 전혀 모른 채 다시 창문 앞으로 와서 밖을 내다보곤 했다. 클라리사는 그녀가 왠지 존경스러웠다. 노부인을 바라보며 클라리사는 사랑과 종교의 파괴성에 대해 다시 생각한다. 사랑과 종교는 무엇이든 망치고 만다. 광신에 빠진 킬먼 양, 클라리사 딸 엘리자베스의 가정교사인 불행하고 가엾은 킬먼 양이 그렇듯, 종교는 영혼의 자유를 파괴한다. 또 모든 훌륭하고 진실된 것이 사랑 때문에 사라졌다. 피터 월시에게 그랬듯이.

빅벤이 오후 3시 30분을 알리는 종을 울리자, 그 순간 창가에서 밖을 내다보던 건너편 집 노부인이 창가에서 물러났다.

클라리사는 이상하게도 그 장면에 감동을 받는다.

종소리의 여운이 아래로 아래로, 일상적인 것들 한가운데로 스며들어 그 순간을 엄숙하게 만들고 있다.

창가에서 물러난 노부인의 모습을 클라리사는 눈으로 좇는다. 노파의 하얀 모자가 침실 뒤편에서 움직이는 게 보인다. 그 순간, 클라리사는 생각한다. 이 순간에 하는 클라리사의 생각은, 이 소설 전체의 주제의식을 선명하게 드러내 준다.

일상의 삶이 기적이고 신비이며 또한 경이로움이라는 사실을.

> 왜 종교와 기도와 방수 코트가 필요할까? 저것이 바로 기적이고 신비인데, 저 노부인의 존재 자체가 기적인데. (…) 킬먼 양은, 혹은 피터는 저 신비를 풀었다고 생각하겠지. 하지만 클라리사는 그렇게 생각하지 않았다. 그들 중 누구도 그걸 풀 가능성은 없었다. 그 궁극적인 신비는 아주 단순한 사실 안에 담겨 있었다. 여기에 방 하나가 있고, 저기에는 또 다른 방이 있다는 것. 종교가, 사랑이 그 문제를 푼다고?

그녀는 다른 곳에서도 비슷한 생각을 한다.

> 언제나 똑같았다. 하루가 지나면 다른 하루가 찾아왔다. 수요일, 목요일, 금요일, 토요일. 오늘 아침에도 일어나야만 했고, 하늘을 쳐다봤고, 공원을 거닐었고, 휴 휫브레드를 만났고, 그리고 집에 돌아오니 갑자기 피터가 찾아왔다. 또 리처드가 저 장미를 가져왔다. 그것으로 충분했다. 이러다가 죽음이 온다니, 언젠가는 끝이 오고야 만다니, 차마 믿을 수가 없었다. 이 세상 어느 누구도 그녀가 인생을 얼마나 사랑하는지 알지 못한다. 이 모든 순간들을 얼마나 사랑하는지를….

이 소설에서 노부인은 파티가 다 끝나가는 마지막 순간에 다시 등장한다. 파티가 서서히 마무리를 향해 나아가는 순간, 클라리사가 커튼을 열고 바깥을 내다볼 때 그녀 쪽을 뚫어지게 바라보고 있는 노부인이 다시 보이는 것이다. 어둑어둑해진 하늘은 장엄해 보였고 거대한 구름이 창백한 하늘 위를 질주하고 있다. 바람 때문인지 건넛집 노부인은 창가에서 방안으로 들어갔다. 이상하게도 클라리사에게 그 모습이 경이롭게 보인다. 자기 집 손님들은 여전히 거실에서 웃고 소리치고 있는데 홀로 조용히 침실로 가는 노부인을 보자니 너무나도 놀라운 순간을 목격하고 있는 듯한 기분에 사로잡힌다. 이윽고 앞집 노부인이 불을 끈다. 앞 집 전체가 캄캄해졌다. 클라리사는 그 순간 생각한다.

이 모든 것은 계속될 거야. 그녀는 되풀이해서 말했다. '더 이상 두려워 마라. 태양의 뜨거움을'이라는 구절도 생각났다.

파티가 끝난 후
무엇이 남았는가?

클라리사의 파티는 결국 끝나게 될 것이다. 그리고 파티에 왔던 모든 사람들도 다시 제자리로, 자신들의 일상으로 돌아갈 것이다.

파티에 온 사람들은 클라리사 자신을 포함하여 모두 그 파티를 통해서 잃어버렸던 삶의 중심, 완전한 소통과 연대, 조화의 가능성을 확인했을까? 새로운 관계를 발견하거나 발명했을까?

클라리사의 소망에도 불구하고, 《댈러웨이 부인》 자체만을 보았을 땐 별로 성공한 것 같지는 않다.

오히려 클라리사는 파티보다는 그 파티에 참석한 의사 브래드쇼를 통해 알게 된 한 젊은 남자의 자살 소식에 마음이 더 크게 동요되고 흔들린다. 그녀는 현기증을 느끼며 그 남자에 관한 생각에 골몰한다. 가식적인 삶과 모든 것의 끝장인 죽음에 관해서. 그녀가 지켜내고 싶었지만 복잡한 일상과 잡담, 거짓말들 속에서 녹아 없어진 그 삶의 중심에 관해. 죽음으로써 그 "보물"을 지켜낸 그 누구인지 모르는 한 남자에 관해. 죽음에 비하면 일상적인 삶의 현실은 얼마나 허무맹랑하고 공허한가? 영혼의 자부심도, 내밀한 소통도, 삶의 진실성도 부재한 위선과 가식, 가면들로 북적대는 피상적인 삶의 현실이란, 얼마나 초라한가?

클라리사는 자기 자신을 다시 돌아본다. 부모님이 물려준 이 삶을 끝까지 조용히 유지하며 살아가야 한다는 것에서 마음을 뒤덮는 무력감을 느낀다. 그녀의 마음 깊숙한 곳에는 "지독한 공포"가 자리하고 있다. 만약 리처드가 그녀 곁을 지키지 않았더라면, 그녀는 겁먹은 한 마리 새처럼 웅크리고만 있었을 것이다. 그녀가 자살하지 않을 수 있었던 것은 순전히 리처드가 든든히 곁을 지켜주고 있었던 때문이었다.

젊은 남자의 죽음은 그녀의 내면을, 수치스럽고 재앙 같은 내면의 진실과 다시 대면하게 한다. "그녀는 책략을 꾸민 적도, 부정을 저지른 적도 있었다. 한 점 부끄럼 없는 삶은 아니었다. 성공을 위해, 벡스버러 부인 같은 사람이 되기 위해 나아갔기 때문이었다. 한때 부어턴 테라스를 거닐던, 그토록 순진하던 소녀가."

피터 월시가 날카롭게 지적했던 것처럼, 클라리사 댈러웨이 부인에게는 다분히 속물적인 면도 많았다. 파티를 여는 행위조차도 피터의 지적처럼 속물적인 허영의 발로일 수도 있었다. 사실 모든 인간에게는 이중적인 면들이, 고상함과 천박함, 고독에 대한 갈망과 타인과의 교제와 소통에 대한 갈망, 정신적인 면과 속물적인 면들이 있게 마련이다. 주인공 클라리사, 우아하고 예민하며 고독과 자유, 독립을 사랑하는 그녀는 동시에 세속적 성공에 대한 갈망과 남편 리처드에게 그렇듯이 타인에게 의존하고 싶은 마음이 동시에 공존하고 있고, 그런 이중성들이 그녀의 영혼을 이루고 있는 것이다.

존재와 영혼의 진정성을 지켜내기 위해 죽음을 선택한 젊은 남자에 대한 동경어린 상상을 펼치면서도 클라리사는 오늘 이 순간, 지극한 행복감을 느끼기도 한다. 자신의 삶을 자책하고 부끄러워하면서도, 그럼에도 불구하고, 요즘처럼 행복한 때가 없다고 스스로 생각하는 것이다.

의자들을 바로 놓고, 책꽂이에 책을 꽂으며, 그녀는 젊은 시절의 즐거움을 상실한 채, 일상에 파묻혀 자기 자신을 잃으며 살아가다가,

문득 해가 뜨고 지는 것을 보면 너무나도 큰 희열에 휩싸였다.

그녀는 이 나라의 하늘에, 웨스트민스터의 하늘에, 그녀의 일부가 포함되어 있는 것처럼 느낀다. 그리고 그 순간, 그녀는 커튼을 열고 이웃집 노부인을 발견하게 된다. 그 부인의 존재에서 다시금 삶과 일상의 경이로움을, 기적을, 신비를 다시금 마음 깊이 체험하게 되는 것이다.

순간을 영원으로 만드는
클라리사 댈러웨이 부인의 하루

1923년 6월 23일의 하루, 이 하루는 사실 평범한 하루다. 파티라는 행사를 제외하면 그녀가 지금까지 살아왔던 무수한 하루들과 별다를 바 없다. 그럼에도 이 하루는 과거의 하루들과는 다른 하루다. "일상에 파묻혀 자기 자신을 잃으며 살아가는" 그런 하루와는 또 다른 하루다.

그녀가 자신과 주변의 삶과 존재를 돌아보고 회상하면서 자신이 지금 무엇을 잃어버리고 있는지, 삶에서 진정으로 지켜내고 싶은 것이 무엇인지를 돌아보면서, 온 영혼으로 이 하루를 느끼기 때문이다. 또 자신이 이 세계를 이루고 있는 모든 존재들과 내면적으로 깊이 연결되어 있고, 그 통일성의 일부로 존재한다는 기쁨을 체험하고 있기 때문이다.

독자들의 시간 또한 마찬가지일 것이다. 댈러웨이 부인의 하루 속에서 독자들은 바로 자신의 일상과 존재를 만나고, 그것이 가지는 힘과 경이, 신비를 간접적으로 체험하고 사유한다. 삶과 죽음이 둘이 아니고 하나임을, 죽음조차도 삶의 일부임을 긍정하면서, 피상적으로 이어지는 삶의 순간들을 죽음의 절대성과 결합하는 본질적인 순간들로 살아내도록 하는 내적인 힘을, 이 한 권의 소설을 읽으며 발견하게 되는 것이다.

삶은 인내와 숙고, 행복과 불행 모두를 우리에게 선사하면서 오늘도, 내일도, 그리고 모레도, 쉼 없이 계속될 것이다. 아니다, 우리에겐 오직 매일같이 만나는 '오늘'이라는 하루가 전부일 것이다. 그리고 이 하루를 대하는 우리의 마음과 태도에 따라 이 하루가 바로 영원이 되기도 할 것이다. 영원은, 당신의 지금 이 순간 속에 있다.

더 이상 두려워 마라, 태양의 뜨거움을
또한 광폭한 겨울의 사나움을.

11

우리는
방황하고
노력하며
생을 통과한다

—

제임스 설터, 《올 댓 이즈》

—

너는 무엇을 기대했나?
그는 자신에게 물었다.

존 윌리엄스, 《스토너》

우리는 스스로에게
무엇을 기대하는 걸까?

　　　　　　　　지난겨울, 한 해가 바뀌기 직전이던 어느 날 밤,
이상하게도 나는 아주 늦은 시각까지 잠 못 이룬 채 깨어 있었다. 깨
어선, 아직도 끊지 못한 담배와 더불어, 한 해 끝 날의 시작 앞에서, 밑
도 끝도 없는 상념들에 사로잡혀 있었다.

　지금 생각하면 어지간히 감상에 젖어들기도 했었던 것 같지만, 그때
나를 사로잡았던 생각들은 지금도 나를 얼얼하게 만든다.

　내 영혼과 삶의 진실은 어디에 있는가? 아니, 영혼이라고 부를 수조
차 없는 마음의 탁류, 지나온 세월들에 대한 회한과 부끄러움, 어떤 목
메는 슬픔, 비릿한 애틋함이 가시처럼 돋아나 그 낯선 불면의 어둠과
뒤섞였다.

　어쩌면 내 생의 알리바이는 늘 불가능한 것이었다. 인생의 색깔은 원

래 회색이야, 무시로 강변하면서, 세상과 공약 불가능한 의미를 개성인 양 수혈하며, 논리와 궤변을 씨줄날줄 삼아 교묘한 언어의 양탄자를 자아내면서, 허투루 삶의 드라마를 써내려 간 날들이 낡은 양은 냄비에 한 가득, 돌아보면 그 모든 것들이 그저 아뜩하기만 한 것이었다.

또 생의 문장 속에 기입되지 못한 채 괄호 속의 공백으로 묶여버린 단어들, 열정의 축복도, 행운의 관대함도 얻지 못했던 순간들, 꽃봉오리를 터뜨리지도 못한 채 시들어 버린 꽃처럼 맥없이 스러져간 열정들이, 마치 바람을 맞으며 서 있는 헐벗은 겨울나무들처럼 내 속에서 웅성거리는 소리가 들리는 듯했다.

그리고 나는 스스로에게 물었다. 허랑한 캔버스에 한갓 부질없는 꿈들을 덧칠하고 또 덧칠하는 끝에, 그리하여 남는 것은 과연 그 무엇일까.

나는 나 자신에게, 나 자신의 생에 무엇을 기대했던가?

내 인생의 격은 어디에 있는가?

가차 없이 흘러 낡고 늙어가는 시간 속에서 내가 아직 보지 못한 것들, 보지 않은 것들은 무엇일까? 무엇을 더 꿈꿀 수 있을 것인가? 마치 지금까지 단 한 번도 열정을 쏟아본 적이 없는 사람처럼 뜨겁게 열정을 바칠 그 무언가가 아직 남아 있을까?

모든 것은 다 지나간다.
그러나…

　　　　　나를 뒤흔들었던 이런 모든 생각들은 그 무렵에 읽었던 소설이 준 아득한 여운과 그 책의 문장들이 내 영혼 속에 일으킨 파문 탓인지도 모른다. 제임스 설터의 《올 댓 이즈》라는 소설.

이 소설은 한 인간의 생애 전체를 다룬다. 특별히 충격적이거나 선정적인 사건도, 극적인 반전도 없는, 어찌 보면 현대인 대부분의 삶을 닮은 지극히 평범한 인물들의 생을 그린다. 즉, 보통의 존재들의 이야기다. 그런데 오히려 바로 그 이유 때문에, 이 소설들은 더욱 진실하게 느껴진다. 아프고 깊게 독자의 마음을 파고든다.

소망하지도 선택하지도 않았던 우연한 탄생, 미성숙한 청소년기와 통제 불능의 열정이 우리를 눈먼 장님으로 만들어버리는 청춘기의 방황과 고뇌, 일과 결혼과 어긋나는 또 다른 사랑들, 뜻대로 풀리지 않는 인간관계와 세상사들, 그리고 불가항력으로 우리를 집어삼키는 늙음과 병과 죽음, 우리 삶의 이야기들이란 바로 이런 것들로 채워지는 것이 아니던가?

제임스 설터의 작품들이 담고 있는 이야기들이 그런 것이다. 그 이야기들은 아름답고 시적인 문장에 실려 독자들의 영혼에 아름다운 공명을 일으킨다. 우리 인생의 복잡 미묘함과 격에 대해, 각자가 어떻게 자신의 삶과 만나야 하는지를 깊이 숙고하게 만든다.

이 책의 마지막 이야기로 제임스 설터를 선택한 이유도 거기에 있다.

영원히 지속되는 삶은 없다. 성공한 삶이든 실패한 삶이든 간에, 모든 삶은 결국 죽음으로 끝난다. 우리는 이것이 우리의 운명임을 안다. 태어나서, 고생하다, 죽는다. 이렇게 단 세 단어로 모든 생을 간단하게 요약해버릴 수 있을 것도 같다. 허망하고 덧없고 모든 게 다 부질없는 짓처럼 보인다. 마치 하루살이의 그것처럼.

하지만 초월자나 영원의 시선으로 내려다볼 때만 생은 하루살이의 그것처럼 덧없어 보일 뿐이지 않을까? 만일 누군가가 하루살이의 삶 전체를 현미경으로 낱낱이 좇아가본다면, 하루살이의 생조차도 놀라운 경이로움과 신비, 아름다움으로 가득 차 있다는 걸 깨닫게 될지 어떻게 알겠는가? 하루살이의 단 하루에 불과한 생일지라도 그것은 생명 한 방울 없는 거대한 암흑 우주의 불멸성보다 더 기적 같은 현상이 아니라고 누가 감히 단언할 수 있을까? 하물며 높은 지능과 자의식을 가졌고, 존재와 사랑, 삶과 죽음, 아름다움과 고통 등 그 모든 것의 의미를 물을 줄 아는 이 독특하고 명민한 동물의 삶과 죽음에 대해서 그저 덧없는 허망함이라는 묘비명 하나만으로도 충분하다고 누가 감히 자신 있게 말할 수 있을까?

All That Is :
A Novel

미국 작가 제임스 설터가 쓴 《올 댓 이즈》라는 작품은 한국어판 본문 페이지 수가 430쪽에 이르니 제법 두꺼운 작품이다. 미국에서 이 소설이 발표된 건 2013년인데, 이 소설을 쓴 작가 제임스 설터의 나이 88세 때의 일이다. 그 사실을 알고 나는 깜짝 놀랐다. 80대 중반의 나이에 이렇게 두꺼운 소설을 썼다니! 도대체 어느 정도의 열정이 있어야만 한 영혼을 그토록 오랜 세월 책상 앞에 붙잡아 둘 수 있단 말인가?

제임스 설터는 국내에서는 아직 대중적으로 널리 알려진 작가는 아니다. 그러나 미국에서는 '작가들의 작가'로 불릴 정도로 높은 문학적 평가를 받고 있고, 국내에서도 몇 년 전부터 《가벼운 나날》을 비롯한 작품들이 소개되면서 문학 독자들에게 많은 사랑을 받고 있다.

안타깝게도 제임스 설터는 그가 90세이던 2015년에 그만 생을 마감하고 말았다. 운동을 하던 중에 심장마비로 쓰러졌다고 한다. 고령에도 불구하고 계속 글을 쓰기 위해 그는 나름대로 체력 관리를 철저히 해왔다는 걸 짐작하게 한다. 그렇다. 소설은 자기관리를 철저히 하지 않으면 오래도록 쓸 수 없다. 더구나 장편은 육체와 정신 전체를 엄청나게 갉아먹는 힘든 노동을 요구하기 때문이다.

물론 그가 이 작품을 남기지 못하고 세상을 떠났다 하더라도 《가벼운 나날》을 비롯한 훌륭한 작품들이 선물로 남긴 하지만, 80여 년에 이르는 긴 생을 살면서 자신이 몸소 보고 겪은 삶의 아이러니나 불가해한 운명, 시대와 역사, 그리고 개인들의 복잡한 관계들을 원숙한 시선으로 성찰하고 그것을 이야기로 남긴 이 소설로 인해 그의 작품세계는 더 풍성해졌다. 또 독자들은 이 작품을 통해 현대적인 삶의 불가피한 조건들과 경향들, 그리고 누구나 살면서 부닥칠 수밖에 없는 다양한 삶의 소용돌이들에 대해 사색하고 또 아름다운 문장을 읽는 즐거움을 더 많이 누리게 된 셈이다.

한국어판 소설의 제목은 '올 댓 이즈All that is'이다. 굳이 한국어로 번역한다면 '존재하는 모든 것'이라고 할 수 있겠다. 그리고 소설 도입부의 제사에는 이렇게 씌어있다.

> 모든 건 꿈일 뿐 글로 기록된 것만이 진짜일 거라는 생각이 들 때가
> 있다.

나는 소설을 끝까지 다 읽고 나서야 그가 붙인 제목과 위에 인용한 제사의 의미를 이해할 수 있을 것 같았다.

매 순간 현재를 살아갈 땐 인생이 무척 긴 것 같고, 바위처럼 앙 버티고 서 있는 현실은 너무도 지독하게 현실 같아 꿈이라는 생각은 추호도 들지 않는다. 그러나 세월이 흘러 과거를 돌아볼 땐 흐릿한 기억만 남아 있을 뿐, 그 모든 게 일장춘몽처럼 느껴지는 것도 사실이다. 나는 현재 이 순간을 살 뿐이다. 과거는 사라졌고, 미래는 아직 오지 않았다. 그럴 때, 차라리 물질화된 책이나 글로 쓰인 것, 그것은 오히려 허구일지라도 오히려 더 현실성이 있는 것처럼 여겨지기도 한다. 셰익스피어는 죽고 그 시대를 살았던 모든 사람들은 사라져갔지만, 셰익스피어가 남긴 햄릿과 오셀로, 맥베드는 지금도 생생한 불멸의 존재로 살아 우리 곁에 있는 것처럼.

소설가 제임스 설터도 죽음을 예감하면서 자신은 꿈처럼 사라질지

라도 자신이 창조한 소설 캐릭터들은 자기보다 더 오랫동안 살아남아 독자들과 교감하기를 원했고, 그런 의미에서 그 캐릭터들이 자신보다 더 실감나는 현실성을 가진 존재로 남길 갈망했는지도 모른다.

우리는 행복을 갈망하지만 운명은 자주 우리를 비웃는다

이 소설의 주인공은 보먼이라는 남자다. 그는 작가 제임스 설터와 같은 해인 1925년에 태어난다. 그는 사실상 소설 속에 풀어낸 작가의 분신과도 같다. 제임스 설터는 공군 전투 조종사로 2차 세계대전에 참전했다. 주인공 보먼은 해군사관학교를 나와 해군 중위로 생사가 엇갈리는 위험천만한 해전에서 정말 운 좋게도 살아남았다. 작가 설터는 소설가가 되었고 보먼은 소설을 출판하는 출판사 편집자가 되어 평생 그 직업에 종사한다.

설터는 보먼이라는 분신의 한 생애를 통해 자신의 작가적인 삶과 한 인간으로서의 삶, 그리고 그가 직접 경험했던 20세기 현대 미국 사회의 면면들을 만화경처럼 펼쳐 보이면서 자신의 생에 대한 관점을 풀어낸다. 80여 년의 생을 살아오면서 설터 자신도 보먼처럼 이런저런 수많은 사람들과 인연을 맺고 또 결별하고, 생로병사의 모든 희비극들을 겪거나 관찰하였을 것이다. 다만 그가 관찰한 현대인의 삶의 초상화는 왠지 허무하고 쓸쓸하다.

인간의 생은 비극적이기도 하고 희극적이기도 하다. 20세기의 위대한 희극배우 찰리 채플린의 멋진 말처럼, 인생은 가까이서 보면 비극이지만 떨어져서보면 우스꽝스러운 희극일 뿐이다.

왜 그런가? 우리 모두는 저마다 성공이나 출세, 혹은 학문이나 예술적 명성이나 영예, 낭만적이고 아름다운 사랑 같은 걸 꿈꾸고 기대하며 부단히 노력하고 애쓴다. 그러나 우리의 어리석음과 탐욕, 허영기 충만한 행위들, 잘못된 선택, 한순간의 실수들이 우리의 모든 노고를 우스꽝스러운 헛수고로 만들어버리곤 하기 때문이다. 또 무엇보다 통제 불가능한 운명 혹은 불운의 타격을 받아 우리의 기대와 희망은 배반당하기 십상이다. 이 소설에 스쳐지나가는 많은 등장인물들이 그렇듯, 예기치 않은 운명과 우연의 타격을 받고는 어처구니없이 파괴되거나 슬픈 죽음을 맞기도 하는 것이다.

인생을 나로부터 떨어져서 제3자의 객관적인 시선으로 바라볼 때 한 개인의 인생을 지배하는 세 가지 힘은 우연과 운, 그리고 노력이다. 오직 노력만이 우리 스스로가 좌우할 수 있을 뿐, 나머지 우연과 운 ― 우리는 이것들을 운명이라는 문학적 용어로 표현하기도 한다 ― 은 누구도 통제가 불가능하다. 그리고 인생에서 가장 잔혹한 사실은 운명이 우리를 위해 무엇을 예비해두었는지 결코 알 수 없다는 것이다. 운명의 신은 주사위 던지기를 너무 좋아한다. 운명의 신이 던진 주사위의 숫자 하나가 당신에게 영광과 행운을 가져다줄 수도 있고 정반대로 비참한 죽음을 선고할 수도 있다.

우리는 부단히 노력하지만, 때로 우연과 운은 자주 우리의 기대와 희망을 잔혹하게 짓밟고 모든 노력을 좌절시키면서 우리가 가장 원하지 않는 장소에다 마치 짐짝처럼 우리를 부려 놓는다.

이 소설에서도 그런 실례들은 적지 않다. 주인공 보먼의 가장 똑똑했던 고교 동창은 전쟁에 나갔다가 포탄을 맞아 산산조각난 채 죽는다. 또 다른 친구는 운 좋게 살아남기는 하지만, 불행히도 하반신 마비 신세가 되고 말았다. 슬픔과 연민을 불러일으키는 보먼의 어머니는 어떤가? 그녀는 일찍 남편과 이혼한 후 아들인 보먼 하나만 바라보며 평생을 홀로 고독하게 살아가지만, 하필이면 현대인이 가장 두려워하는 치매에 걸려 제 아들조차 알아보지 못할 지경이 되어버린다. 더 끔찍하고 비극적인 사례도 있다. 주인공의 한 친구는 이상적이라 할 만큼 단란하고 행복한 가정을 꾸리며 살아가지만, 잔혹한 운명이 열차 화재라는 덫을 놓아 아내와 아들을 한꺼번에 죽음으로 몰아넣고 만다. 그런 방식으로 사랑하는 가족을 모두 잃어버린 사람의 생에는 과연 무엇이 남을까? 어떻게 살아갈 수 있을까. 운명의 잔혹함에 아연 실색한 채 마치 타인의 삶인 양 자기의 삶을 바라볼 수밖에 없지 않을까? 이런 것이 정녕 삶인가, 하면서.

주인공 보먼의 삶은 어떤가? 그는 해군으로 참여했던 2차 세계대전에서 운 좋게 살아남아 열심히 노력한 끝에 명문 대학에 진학하고, 졸업 후엔 우여곡절 끝에 신생 출판사에 편집자로 취직한다. 그러다 우연히 바에서 만난 풋사랑 비비언과 열렬한 사랑에 빠진 끝에 결혼에 성공하지만 몇 년 못가 파탄이 나고 만다. 자라온 가족 환경, 지적인 배경과 문화적 취향, 성격차, 무엇보다 자기 자신이 어떤 사람인지조차 잘 알지 못하는 청춘의 나이에 욕망에 이끌린 사랑에 겁 없이 모든 걸 걸었던 결과였다. 눈 먼 열정이 빚어내는 한 편의 희극.

이 소설에서 가장 잔혹하고 쓸쓸한 장면은 아내 비비안과 이혼한 후 세월이 제법 흐른 후에, 우연히 결혼 전에 비비안과 들렀던 한 식당을 다시 찾았을 때의 장면이다. 그때 그는 막 비비안에 대한 열정에 사로잡혀 결혼하기로 결심할 즈음이었다. 그러나 세월은 모든 걸 바꿔 놓았다.

길모퉁이에 식당차가 보였다. 예전에 보먼이 비비언을 데리고 한 번 왔던 곳이었다…. 그는 비비언이 어땠는지 기억하고 있었다. 하지만 특정 순간만 떠올리는 사진첩 같은 기억뿐이었다. 그녀 목소리는 기억나지 않았다. 그리고 사뭇 놀랍게도, 왜 그토록 그녀와 결혼하고 싶어했는지 잊어버렸다.

만일 젊은 시절 비비언과 처음으로 그 식당차를 찾았을 때, 갑자기 미래의 보먼이 나타나 이런 이야기를 들려준다면 젊은 보먼은 얼마나 심하게 충격을 받을까? 그러나 눈먼 열정의 포로가 된 젊은 보먼에게 미래의 보먼이 들려주는 이야기가 진실하게 들릴까? 오히려 청춘의 격렬한 열정으로 이렇게 외치지 않을까?

날 내버려 둬요. 미래의 나인 당신은 이미 그 모든 것을 다 경험하고
겪었는지 모르지만, 난 아직 아무것도 경험하지 못했고, 더구나 당
신이 말한 모든 걸 미리 알게 된 이상, 나는 그런 함정들을 피해 잘
해나갈 자신이 있어요.

그러나 인생이 정녕 어려운 건 과거에 어떤 경험을 하고 거기서 어
떤 교훈을 이끌어낸다고 하더라도 같은 사건이 반복되지도 않고, 생
의 현실은 또 다른 함정을 파 놓고 우리를 기다린다는 사실에 있다.
보먼이 딱 그렇다. 그는 첫 번째 사랑의 실패에서 무언가를 배웠지만
그럼에도 그의 사랑 사업은 좀처럼 자기 소망대로 풀리지 않는다. 보
먼은 비비언과 헤어진 후 자유롭게 몇 명의 여자와 가벼운 성적인 관
계를 맺기도 하고, 그러다 자기도 모르는 사이에 사랑에 빠지기도 한
다. 그리고 비극적이게도 이번에야말로 진짜라고 믿었던 여자에게서
황당하고 무참한 배신을 당한다.

우연히 공항 택시에서 만난 여인 크리스틴. 부동산 중개업을 하는
그녀는 딸 하나를 가진 이혼녀였다. 그녀는 "그가 원하는 모든 것을
갖추고 있었다. 그에게 신이 내려준 축복이었다. 그녀를 만나기 전까
지 그는 참된 기쁨을 느끼지 못했다. 진정한 행복을 누리지 못했다."
그랬던 그녀였다. 그녀는 보먼이 꿈꾸던 이상적인 사랑이었다.

보먼은 그녀를 위해 은행 빚까지 얻어 교외에 집을 사서는 주말부
부처럼 지내고, 그런 생활에서 더없는 행복을 맛본다. 그러나 그런 생
활도 잠시, 그녀는 울퉁불퉁한 근육질을 자랑하는 동네 주택 시공업

자와 사랑에 빠져 그를 배신한다. 그녀는 한발 더 나아가 법정 소송까지 벌여가며 보먼의 집을 빼앗는다. 보먼은 그녀의 거짓과 배신에 참혹한 치욕과 절망에 빠진다. 그는 재판이 다 끝난 후에야 크리스틴에게 다른 남자가 생겼다는 사실을 알게 된다. 끔찍한 질투. 자기 인생의 운명에 이런 참혹한 사태까지 예비되어 있었을 줄 상상도 하지 못했던 보먼은 고목나무가 쓰러지듯 마음이 완전히 무너진다. 그는 자신의 어리석음을 자책하며 그의 인생에서 가장 행복하던 시절이 완전히 끝나 버렸음을 깨닫는다.

이제껏 그는 다른 사람들보다 한 수 위라고, 그들보다 더 많이 안다고 생각했다. 심지어 그들을 불쌍히 여겼다. 그는 다른 사람들과 달랐다. 그의 삶은 특별했다. 그건 그가 창작한 삶이었다. 그는 자신을 지어냈다. 한밤에 앞뒤 가리지 않고 큰 파도 속으로 뛰어들 때도.

지독히도 연애 운이 없는 남자, 보먼. 그러나 아직, 그의 삶은 끝나지 않았다. 크고 작은 성공이나 실패들에도 불구하고, 삶이라는 거친 바다를 항해하는 그의 여정은 아직 끝나지 않았다. 그는 다시 일상으로 돌아가야만 하고 새로운 남자들과 여자들, 새로운 일들과 관계를 맺으며 헤쳐 나가야 한다. 물릴 수도, 포기할 수도 없는 삶. 보먼에게도 아직 "시간은 무궁무진했다. 반복되는 낮과 밤. 아직 많이 남은 삶."

그리하여 그는 어느새 황혼의 나이에 이르고, 그리고 새로운 여자를 만나 조금씩 마음을 열고 다시 아름다운 사랑을 꿈꾸게 될 것이다.

우리 각자가 소유한
생 자체는 여기에 있다

보면은 열여덟 살 이래 스스로 자신의 삶을 개척하고 창조해왔다. 자발적인 의지로 해군에 들어갔고, 하버드 대학에서 문학을 공부했고, 출판계로 진출해서는 편집자로서, 지식인으로서 훌륭한 경력을 쌓아왔다. 직장 동료들 간의 관계도 좋았고, 건강도 괜찮았다. 일과 사회적 교제, 건강, 그 모두가 즐거움과 기쁨을 안겨주었다.

따라서 보면의 삶이 성공적인 삶인가 실패작인가를 따지기 이전에, 보다 더 중요한 사실이 있다. 그건 바로 보면이 자신의 삶을 구축하고 영위하는 데 얼마나 주체적이었는가, 그리고 각 순간들 속에서 얼마나 기쁨을 느꼈는가 하는 점이다. 그는 편집자의 길을 스스로 원했고, 그것을 진심으로 즐겼고, 거기서 행복을 느꼈다. 그는 부나 명예 같은 허영이 아니라, 책과 편집일 자체를 사랑했다. 그랬기 때문에 그 일에서 자부심을 느낄 수 있었다. 자신이 원하고 사랑하고 진심으로 기쁨을 느끼는 일을 선택했고, 거기서 최선을 다했다는 것, 그 사실 자체가 중요하다. 성공과 실패는 차후의 문제이며, 우연과 운에 달린 것이다. 보면에게는 다만 운명이 한 사람에게 모든 걸 다 주지는 않기로 결심한 것처럼, 유독 사랑에 관해서만은 그에게 관대함을 베풀지 않았을 뿐이다.

노년이 되도록 보면이 그토록 갈망했던 사랑에서 실패했다고 해서 그의 삶 전체가 실패한 것이라고 할 수 있을까?

일과 우정, 건강, 그리고 사랑 ─ 아마도 우리가 각자의 인생에서 기대하는 것이라면 바로 이런 것들이리라. 그리고 행복이라는 게 보통 사람들이 대개 추구하는 삶의 목표일 수 있다면, 그 행복은 그 네 가지 영역에서 스스로 만족할 만큼 성취하는 것이리라. 하지만 인간의 삶에서 완전하고 완벽한 행복이란 것이 가능하기나 한 것일까? 그건 마치 단 한 순간도 후회해본 적도, 후회할 일도 없는 삶, 한 평생 매 순간 기쁨과 충만함으로 가득 찬 생만큼이나 불가능한 꿈이 아닐까?

우리는 그저 주어진 각자의 삶에 최선을 다해 노력하고, 노력하면서 방황하고, 그러한 방황하는 삶의 경험들의 총체 속에서 자신의 삶을 인식하고, 그러면서 늙어가고 죽어가는 게 아닐까? 온갖 시행착오, 실패와 실수들, 오류들, 크고 작은 불행들과 고통들, 그 모두를 겪고 감당해가면서 삶 전체를 돌파해 나가는 것, 즉 삶 전체를 관통하는 방황과 노력 자체에 인간적 생의 의미와 가치가 있는 건 아닐까? 비록 생의 끝에 서서 자신의 생을 돌아볼 땐 어쩔 수 없이 쓸쓸한 마음에 독한 소주를 한 입 털어 넣게 될지라도. 그리고 이 모든 것이야말로 인생이란 것의 경이로움이요, 아름다움이 아닐지.

소설의 마지막 장에서 인생 풍파를 고루 겪은 늙은 보면은 자신의 과거를 돌아보면서 자신이 살날이 그리 오래 남지 않았음을 깨닫고 쓸쓸한 회한에 사로잡힌다. 이토록 굴곡진 생의 강물이, 허둥대고 방황하면서 흐르고 흘러 마침내 당도하는 곳은 어디인가?

> 그는 문득 ― 평소에 자주 했던 질문이지만 ― 앞으로 살날이 얼마나 남았을지 궁금했다. 한 가지만은 확실했다. 어쨌건 앞서 살다간 모든 사람과 다름없이 가리라. 그들 모두 간 곳으로 그도 가리라. 믿기 어렵지만, 그가 아는 모든 것도 그와 함께 가리라. 전쟁, 킨드리건 씨, 커피를 따라주던 집사, 신선한 런던 추억, 크리스틴과 함께 한 점심, 그녀의 기막힌 몸매, 무수한 이름과 주택, 바다, 또 그가 아는 모든 것과 전혀 모르는 것들도.

죽음의 필연성에 대한 이런 확신에도 불구하고, 그는 자신의 생이 건져 올렸던 추억으로 남은 경험들과 무엇보다 그가 소유했던 그 삶 자체는 온전히 그의 것으로 남아 있다는 걸 깨닫는다.

> 그래도 어린 시절에 어머니와 나눈 정다운 추억은 남아 있었다. 처음 학교에 입학해 만난 친구들, 그들의 이름, 교실, 선생님. 집에서 혼자 쓰던 방 구석구석도 기억났다. 이루 헤아릴 수 없는 삶, 그에게 허락됐던, 그가 소유했던 삶.

"이루 헤아릴 수 없는 삶, 그에게 허락됐던, 그가 소유했던 삶." 그래, 아마도 이게 전부일 것이다. 유한한 생을 살다 가야만 하는 인간의 생에서 우리가 가진 것은 바로 그것, 알듯 모를 듯 복잡 미묘하고, 예측 불가능한 사건들과 우연들이 가득하고, 통제 불가능한 힘들이 인생의 궤도를 엉망으로 흩트려 놓기도 하고, 욕심꾸러기처럼 행복이라는 이름 아래 너무 많은 것을 요구하고 갈망하지만, 정작 손에 쥐는 건 별로 없어 쓸쓸하게만 보이는 그것, 소소한 성공과 소소한 실패들, 혹은 큰 성공과 큰 실패들을 두루 겪고 경험하게 만드는 그것, 강물처럼 굽이굽이 흘러가서는 결국 넓디넓은 대양에 이르고야 마는 그것, 바로 방황하며 노력하는 우리 각자의 삶 자체.

이런 모든 추구 끝에서 우리가 마침내 발견하게 되는 것은 무엇인가? 바로 나 자신이라는 존재에 대한 더 깊은 성찰과 인식과 변화 그리고 내 인생의 격.

마지막으로 남은 말: 삶이란, 이 얼마나 놀랍고 위태롭고, 슬프고, 그리고 또한 아름다운 것인가!